INCARTADE

INCARTADE

ÉTOILES DU NORD #2

SARINA BOWEN

TRADUCTION PAR
LAURE VALENTIN

TUXBURY PUBLISHING LLC

CHAPITRE UN

Alec

— Alors, quelle bière devrais-je essayer en premier ? demande la jolie femme accoudée à mon bar. La Goldenpour ou la Barclay Stout ?

Elle est mignonne. La petite vingtaine, peut-être. Pull moulant et jean plus moulant encore. Je ne l'ai jamais vue, mais elle me sourit à belles dents.

Puis elle se tourne légèrement et regarde mon barman, Smitty, en battant des cils.

À côté de moi, Smitty sourit, visiblement amusé. Parce que cette fille n'est pas seulement en train de choisir entre deux bières. C'est ce que Smitty et moi appelons une indécise – elle hésite aussi sur son choix de barman.

— Eh bien, dit Smitty en posant un bras sur le bar. La Goldenpour est très rafraîchissante, forte en levure, avec des arômes de poire et d'agrumes.

Il retrousse ses manches, l'enfoiré, montrant délibérément les tatouages colorés sur ses avant-bras.

— D'un autre côté, dis-je, intervenant dans le débat, la Barclay Stout présente des notes de poudre de cacao et de vanille, un aspect presque crémeux, assez forte en bouche, avec une belle mousse.

Je contracte mes pectoraux en disant cela, tandis que Smitty se retient d'éclater de rire.

— Waouh, fait-elle en clignant des paupières, son regard alternant entre nous. Décision difficile.

C'est devenu notre petit jeu, d'être en concurrence pour les femmes. J'obtiens souvent celles qui aiment les types athlétiques et propres sur eux, Smitty les adeptes de tatouages et de grands frissons.

Ce ne sont pas les attentions féminines qui manquent, mais on adore ce genre de bêtises.

— Hmm, fait la fille. Je crois que je vais commencer par la Goldenpour.

— Bon, très bien, dis-je aussitôt alors que Smitty s'esclaffe. Il vous apporte ça tout de suite.

Avec un grand sourire, Smitty prend un verre et la fille s'éloigne le long du bar pour aller attendre sa bière.

— On ne peut pas toujours gagner, commente Hamish, mon meilleur client, perché sur un tabouret de bar devant moi.

— C'est vrai.

— Mais la soirée ne fait que commencer. Comme ta vie, jeune freluquet.

Hamish est ébéniste. Son atelier est un peu plus loin sur la route, à une centaine de mètres. Nous possédons deux vieilles bâtisses en briques identiques, qui faisaient autrefois partie d'un vieux moulin, au bord de la rivière Winooski, où nous passons chacun la majeure partie de nos journées à travailler à la tête de nos entreprises respectives.

La sienne est une menuiserie haut de gamme, tandis que moi, je me consacre à la plus belle réussite de l'humanité : la bière artisanale.

— Une de perdue, dix de retrouvées, dis-je avec approbation.

Et pour l'instant, les dix de retrouvées, je cherche plus à les servir qu'à me les taper. C'est jeudi soir. L'affluence du week-end commence maintenant et je suis moyennement prêt.

Becky est notre serveuse en salle ce soir, ce qui signifie qu'on a droit à du Ed Sheeran sur les enceintes stéréo. La règle est très claire : la serveuse détermine la playlist du jour. Elle fait le tour de la salle en ce moment même, s'arrêtant à chaque table pour y allumer une bougie. Les placards réfrigérés sont remplis à bloc et les tables libres impeccables.

Nous sommes au mois de novembre, alors la foule de ce soir ne battra aucun record. C'est pendant la saison de ski que le *Gin Mill* est le plus fréquenté, et en début d'automne pour les feuillages aux belles couleurs. Les étés ne sont pas mauvais non plus. Mais il y a une accalmie en novembre, jusqu'à l'ouverture des stations.

Ce soir, nous servirons deux types de clients : les locaux et les *mousseux*. Un mousseux, c'est un touriste de la bière, un fan absolu prêt à parcourir des centaines, voire des milliers de kilomètres pour goûter aux cuvées artisanales très prisées du Vermont.

Cette année, tout le monde se damnerait pour la Goldenpour, de la brasserie Giltmaker. Notée 99 sur Beer Advisor, c'est la nouvelle Heady Topper – un délice, mais impossible à acheter. Vous pouvez enchaîner les pintes ici même, au *Gin Mill*, ou faire la queue pendant deux heures le mardi matin devant la brasserie de Waterbury. Où ils vous vendront en tout et pour tout deux packs de six.

Heureusement pour moi et les mousseux, je sers de la Goldenpour six jours par semaine, ainsi qu'une dizaine d'autres bières artisanales parmi les plus rares du Vermont. Pour faire passer le message, l'année dernière, j'ai personnellement écrit à tous les blogs de bière et sites de voyages du monde entier. Qu'on se le dise, le *Gin Mill* est l'endroit idéal si l'on veut goûter ce qui se fait de mieux.

Et peu à peu, mes efforts commencent à porter leurs fruits. Mon bar est toujours bondé le week-end et souvent les soirs de semaine, aussi.

J'ai ouvert un bar parce que je voulais que ma vie soit une fête sept jours sur sept. Il s'avère qu'en réalité, diriger une entreprise n'est pas franchement festif. Mais ça me plaît quand même.

— Je te ressers ? demandé-je à Hamish.

— Non, c'est bon, répond l'ébéniste. Merci, fiston.

— Alors, quelle bière veux-tu servir à ta fête ?

Ensemble, nous préparons une soirée pour son départ en retraite le mois prochain.

— De la Goldenpour, si tu peux m'en procurer. Sinon, ça ne fait rien.

— Je vais me renseigner. S'ils refusent, je t'apporterai quand même quelque chose de bon.

— Je n'en doute pas.

La porte du bar s'ouvre et je lève les yeux par habitude. J'engrange soixante-dix pour cent de mes recettes du jeudi au dimanche. Si je servais aussi à manger, ça me rapporterait un peu plus.

Si seulement.

La personne qui vient d'entrer n'est pas une cliente, cela dit. C'est Chelsea, de chez NorthCorp, mon distributeur de bière.

— Salut, beau gosse, s'exclame-t-elle. Je t'apporte une nouvelle India Pale Lager.

— Ah oui ? Super.

Je me penche par-dessus le bar pour l'étreindre et lui planter un baiser sur la joue. Chelsea est une fille géniale. Non seulement elle approvisionne le *Gin Mill* en bières réputées et très demandées, mais elle adore coucher avec moi, aussi. C'est mon plan BQ. Bière et… plus si affinités.

La belle vie, non ?

— Chelsea… Hamish et moi, on a une invitation pour toi.

Je prends une carte sur la pile du bar.

— Tiens donc… fait-elle avec un coup d'œil séduisant.

Hamish éclate de rire.

— C'est pour une *fête*. Tiens, dis-je en lui donnant la carte.

— Oh, super.

Elle adresse un sourire à Hamish.

— Vous êtes ébéniste, n'est-ce pas ?

— C'est bien ça. Je prends ma retraite. Enfin, en quelque sorte. Je n'imagine pas abandonner complètement. Mais je réduis mes activités pour pouvoir voyager. Alec m'aide à organiser une expo et une réception.

— Ça me semble prometteur, dit-elle en glissant la carte dans sa poche.

— J'aurais besoin d'un fût supplémentaire cette semaine. Hamish aimerait de la Goldenpour. Tu pourrais m'en avoir un de plus ?

— Bien sûr, répond-elle avec son intonation pétillante habituelle.

Chelsea et moi, on se ressemble beaucoup. On vit de fête en fête.

— Tu es libre plus tard ? demande-t-elle en remuant ses fesses sur *Shape of You* d'Ed Sheeran, le morceau suivant de la playlist de Becky.

— Avec joie.

Je suis toujours libre pour Chelsea.

— Mais je fais la fermeture ce soir.

Ce qui veut dire que je n'aurai pas fini avant une heure du matin, et parfois, elle n'aime pas m'attendre.

— Oh, je peux fermer à ta place, lance spontanément Smitty tout en remplissant une autre pinte de Goldenpour au robinet.

— Génial ! se récrie Chelsea, rayonnante. Merci, Smitty !

Sur ce, elle s'empresse d'aller ouvrir la porte de service pour faire entrer son livreur.

Hamish la regarde partir.

— Ton barman t'a arrangé le coup, souligne-t-il.

— J'ai remarqué.

Je ne devrais pas payer des heures supplémentaires à Smitty rien que pour pouvoir faire des galipettes avec ma distributrice de bière. Mais Smitty sait que je n'aime pas dire non à Chelsea.

C'est un barman plutôt bon. Enfin, si on veut. Parfois, il peut être un peu lourd et manquer de sérieux. Heureusement pour lui, j'ai beaucoup de sympathie pour les têtes de linotte. Allez, c'est décidé. J'accepte sa proposition.

— Je n'ai plus qu'à profiter de ma soirée, si je comprends bien.

— Oh, je te fais confiance pour ça, dit Hamish en vidant sa bière. Je vais y aller. Tu me donnes l'addition ?

— Il n'y en a pas. Ce soir, c'est cadeau.

Hamish est la seule et unique personne qui reçoit régulièrement des cadeaux de ma part. Mais quand j'ai acheté cet établissement, il m'a apporté une aide prodigieuse. Il est arrivé un jour où j'inspectais, en proie à la panique, le tas de ruines dont j'avais fait l'acquisition. Il faut dire que je ne suis pas très doué pour les affaires. Mais Hamish m'a donné des tas d'informations et m'a aidé à trouver des entrepreneurs au bon prix pour mes rénovations.

— Bonsoir, l'ami ! lui lancé-je. Merci de me tenir compagnie quand je suis ouvert.

— Et toi, merci de ne jamais manquer de bière, répond-il, les yeux brillants.

Au même moment, Chelsea surgit derrière moi, son chauffeur livreur sur les talons.

— Alec, il faut que tu proposes cette bière à la pression tout de suite, d'accord ? J'ai dit au brasseur que tu allais l'essayer et en faire la pub.

Ah bon, vraiment ?

— Je ferai le changement ce soir, dis-je, même si ça ne m'arrange pas. Pose-la n'importe où, Kevin.

Chelsea danse en souriant sur le morceau d'Ed Sheeran avant de passer sous le bar.

— Tu aimes cette chanson, pas vrai, Alec ?

Elle me taquine, car elle sait que j'ai horreur des chanteurs de charme dans son genre.

— Je l'adore, dis-je, entrant dans son jeu. Cette chanson, c'est de la bombe de balle !

Je claque des doigts avec un petit déhanché à la façon d'In Living Color, cette bande comique des années quatre-vingt-dix. Chelsea est trop jeune pour avoir la référence, mais elle s'en fiche. Elle rit à gorge déployée, ce qui me laisse entendre que nous allons passer une très bonne soirée tous les deux.

— Bon, je dois terminer quelques petites choses si je veux pouvoir finir plus tôt et être tout à toi.

— J'ai hâte, répond-elle en agitant sa chevelure. Signe ici et je te laisse tranquille.

Je prends son support à document et signe le bon de livraison.

— À plus tard, beauté.

— Ça marche ! lance-t-elle en partant.

Au bout du bar, Smitty est déjà en pleine conversation avec une autre cliente. Il désigne la liste des bières et décrit quelque chose avec de grands gestes, surtout pour lui montrer ses tatouages.

On bosse dur, mais on s'amuse bien. C'est comme ça au *Gin Mill*.

Pourtant, une demi-heure plus tard, je n'ai plus envie de danser. Alors que les tables se remplissent avec la foule de l'*happy hour*, le service s'accélère et j'ai du mal à tenir le rythme.

La mission d'un barman est assez simple : vendre de l'alcool et faire plaisir à tout le monde. Le métier de gérant de bar, en revanche, est un peu plus costaud. Ces derniers temps, le ratio fun / souci n'est pas très avantageux. Les affaires sont bonnes et le bar est bondé, mais ma marge bénéficiaire est faible et je n'ai pas assez de liquidités pour réinvestir dans l'entreprise.

La plupart des soirs, je passe pas mal de temps à observer les pratiques de ma clientèle en essayant de deviner quels changements feraient une vraie différence. Si je poussais les tables de billard et que j'installais une petite estrade pour la musique, serait-ce un atout ou au contraire un désagrément ? Est-ce que mes bières entrée de gamme sont trop chères ? Ou pas assez ?

De toute façon, je ne résoudrai pas cela ce soir. Je scrute les visages dans la foule et mon regard s'attarde sur un couple dans le compartiment du fond. Ce sont deux femmes, qui se regardent dans les yeux. Elles étaient là aussi la semaine dernière.

L'une d'elles m'est familière et je ne comprends pas pourquoi. En temps normal, un bon barman n'oublie jamais un visage. Alors, pour la deuxième semaine consécutive, ça commence à me poser problème.

Je prépare deux margaritas et je verse une demi-douzaine de bières. Entre chacune d'elles, je jette un coup d'œil dans le coin. Les lèvres de la jolie femme aux cheveux foncés sont collées à celles de l'autre, plus petite. Elle a les cheveux poivre et sel, coupés à ras, et je ne l'ai jamais vue avant. C'est la femme aux cheveux foncés qui me dit quelque chose. Seulement, je ne sais pas pourquoi. Toujours est-il que ça m'agace de la voir faire les yeux doux à l'autre. Ça ne lui va pas, en quelque sorte.

Décidément, cette histoire va me rendre dingue.

— Alec, dit Smitty.

— Quoi ?

Il me lance un regard noir et le piercing de son nez frémit quand ses narines se dilatent.

— Pour la troisième fois, à quel robinet dois-je mettre la nouvelle bière blonde ? L'Idian Pale Lager ?

— Hmm… fais-je avec un soupir. Il y a une nouvelle IPL ?

Les sourcils de Smitty remontent sur son front.

— Celle que Chelsea a apportée ? Laisse tomber. Je vais décider tout seul. Je vais faire tourner une bière générique. Les radins auront droit à de la bonne mousse.

Cela risque d'entraîner quelques plaintes, mais je m'en fiche pour l'instant. Je suis de nouveau distrait par le couple, qui s'embrasse en ce moment même.

— Ces deux lesbiennes te font de l'effet, à ce que je vois ! s'exclame Smitty. Tu sais qu'il y a du porno pour ça.

— Oh, merde, dis-je lentement. Je viens de comprendre qui c'est.

Et c'est une mauvaise nouvelle.

— Une star du porno ?

— Non, imbécile. Elle s'appelle Daniela. Elle est en couple avec quelqu'un que je connais, et depuis un moment en plus.

Aux dernières nouvelles, en tout cas. J'ai une bonne mémoire pour ce genre de choses, les noms et les ragots. J'étais destiné à devenir barman.

— Oh, oh, souffle Smitty.

— Tu l'as dit.

Je regarde encore un moment, pour être certain de ne pas avoir d'hallucinations. Mais je vois même leurs langues dans leurs bouches.

— Elle trompe son mec avec une femme ?

Smitty vide un nouveau seau de glace dans le tiroir.

— C'est un peu bête, vu qu'on vit dans une petite ville, commente-t-il.

— Elle trompe sa *meuf* avec une autre femme, précisé-je. Tu connais May Shipley ?

Smitty se lève en désignant le robinet de Cidre Shipley.

— Ces Shipley-là ?

— Oui, c'est ça. May est la sœur de Griffin.

— Tu vas cafter ? Pourquoi s'en faire ? On ne peut pas dire que tu les adores, les Shipley.

Il a raison. Je ferais mieux de ne pas me mêler de leurs affaires.

Une autre bande de joyeux drilles fait une descente au bar et je passe les dix minutes suivantes à servir tout un tas de boissons. Quelqu'un commande une Snake Bite et je remplis à moitié son verre de cidre Shipley. Les arômes musqués de la pomme me rappellent le lycée, quand j'aidais les Shipley à stocker leurs dernières récoltes à la fin de chaque saison. Dix dollars de l'heure. Ça me semblait une fortune à l'époque.

Et puis, August Shipley a viré mon père et nos vies sont devenues un enfer.

C'était le bon vieux temps.

Tout en distribuant des verres avec un sourire en pilote automatique, je réfléchis à ce qu'il conviendrait de faire au sujet de la petite amie infidèle de May. Peut-être ont-elles rompu et je m'inquiète pour rien...

Mais comme l'a dit Smitty, c'est une petite ville. J'aurais entendu parler d'une rupture. Ma sœur me l'aurait dit s'il y avait un changement aussi important dans le clan Shipley.

Je jette un nouveau coup d'œil dans le coin. Les deux femmes sont toujours aussi passionnées.

Mon Dieu, j'ai horreur de l'infidélité. Dois-je appeler May ? En parler à son frère la prochaine fois que je le verrai ?

Non, pas à lui. Griffin s'imaginerait que je suis une commère. Nous ne sommes pas spécialement proches. Pas depuis le lycée, et à l'époque, nous étions en concurrence, tous les deux. Je l'aime encore moins depuis qu'il a brisé le cœur de ma sœur.

C'est dingue tous les soucis qui peuvent vous trotter dans la tête pendant que vous servez des boissons.

Cette femme collée au visage de Daniela, je me demande qui c'est. Bon sang, Daniela est-elle si bête que ça ?

— Attention, tu les regardes encore, ricane Smitty. Mais c'est plutôt sexy.

— Ce n'est pas ça, grommelé-je. Je ne sais pas quoi faire.

Ça me met hors de moi. Mon aversion pour les infidèles est encore plus forte que mes bisbilles avec les Shipley.

D'ailleurs, May est la plus adorable de la famille. Une gentille fille. Discrète. Pas aussi prétentieuse que son grand frère.

— Tu ne peux pas faire grand-chose, de toute façon. Et ceux qui trompent se font toujours pincer.

J'y réfléchis tout en essuyant le bar. Il a raison, et en même temps, il a tort. Parfois, on peut vivre très longtemps dans un déni volontaire. Ma mère, par exemple. J'imagine qu'elle a toujours su que mon père couchait à droite et à gauche. Mais elle le supportait, même s'il ne le méritait pas.

— Tu ne vas pas lâcher l'affaire, n'est-ce pas ?

— Non, marmonné-je.

— Donne-moi ton téléphone.

— Pourquoi ? La dernière fois que tu as pris mon téléphone, tu as posté une photo de ton cul sur mon Instagram.

— C'est un beau cul. Mais ne t'inquiète pas pour ça, d'accord ? Débloque-le et donne-le-moi.

À contrecœur, je m'exécute.

Smitty s'empare d'un chiffon et s'éloigne à pas lents dans la grande salle. Des bougies scintillent dans les fentes des murs de briques. Les clients discutent et rient sur fond de musique. C'est un endroit magnifique. Bien sûr, ouvrir un bar, ce n'est pas comme trouver un traitement contre le cancer, mais quand même, j'en suis fier.

Quand Smitty atteint le fond de la salle, il essuie une table avec sa main gauche tout en prenant, de l'autre, très discrètement, une photo de Daniela et de sa maîtresse.

— Bien joué, dis-je quand il me rapporte mon téléphone.

Il hausse les épaules.

— Ce serait bien joué si j'avais pu aussi prendre une photo de mon cul sans que tu t'en aperçoives.

Je glisse mon téléphone dans ma poche alors qu'un groupe de quatre gars s'approche du bar.

— Qu'est-ce que je vous sers, messieurs ?

En un clin d'œil, le rythme du week-end reprend de la vitesse. D'abord, tous les tabourets de bar sont occupés, puis toutes les tables. Smitty réalise les cocktails aussi vite que notre serveuse est capable de les distribuer. Quant à moi, je fais mon possible. Quand on est propriétaire d'une entreprise, chaque journée passe sur les chapeaux de roue.

J'oublie Daniela pendant quelque temps. Je verse des bières, j'échange des fûts et je conseille à mes clients d'excellentes cuvées artisanales du Vermont au lieu de la piquette qu'ils boiraient si je n'étais pas aussi bon vendeur. Les chansons d'Ed Sheeran ont fait place à un vieil album de Santana et je retrouve goût à la vie.

Jusqu'à ce que je voie la porte du bar s'ouvrir, révélant la silhouette de May Shipley.

La première pensée qui me vient est : *Oh, putain* ! Je crois que May n'est venue qu'une seule fois au bar, le soir de l'inauguration. Mais elle est là, les joues rosies par la fraîcheur de la nuit d'automne.

Ma deuxième pensée ne se fait pas attendre : *Mais depuis quand May Shipley est-elle devenue aussi canon ?* Elle porte un pull souple et un pantalon noir qui épouse ses jambes interminables. J'ai un faible pour les grandes. Enfin, j'ai un faible pour beaucoup de femmes.

— Salut, Alec ! lance-t-elle avec un signe de la main.

Aussitôt, je me ressaisis.

— Waouh, May ! Je ne t'avais pas vue depuis cet été.

Elle m'adresse un sourire amical, mais commence sans attendre à balayer la salle du regard.

— *May*, dis-je sèchement.

Je n'ai aucun objectif, si ce n'est d'éviter le carambolage monstrueux qui se profile dans le coin. Personne ne mérite ça.

Mais il est trop tard. J'entends presque les freins crisser lorsque ses yeux se fixent sur le recoin le plus éloigné du bar. Son corps se raidit quand elle aperçoit Daniela. Puis elle serre les poings. Elle se penche un peu vers l'avant, comme si elle pouvait voir autre chose en se rapprochant de quelques centimètres.

— May…

J'essaie encore une fois, même si mes paroles sont impuissantes à rendre ce moment moins terrible.

Elle ne m'entend pas. Au lieu de ça, elle se dirige vers l'arrière, se frayant un chemin entre les clients, en droite ligne vers le compartiment du fond.

Je m'élance, moi aussi, me glissant sous le bar pour la suivre, tout en me demandant ce qui va se passer. J'ai toujours pensé que May était la plus posée des Shipley, mais à présent, on dirait un missile à tête chercheuse braqué sur une cible.

— Espèce de salope ! s'écrie-t-elle avant même d'avoir atteint la table.

Oh, Seigneur. Je suis à la fois impressionné et méfiant. Les bagarres de bar sont rares au *Gin Mill*, mais là, tout peut arriver.

Daniela se fige, les yeux écarquillés. L'autre femme lui fait toujours une prise d'étranglement, lui dévorant pratiquement le visage. Elle essaie de se dégager, mais elle n'y parvient pas, bloquée par la prise possessive de sa compagne.

— Lâche-moi, Tracy, dit Daniela alors que May se campe enfin devant elles.

— Non, rétorque l'inconnue. C'est comme ça ! Je ne veux pas te laisser partir. Tu étais à moi en premier. Tu seras toujours à moi.

Oh, bon sang. L'accrochage est aussi imminent qu'inéluctable.

— C'est trop *émouvant*, crache May. *Petit détail.* En tant que copine officielle, j'aurais aimé être prévenue.

May tend la main et pince le menton de Daniela pour forcer sa future ex à la regarder.

— Du bénévolat, hein ? Tous les jeudis ? Tu es pathétique !

— Eh, parle-lui mieux que ça, s'exclame l'inconnue avec véhémence.

Sa voix me fait penser à notre ancien mixeur à margaritas : trop forte et éraillée.

— Enlève tes sales pattes de ma meuf, ajoute-t-elle en saisissant le poignet de May pour le tordre vivement.

— Aïe ! s'écrie-t-elle. Espèce de… balai à chiottes !

Ma bouche s'ouvre au moment où May dégage sa main, la serrant avec une douleur évidente. Je vois les larmes lui monter aux yeux, mais elle cligne frénétiquement des paupières, et puis…

Par miracle, j'anticipe le mouvement de May. Quand elle s'avance, je m'élance à mon tour. Mes bras sont plus longs que les siens, et avant qu'elle puisse saisir la maîtresse de Daniela au col, je la retiens dans une étreinte protectrice. Ou, au choix, une camisole de force humaine. Je la tire en arrière de peur qu'elle ne fasse quelque chose qu'elle regretterait plus tard.

May se raidit dans mes bras et jette par-dessus son épaule un regard effrayé. Dès qu'elle m'identifie, elle laisse échapper un souffle frustré.

— Lâche-moi ! s'écrie-t-elle.

— Je sais, ça craint, lui dis-je à mi-voix dans l'oreille. Mais si tu te bats, tu risquerais d'être arrêtée par les flics. Et ce n'est pas terrible pour une avocate, je me trompe ?

Non seulement May a fait des études supérieures, mais elle est maintenant avocate.

Sans compter que je ne tiens pas à voir les flics débarquer sur mon lieu de travail. Ce n'est jamais très bon.

Elle cligne des yeux et semble se détendre dans mes bras.

— D'accord, dit-elle calmement.

Je la libère et elle prend une profonde inspiration vibrante de colère. Puis elle se tourne vers sa petite amie – ou ex…

— Ne rentre pas à la maison ce soir, aboie-t-elle à l'attention de Daniela.

— Oh, elle ne reviendra pas, réplique l'autre traînée. De toute façon, elle dit que tu n'es qu'une conne.

Apparemment, mes talents de ninja ne sont pas aussi bons que je le pensais, parce que cette fois, May se lance avant que je ne sois prêt. La gifle qu'elle assène à l'inconnue retentit violemment. Et si certains clients du bar ont manqué la scène, ils ne peuvent ignorer le rugissement de colère de la femme et la série d'obscénités et de menaces qui s'ensuit immédiatement.

Elle bondit de la banquette pour se ruer à la gorge de May, mais Daniela lui barre le passage. Ce qui me laisse deux ou trois précieuses secondes pour désamorcer la troisième guerre mondiale.

Je saisis May à bras-le-corps – du haut de son mètre quatre-vingts – et l'entraîne jusqu'à la porte.

Dans la famille Shipley, tout le monde est grand. Heureusement, chez les Rossi aussi. Elle se débat, mais pendant une seconde uniquement. Je l'emmène à l'extérieur si vite qu'un instant plus tard, nous sommes dehors, dans l'air frais de novembre, les yeux dans les yeux.

— Bon sang ! C'était… commence May sans terminer sa phrase.

— Minable ? proposé-je.

— Oui, fait-elle dans un souffle. Et merde ! Je suis une belle idiote. J'aurais dû m'en douter il y a longtemps.

— Hmm…

Elle est belle, mais clairement pas idiote. Cette fille est une *battante*. Pourtant, je ne sais absolument pas comment lui venir en aide.

— Je peux t'accompagner à l'étage et te saouler ? Parfois, c'est utile de gérer un bar.

— Merde, lâche May en déglutissant. Ça me fait tellement envie, là maintenant. Mais j'ai bien peur que ma marraine des AA ne soit pas de cet avis.

Les Alcooliques Anonymes ?

— Putain de bordel, bégayé-je.

Je viens de proposer à une alcoolique repentie de boire jusqu'à se saouler ?

— Je suis désolé. Merde. Je…

Elle lève la main.

— Pas de panique. On m'offre souvent des verres, mais je me contente de refuser.

— Excuse-moi, bredouillé-je encore malgré moi.

Oh, merde, mais quel con !

— Pour la plupart des gens, ce ne serait pas une proposition très choquante, dit-elle, plongeant ses yeux noisette dans les miens. Mais pour moi, ce n'est pas idéal.

— Je vois. Je peux t'emmener quelque part, alors ? demandé-je en essayant de retrouver ma contenance.

May ferme les yeux et appuie sa tête contre la façade.

— Je ne veux plus jamais la revoir.

— Tu m'étonnes. Cette femme était une garce ambulante.

— Je parlais de Daniela, dit May en ouvrant les yeux.

Moi aussi, je parle de Daniela. Mais je suis assez fin pour ne pas le lui dire maintenant.

— Vous vivez ensemble, n'est-ce pas ? Tu as besoin d'un endroit où aller ?

May soupire.

— J'*ai* un endroit où aller. Ma famille n'a pas fini de parader si je quitte Daniela pour rentrer à la maison. Ils vont être *fous de joie*.

Une fois de plus, les larmes brillent dans ses yeux.

— Fait chier, ajoute-t-elle.

— Oh…

Au secours ! Je ne peux pas résister à une femme en pleurs. Alors, je prends May dans mes bras.

— Dis-moi comment je peux t'aider.

Elle prend une profonde inspiration.

— Tu as un pick-up, n'est-ce pas ? Je vais devoir déménager. Je peux te l'emprunter ?

— Bien sûr, dis-je du tac au tac.

Mais je ne peux pas laisser une femme en larmes déménager toute seule. Même si c'est une Shipley.

— Je viens avec toi. Ce sera plus rapide comme ça. Tu as beaucoup de meubles ?

— Non, répond-elle en s'écartant. Tout le mobilier est à elle. Je n'ai que des fringues et des bouquins.

— D'accord. Ce sera du gâteau, alors.

Cette fille sent le citron. Aussitôt, je m'en veux de l'avoir remarqué. Ce n'est pas le moment de baver sur May Shipley.

— Allez, viens. Je conduis.

— Alec, tu n'es pas obligé. Tu as un bar à tenir. Et je pourrais appeler mes frères.

Comme si c'était possible, elle me semble soudain encore plus maussade.

— Ils ne pourront pas cacher leur joie, ajoute-t-elle tristement.

— Ne les dérange pas. Viens.

Je lui prends la main et l'éloigne du mur en disant :

— Tu n'es pas en état de conduire.

Elle a raison, bien sûr. Je suis censé tenir le bar avec Smitty. D'ailleurs, il doit déjà être submergé là-dedans. Je sors mon téléphone tandis que May me suit vers le pick-up et je découvre un texto de Smitty.

Ohé, t'es où ?

Je déverrouille les portières tout en essayant de réfléchir.

— Monte. Je dois juste passer un coup de fil rapide.

Alors que May attache sa ceinture de sécurité, je regarde les fenêtres éclairées de l'appartement de mon frère Benito. Comme il est chez lui, je cherche son numéro et je l'appelle.

— Salut, dis-je quand il décroche. Je suis censé être au bar ce soir, mais je dois vraiment donner un coup de main à une amie et c'est urgent.

Je lui expliquerais bien le pourquoi du comment, mais ça prendrait trop de temps. En plus, je ne sais même pas pourquoi j'aide May Shipley.

— Tu pourrais descendre voir Smitty dans un moment ? T'assurer qu'il n'est pas trop débordé ?

— Bien sûr, répond Benito. Quand j'aurai fini de dîner.

— Merci. Je t'en dois une.

Nous raccrochons et j'envoie un texto à un autre de mes barmans pour lui demander s'il aimerait faire des heures sup ce soir. Puis je démarre et m'engage sur la voie rapide en direction du sud.

— Tu habites à Randolph, c'est ça ?

May sort de sa torpeur pour me répondre.

— C'est ça. Enfin, c'*était* ça. Je n'en reviens pas que ce soit terminé.

Elle subit un nouvel afflux de larmes.

— Je suis désolé, lui dis-je, compatissant. J'ai vraiment horreur des tromperies.

Mon père était le roi des maris volages. Je l'ai vu détruire lentement l'assurance de ma mère jusqu'à ce qu'il disparaisse définitivement quand j'avais quinze ans.

— Alec, pourquoi est-ce que tu m'aides comme ça ? demande-t-elle en s'essuyant les yeux.

Je hausse les épaules, parce que moi non plus, je n'en sais rien.

— C'est à ça que servent les amis, non ?

Cela dit, May et moi ne sommes pas vraiment amis. Elle a quatre ou cinq ans de moins que moi. Nous n'avons jamais été en même temps au collège ni au lycée, contrairement à son frère que j'aurais volontiers vu moins souvent.

May tend la main et la pose sur mon avant-bras.

— Eh bien, sache que j'apprécie vraiment. Quand je me serai remise de tout ça, je te ferai une tarte aux pommes pour te remercier.

— Tu vois ? Je savais que j'aidais la bonne personne.

Elle m'adresse un sourire sans joie.

CHAPITRE DEUX

May

Assise sur le siège passager du pick-up d'Alec Rossi, j'ai du mal à comprendre ce qui vient de se passer. En voyant Daniela embrasser quelqu'un d'autre, j'ai eu *tellement* mal.

J'ai l'impression qu'on a pris un seau de boue glacée et qu'on vient de le jeter sur ma vie tout entière. Maintenant, je me sens à la fois dégrisée et dégueulasse. Ce soir, ce n'était pas un moment d'égarement pour Daniela. Ça fait des semaines qu'elle est distante avec moi. Je la soupçonnais de me cacher quelque chose, mais je ne savais pas quoi.

Et puis, ma réaction entre fuite et agressivité m'a presque autant fait peur que la découverte en soi. Une colère brûlante a déferlé dans mes veines quand je me suis précipitée vers leur table. Et quand ma main est entrée en collision avec le visage de Tracy, elle a produit un claquement net et retentissant.

J'ai honte de m'être sentie aussi bien à ce moment-là et de ne pas le regretter. À vrai dire, j'ai honte de beaucoup de choses. De la naïveté avec laquelle je me suis donnée à Daniela, malgré son mauvais comportement. Combien je me suis rendue vulnérable à ce genre de douleur.

Et pour ne rien arranger, il a fallu que la scène se déroule devant Alec Rossi. Quand j'avais treize ans, j'étais folle amoureuse de lui. Je m'asseyais toujours sur les gradins pendant les matches de foot de mon frère et je regardais Alec avec les filles de son âge. Elles jouaient avec leurs cheveux, faisaient les belles et gloussaient, n'importe quoi pour attirer son attention.

Je n'en reviens pas qu'Alec Rossi ait assisté à mon explosion en plein vol. C'est la cerise sur le gâteau de l'horreur. Quand je pense à ce qu'il a dû ressentir, un gémissement m'échappe.

— Tout va bien ? demande-t-il, assis au volant.

— Oui, oui. J'essaie de me remettre du choc.

— Je comprends. Je les ai repérées environ une demi-heure avant que tu arrives. Je ne savais pas trop qu'en penser.

— Vraiment ? Tu as reconnu Daniela ?

Je suis un peu étonnée qu'il sache qui est ma petite amie.

Ex petite amie. Bon sang, je vais devoir m'y faire.

— Oui, un bon barman n'oublie jamais un visage. Je suis désolé de te l'apprendre, mais elles étaient aussi au bar la semaine dernière. Et je n'étais pas sûr à cent pour cent que vous étiez encore ensemble. Mais ce soir, je les ai prises en photo parce que je voulais comprendre, et peut-être t'en parler ensuite.

Il s'arrête sur le bas-côté de la route, prend son téléphone dans le porte-gobelet et le déverrouille. Puis il me le passe.

Les voilà, juste sous mon nez. C'est une très bonne photo de Daniela en train d'embrasser Tracy à pleine bouche. Son ex. Un autre détail désagréable m'apparaît. Daniela porte un magnifique pull angora noir à col en V. Ça me fait encore plus mal.

— Grrr, dis-je en lui rendant le téléphone. Elle portait *le* pull, en plus. Putain.

— Qu'est-ce que c'est ? demande Alec.

Il s'engage à nouveau sur la route et nous continuons notre chemin.

— C'est moi qui ai *tricoté* le pull qu'elle porte ce soir.

— Tu l'as fait toi-même ? Waouh. Quelle ingratitude.

Je ne fais que soupirer.

— Ça va aller ?

Bonne question.

— Oui, j'imagine.

Dès que l'orage sera passé dans mon cœur.

— Ça n'a pas dû être facile, dit-il à voix basse. Tu es encore sous le choc. Le chagrin viendra plus tard.

— En fait…

Je m'éclaircis la gorge avant de reprendre :

— Je ne sais même pas.

Et en m'entendant l'admettre, je me rends compte que c'est sans doute vrai.

Alec attend posément que je continue. Je regarde ses grandes mains autour du volant, pendant que j'essaie de remettre de l'ordre dans mes émotions.

— On ne faisait aucun effort. En tant que couple.

Voilà. Je l'ai dit à haute voix.

— Mais je l'*espérais*. Je voulais qu'on en fasse. Au début, Daniela était super.

— Et puis, que s'est-il passé ? demande-t-il.

— Eh bien…

J'ai du mal à parler de ça.

— Quand on s'est mises ensemble, on essayait toutes les deux de surmonter quelqu'un. Tu viens de rencontrer l'ex de Daniela, Tracy. Je ne l'avais jamais vue en personne avant ce soir. Mais Daniela m'avait dit que Tracy lui avait brisé le cœur.

Un grognement contrarié monte de la gorge d'Alec.

— Je n'imagine pas qu'on puisse tomber amoureux de cette espèce de sal…

Il ne termine pas sa phrase, mais enchaîne :

— C'est le genre de personne que je n'aimerais pas connaître.

— Moi non plus, renchéris-je.

Quoique, peut-être fallait-il que je la rencontre, au contraire.

— En fait, je voulais vraiment passer à autre chose. Mais apparemment, Daniela n'avait pas surmonté Tracy. C'est pour ça que ça n'a pas marché. Moi, j'étais prête à aimer quelqu'un d'autre, mais elle n'y est pas arrivée. En plus, on ne peut pas dire qu'elle ait très bien géré la situation. Elle était dure avec moi, alors qu'en fin de compte, le problème ne venait pas de moi.

— Aïe.

— Tu l'as dit.

Trop souvent, elle me dénigrait, mais je ne m'en offusquais pas. Tout a dérapé l'été dernier. Daniela a trop bu au mariage de mon frère et elle a dit à tous mes amis et à ma famille que je n'étais pas marrante.

Quand j'y repense, Alec m'a invitée à danser, ce soir-là. Ça n'a duré que quelques minutes, mais j'ai quand même été flattée.

Je me demande maintenant s'il avait pitié de moi.

— Je l'ai supportée pendant bien trop longtemps. Mais je pensais pouvoir être patiente, attendre qu'elle se souvienne du plaisir que nous avons eu au début, qu'elle réalise que nous pourrions avoir un avenir.

— Bah, tu sais, beaucoup de gens commettent cette erreur en espérant que les choses vont s'améliorer.

— Peut-être.

— Ma mère a passé quinze ans à espérer, me dit-il en quittant l'autoroute.

— Tourne à droite au deuxième stop.

Soudain, ça me frappe. C'est certainement la dernière fois que je me rends dans la maison que nous avons partagée. Comment est-ce possible ? Ce matin, en allant au travail, je pensais que mon plus gros problème était mon boulot assommant et je me demandais si Daniela penserait à lancer le lave-vaisselle après y avoir mis son bol de céréales.

— Je n'arrive pas à m'y faire, marmonné-je. J'allais préparer le dîner ce soir.

— Désolé, ma belle, chuchote Alec.

Alors qu'il tourne dans notre rue, j'échoue lamentablement à tenir à l'écart les pensées sinistres. Ma relation avec Daniela était condamnée, mais j'avais choisi de faire l'autruche. Je pense qu'elle a choisi la voie passive-agressive en essayant de me faire fuir par son comportement, pour ne pas assumer la responsabilité de la rupture.

C'est un comportement lâche et je ne l'excuse pas. Mais je regrette de ne pas avoir compris l'allusion beaucoup plus vite.

— C'est ici ? demande Alec en coupant le moteur.

— Oui.

Mon Dieu, je ne veux pas sortir du pick-up. J'aimerais me blottir sous une couette devant la télévision, dans la maison familiale, et me cacher. De préférence avec une bouteille de vin.

Mais on n'a pas toujours ce qu'on veut. Et Alec attend, ses grands yeux marron emplis d'inquiétude.

Alors je sors, un pied devant l'autre, jusqu'à me retrouver sur notre petit porche en bois. J'insère la clé dans la serrure, et après avoir ouvert, je passe un ongle dans l'anneau du porte-clé pour la retirer et la laisser derrière moi.

— Tu es sûre que tu n'auras pas besoin de revenir ? me demande Alec. Pour le courrier ? Des trucs que tu aurais oubliés ?

J'hésite. Il a raison. Finalement, je garde la clé.

— Ton nom est sur le bail ? Y a-t-il des services à ton nom ?

Je secoue la tête. Daniela habitait ici avant moi.

— Bon, au moins ce sera plus facile.

Il écarte une mèche de cheveux de mon visage et me sourit.

— Allez, on va changer ta vie en un temps record, tu vas voir. Tu n'aurais pas un gros sac de sport ? Si tu manques de place, il reste le bagage universel en cas de fuite pour les relations qui se terminent mal…

— Quoi donc ?

— Un sac poubelle.

— Oh, Alec.

Je renifle avant de pouffer.

J'ai vingt-sept ans, je viens tout juste d'entrer sur le marché du travail, et voilà que je m'apprête à vider de mes affaires la maison de mon ex. Dans des sacs poubelles, qui plus est. Parce que je n'ai qu'une seule valise, et qu'elle sera remplie à craquer rien qu'avec mes manuels de droit.

Alec me serre l'épaule sans ménagement.

— Allons-y. Ça ne sert à rien de cogiter maintenant. Montre-moi tes livres. Tu t'occuperas des vêtements.

Nous nous mettons au travail.

Si l'on m'avait demandé de nommer une dizaine de personnes susceptibles un jour de m'aider à déménager de chez Daniela, Alec Rossi n'y aurait jamais figuré. Mais j'oublie qu'il s'agit de la soirée la plus bizarre de ma vie et je fais exactement ce qu'il me dit. J'emballe mes vêtements et mes chaussures, pendant qu'il empile mes bouquins dans des boîtes vides que je déniche au fond du garage.

Il me faut moins de temps que je ne le pensais pour séparer ma vie de celle de Daniela.

Alec emporte mes livres à l'extérieur, puis mes vêtements. Nous avons rapidement rempli mon panier à linge, plusieurs sacs de courses et, évidemment, des sacs poubelles pour mes habits et une couverture que ma mère m'a faite.

Le lit me paraît vide maintenant. J'ai passé des moments de bonheur dans ce lit, à explorer ma bisexualité. Mais apparemment, Daniela gardait aussi de bons souvenirs dans un autre lit. Pas étonnant qu'elle ne m'ait pas fait l'amour depuis un moment.

Pendant une minute, je reste là, à fixer les draps froissés, me laissant imprégner par la douleur. Hier soir, je me suis pelotonnée contre elle quand elle est venue se coucher. Mais Daniela m'a tourné le dos, son épaule frêle se dressant comme un mur entre nous.

Quand elle m'a proposé de venir vivre chez elle au printemps dernier, j'étais aux anges. J'ai cru avoir enfin trouvé quelqu'un qui resterait avec moi pour toujours.

Pfff. Je me détourne enfin de ce maudit lit.

— Allons-y.

— Pas si vite, dit-il en posant ses mains sur mes épaules. Pièce par pièce, d'accord ? Tu as quelque chose dans la salle de bain ?

Il a raison. Dans ma hâte, j'ai oublié mes affaires de toilette. Je ne suis pas mesquine au point d'emporter la nouvelle boîte de tampons que nous venons d'acheter, pas plus que le shampoing. Je prends ma crème hydratante haut de gamme, cependant, ma brosse à dents et mon sèche-cheveux.

Daniela peut laisser sécher les siens à l'air libre, après tout.

— Qu'est-ce qu'il y a là-dedans ? demande Alec en désignant la chambre d'amis.

— Pas grand-chose.

Je m'approche et ouvre la porte, me sentant un peu bête. Je m'étais imaginé que nous aurions peut-être besoin de cette pièce le jour où nous aurions un bébé. Je voulais adopter une petite fille en Chine. Dernièrement, quand j'ai évoqué la question, Daniela a changé de sujet.

Bon Dieu, j'ai vraiment raté tous les indices qu'elle m'a donnés.

Mes yeux balaient la pièce, presque vide, mais alors que je m'apprête à fermer la porte, je repère mon panier à tricot dans un coin. Je l'ai tellement négligé, dernièrement, qu'il est un peu poussiéreux.

— C'est à moi, dis-je en le récupérant.

Il y a au moins deux cents dollars de laine et d'aiguilles dans le panier, mais je n'ai rien tricoté depuis des lustres. Daniela s'est souvent moquée de ce qu'elle appelle mon loisir de grand-mère.

Qu'elle aille se faire voir. Pourquoi ai-je écouté un seul mot qui sortait de sa bouche ?

Parce que tu te sentais seule, me rappelle mon subconscient.

Oui, voilà.

Alec me prend le panier des mains.

— Pas besoin de sac pour ça, dit-il. Je vais le poser sur la banquette arrière. Tu as vérifié dans la cuisine ?

Là aussi, j'ai besoin de prendre quelques affaires. Un plat à tarte en céramique qui appartenait à ma grand-mère, quelques tasses, un rouleau à pâtisserie que j'avais quand j'ai emménagé. Tout tient dans un sac en papier du commerce.

Je laisse un poulet entier décongelé au réfrigérateur. Ce soir, je comptais le faire rôtir pour le dîner, mais maintenant, je parie qu'il va pourrir. Daniela n'a jamais cuisiné pour moi comme je l'ai fait pour elle. Elle ne prenait pas le soin de planifier les repas ni même de me demander ce que je voulais qu'elle rapporte du magasin.

Il faudrait que je sois folle pour emporter le poulet, non ? Qui récupère de la volaille décongelée dans le réfrigérateur quand il déménage ?

En même temps, c'est un poulet fermier bio. Il coûte presque quinze dollars le kilo.

Voilà quelles sont les pensées qui m'habitent quand je repère le nouvel iPhone de Daniela sur le plan de travail. Elle a dû l'oublier, comme ça lui arrive souvent. Pour sa défense, la couverture du réseau mobile au Vermont est tellement irrégulière que les smartphones ne sont pas aussi utiles que n'importe où ailleurs dans le monde.

Je prends le téléphone et je le déverrouille – l'empreinte de mon pouce y est enregistrée, ce qui me permet de choisir la playlist quand nous sommes ensemble dans la voiture. Pour la première fois au cours des onze mois de notre relation, j'ouvre l'application de messagerie. Je ne suis pas une fouineuse. J'ai tendance à faire confiance. Mais maintenant que ma confiance a été lacérée, je suis curieuse de savoir depuis combien de temps dure sa liaison.

Bien entendu, sous sa discussion avec moi, je découvre un fil intitulé *Trax*, le surnom de son ex. (J'en sais beaucoup trop sur cette femme, j'aurais dû me douter que ça se terminerait comme ça.)

Je parcours les derniers messages et j'en ai déjà la nausée.

Trax : Demain, c'est trop loin, ma chérie. J'ai trop envie de toi. Je vais encore te faire crier.

Pouah ! Je fais défiler la page à la hâte pour vérifier qu'elles s'échangent bien des textos depuis plusieurs semaines. Mais je donne le coup de pouce de trop, car je découvre une photo de Daniela nue sur notre lit. Ses jambes sont écartées et, du bout des doigts, elle se touche légèrement...

Je lâche un gémissement consterné.

— Il est temps d'y aller, dit Alec sur un ton compréhensif, adossé contre l'encadrement de la porte.

Il ne le dit pas, mais je sais bien qu'il monte la garde. Il essaie de me protéger contre une autre confrontation brutale.

C'est l'impulsion dont j'avais besoin. J'en ai terminé avec cette histoire. Bel et bien *terminé*. J'éteins le téléphone et l'écran devient noir. Mais ce n'est pas assez satisfaisant. Alors, j'ouvre le lave-vaisselle, que Daniela a oublié de démarrer. Je jette le téléphone dans le panier du haut, je le ferme et j'appuie sur le bouton marche.

— C'est bon, dis-je alors que le bruit de l'eau qui tourbillonne se fait entendre à l'intérieur de la machine. Je suis prête.

Alec est figé dans l'embrasure de la porte et me regarde fixement. Lentement, les commissures de ses lèvres s'étirent. Puis son sourire s'épanouit.

— Tu es une dure à cuire, May Shipley. Je dois dire que je t'admire.

Pourtant je ne me sens franchement pas dure à cuire tandis que nous nous dirigeons vers la ferme de ma famille, à Tuxbury. Je me sens tellement minable.

— Tout va bien ?

— Oui. Désolée.

Je ne suis pas douée pour faire la causette.

— J'essaie juste de remettre de l'ordre dans mon cerveau. Ma famille ne va pas être tendre avec moi.

— Quoi ? Bien sûr que si. Ils seront contents de te voir.

Le ton d'Alec se veut rassurant, comme s'il s'adressait à une folle.

— Peut-être. Mais maintenant, j'ai une sacrée réputation, la ratée de la famille. Quand j'arriverai ce soir avec mes affaires dans ton pick-up et que je retrouverai mon ancienne chambre...

Je soupire rien qu'en imaginant leurs visages.

— Ça va faire un foin pas possible et on me surveillera pour déceler des signes de stress. Je suis le seul vrai gâchis de ma famille.

Alec ricane.

— Non, tu es la seule *avocate* de la famille ! Si tu veux être un vrai gâchis, tu vas devoir faire plus d'efforts que ça.

Sa remarque me fait sourire, parce que je préfère le point de vue d'Alec sur la situation que le mien. Malheureusement, il a tort. Je suis peut-être la seule Shipley à détenir un diplôme du supérieur, mais je suis aussi la seule alcoolique. Parfois, ils me traitent comme si j'avais contracté une maladie inconnue et potentiellement mortelle.

Ils doivent avoir raison.

— Ce sera gênant, dis-je en soupirant, imaginant tous les regards de compassion que je vais recevoir.

Pauvre May. Elle s'est encore perdue.

— Tu sais, je crois que je me suis installée trop tôt avec Daniela, essentiellement parce que je ne voulais plus être sous leur surveillance permanente.

Ma famille peut être difficile à supporter.

— Alors maintenant, ça va recommencer ?

— Oui.

— Regarde le bon côté des choses, dit-il en passant sa main chaude par-dessus le levier de vitesse pour me donner une petite chiquenaude. Bouffe et loyer gratis !

Il n'a pas tort. On ne meurt jamais de faim à la ferme Shipley.

Cependant, alors que les kilomètres défilent, aussi sombres que mon humeur, je ne peux pas m'empêcher de rejouer dans ma tête l'horrible scène du bar d'Alec.

— Ça peut paraître bizarre de bloquer là-dessus, grommelé-je, mais je n'en reviens pas qu'elle porte ce pull. Si tu sortais un soir avec l'*autre femme*, est-ce que tu mettrais un pull que ta copine a fait spécialement pour toi ? J'ai passé cent heures sur ce machin, et au moins deux cents dollars. C'était de l'angora !

— Heureusement que ce n'était pas du cachemire.

— N'est-ce pas ? Bon sang. Ça m'aurait coûté dans les quatre cents dollars de laine…

— Vraiment ?

— Oui, figure-toi que ça coûte plus cher de faire un pull soi-même que d'en acheter un.

Alec tourne la tête pour me lancer un coup d'œil rapide.

— Alors, pourquoi les tricoter ? Question sérieuse.

— Parce que tu peux faire tout ce que tu veux. Mais aussi par amour. Quand c'est fait à la main, c'est mieux qu'acheté en magasin.

— Pas toujours, souligne Alec. Si tu goûtais à ma cuisine, tu ne dirais pas la même chose.

— Tu sais quoi ? dis-je en souriant à son beau profil. Ça va te sembler ridicule.

— Essaie toujours. Moi, je dis bien des conneries à longueur de journée.

— Il y a une histoire de bonnes femmes qui dit qu'on n'est pas censé tricoter de pulls pour l'homme de sa vie. Elles disent qu'après, il ne t'épousera jamais.

— Aïe, fait Alec en fronçant les sourcils. J'espère que tu ne crois pas ce genre de choses. Ce qui est arrivé n'était absolument pas ta faute.

— Ce n'est pas le pull qui a fait ça, m'empressé-je de répondre. Bien sûr que non. Mais c'est drôle que ce conseil de grand-mère fasse référence à un homme. J'ai plaisanté là-dessus, je disais que ça n'avait pas d'importance si j'offrais un pull à Daniela parce que cette malédiction ne touche pas les lesbiennes.

Alec éclate de rire. C'est un son chaleureux et jovial qui retentit dans l'habitacle. Ma vie s'écroule en ce moment, mais c'est toujours facile de parler avec lui. Ce doit être un don que partagent les barmans. Comme les prêtres. On doit passer de bons moments, assis à son bar, à discuter avec lui.

Dommage que je ne fréquente plus ce genre d'établissements.

Avant que je ne sois prête, nous arrivons dans l'allée de la ferme familiale. C'est alors que je remarque qu'elle est bondée de véhicules.

— Oh, bon sang.

— Il y a du monde ce soir ?

— C'est le dîner du jeudi.

Il s'agit d'un événement familial hebdomadaire. Il ne se tient pas toujours chez nous. Mais ce soir ? Bien sûr, il fallait que ça tombe à ce moment-là. Plus tôt dans la journée, j'ai dit à ma mère que Daniela et moi ne viendrions pas.

Une fois de plus, je me morfonds. À voix haute. Parce que je viens de réaliser quelque chose.

— Qu'y a-t-il ?

— Je suis une idiote. Daniela ne vient pas avec moi au dîner du jeudi à cause de son bénévolat. Mais en réalité, elle ne fait rien de ce genre. Elle a juste choisi ce soir-là pour ses petites aventures, histoire d'éviter le dîner du jeudi avec ma famille.

Mais quelle conne !

— Qui ne voudrait pas dîner avec vous ? demande-t-il d'une voix douce.

— Elle, évidemment.

Sa sollicitude me fait de la peine. Bon Dieu, j'ai trop envie d'un verre. Vraiment trop ! Bien sûr, je garde ça pour moi. Je suis déjà assez pathétique.

Alec coupe le moteur.

— Qu'est-ce que tu comptes faire ? Tu veux planquer tes affaires sous le porche et revenir plus tard ?

Il regarde la ferme, où une dizaine de personnes sont visibles à travers les rideaux en dentelle de la salle à manger.

— Non, c'est bon. Je vais entrer et en finir une bonne fois pour toutes.

Alec m'a déjà consacré bien assez de temps ce soir.

— Je vais rentrer mes affaires par la porte de la cuisine et les laisser dans la salle télé.

Comme ça, au moins, je ne ferai pas d'allers-retours dans l'escalier pendant que tout le monde est à table.

Ça ne va pas être facile.

Le bon côté, c'est que j'aurai droit à une part de la tarte aux pommes de ma mère.

CHAPITRE TROIS

Alec

May et moi passons furtivement deux chargements par la porte de la cuisine.

Mais lors de notre troisième voyage, nous tombons nez à nez avec son grand-père qui vient remplir son verre d'eau à l'évier de la cuisine.

— Tiens, tiens, tiens ! s'écrie le vieil homme.

Soit il est malentendant, soit il aime le son de sa propre voix.

— Regardez qui se faufile comme une voleuse dans la nuit !

— Les voleurs *emportent* des choses, grogne May. Là, c'est le contraire.

— Tu as enfin quitté cette harpie de petite amie ? lance le grand-père Shipley.

May ferme les yeux comme s'il lui causait une douleur physique.

— Tu peux le dire plus fort, papi ? Je ne suis pas sûre qu'on t'ait entendu jusqu'à Rutland.

Et voilà la fin du mode ninja.

— Que se passe-t-il ?

La mère de May, Ruth Shipley, apparaît dans la cuisine, un pichet vide à la main.

— Tu as quitté Daniela ? demande-t-elle, bouche bée.

Pauvre May.

— On peut en parler plus tard ? fait-elle alors que la salle se remplit de visages plus curieux. Retournez tous vous asseoir, d'accord ? Il n'y a rien à voir ici.

Un silence gênant s'ensuit, puis Ruth semble se rappeler qu'elle est en mission. Elle porte le pichet à l'évier pour le remplir d'eau.

— J'imagine que vous n'avez pas mangé. May, prends deux assiettes, chérie. Alec, tu restes pour le dîner.

— Oui, madame.

La voix de Ruth Shipley est plus autoritaire que celle des commandants aux ordres desquels j'étais durant mon bref passage dans l'armée.

— Désolée, chuchote May.

Je devrais retourner au *Gin Mill*, mais j'ai reçu un texto de Connor, qui me dit qu'il est venu prendre la relève. Alors, aucun souci du côté du bar.

Je me sentirais un peu mal de laisser tomber May avec ses affaires et de prendre la tangente. Et puis, il faut dire que ça sent incroyablement bon. Ruth est célèbre pour ses dîners et c'est la première fois que je mets les pieds dans leur ferme. Les Shipley fournissaient les repas aux gamins qui venaient les aider à la cueillette au verger, mais ils nous laissaient à l'extérieur, comme la racaille que nous étions.

Malgré moi, je suis curieux.

— Je vais fermer les portières et j'arrive.

— Je peux le faire…

— Je gère. C'est bon, dis-je en posant une main sur son épaule.

Deux minutes plus tard, j'ai passé la tête dans la salle à manger et j'ai l'impression d'entrer en territoire ennemi. Mon vieux copain Griffin est assis au centre, d'un côté de la table, comme un roi entouré de sa famille et de sa femme.

J'ai connu les Shipley toute ma vie. L'image d'Épinal de la famille idéale : deux garçons et deux filles, tout le monde souriant, avec des pulls tricotés à la main, qui chantent tous ensemble autour d'un feu de camp.

Je suis prêt à parier qu'ils le font pour de vrai.

Le clan Rossi, en revanche, est une version plus brute de décoffrage, plus marginale. Il compte quatre garçons et une fille. Nous sommes plus tapageurs, moins policés, et à la consternation de ma charmante mère, un peu plus grossiers. Nous avons des tatouages et des tee-shirts punk-rock au lieu de jolis petits polos. Nous sourions aussi, mais en général, il y a toujours un conflit quelque part.

— Par ici, idiot, lance quelqu'un.

Je me retourne pour découvrir ma sœur qui me fait un signe de la main. Zara est assise sur un banc avec Nicole, ma petite nièce, sur ses genoux.

— Salut, la famille, dis-je en prenant place à côté d'elles. C'est sympa de vous retrouver ici.

Honnêtement, c'est un peu bizarre. C'est aussi à cause de Zara que je ne suis pas très proche de Griffin Shipley. Elle était amoureuse de lui au lycée, alors qu'il ne daignait même pas la regarder.

Mais il y a quelques années, il s'est intéressé à elle. Ils ont eu une aventure à laquelle Griff a mis fin, brisant à nouveau le cœur de Zara.

Tout est bien qui finit bien, parce qu'elle a un nouvel homme dans sa vie et un bébé. C'est certainement la plus heureuse des cinq enfants Rossi, mais je ne comprends toujours pas comment Zara peut être si proche des Shipley maintenant. La femme de Griff est même sa meilleure amie et associée.

J'en veux toujours à Griffin pour ce qu'il a fait à Zara, mais ma sœur a l'air épanouie. Audrey et elle tiennent un café très fréquenté, situé sur ma propriété à côté du *Gin Mill*. Elles me louent leur local, mais mon implication s'arrête là.

Je m'assieds à côté d'elle et je déplie ma serviette en lin sur mes genoux. Maman serait fière.

— Ac ! fait Nicole.

Ma nièce est ma petite chérie, même si elle ne sait pas encore prononcer *Alec*. Le bébé et moi passions beaucoup plus de temps ensemble, quand elles vivaient dans l'appartement en dessous du mien. Mais maintenant, Zara habite une belle demeure historique dans le centre de Colebury.

Nicole essaie de grimper sur mes genoux, mais Zara la retient par la couche.

— Laisse manger Ac, d'accord ? Tu pourras l'escalader comme un arbre dans une jungle tout à l'heure.

Quelqu'un me passe une corbeille de petits pains et j'en prends un.

— Tu es le proprio de ce nouveau *speakeasy*[1] ! s'écrie le grand-père Shipley.

— C'est un bar, papi, rectifie Griffin. Bonsoir, Alec.

Il se penche par-dessus la table pour flanquer un morceau de jambon dans mon assiette. Puis il sert également ma sœur.

— Alors… fait-il en se raclant la gorge avant de me passer un plat de purée de pommes de terre. Comment se fait-il que tu aies ramené May chez nous ce soir ?

Il me lance un regard méfiant qui m'agace aussitôt. Griff est un vrai ronchon. Il regarde tout le monde d'un mauvais œil.

May répond à ma place.

— Alec était juste au bon endroit au mauvais moment, dit-elle en versant de la compote de pommes dans son assiette à côté du jambon. Et il s'est porté volontaire pour me reconduire chez moi.

— Peut-on savoir quel était cet endroit… ?

Griffin attend.

— Mon bar, déclaré-je entre deux bouchées.

Waouh, le jambon de Madame Shipley est un délice. Elle doit le fumer elle-même. Elle participe certainement à ces concours, à la foire de Tunbridge, où ils distribuent des rubans bleus pour la meilleure tarte et la meilleure compote de pommes.

Quand les Rossi vont à la foire, c'est uniquement pour les montagnes russes et les cornichons frits.

Un silence gênant s'installe. Je regarde autour de la table tous les visages ébahis et j'essaie de comprendre ce qui ne va pas. Ça fait beaucoup de monde. Il y a le plus jeune frère, Dylan – mais pas sa sœur jumelle, partie à l'université –, les Abraham du bas de la rue, ainsi que Jude Nickel et sa femme, Sophie.

Tout le monde darde sur May un regard inquiet. La pauvre, si je lui avais parlé de la tromperie de Daniela une semaine plus tôt, elle aurait pu éviter une scène au bar. Et elle aurait aussi choisi le moment idéal pour l'annoncer à sa famille.

May croise mon regard de l'autre côté de la table. *Tu vois ?* semble-t-elle signifier. *Je te l'avais dit.*

Ce silence embarrassant est entièrement ma faute.

Enfin, May le brise.

— J'ai débarqué dans le bar d'Alec pour demander une bouteille de whisky, dit-elle à voix haute.

Sa mère étouffe un petit cri.

— Je *plaisante*, ajoute May en posant sa fourchette. Cet après-midi, j'avais une cession d'entreprise à Waterbury. Alors, je suis passée devant le *Gin Mill* en rentrant vers le sud. Et j'ai repéré la voiture de Daniela sur le parking.

— Oh, fait Ruth, visiblement soulagée.

Griffin hoche la tête.

— Ce n'est pas comme si tu pouvais la rater, cette caisse. Tous ces autocollants sur le pare-chocs. Un poil trop militant.

May lève les yeux au ciel.

— Bref. Je suis entrée pour lui faire coucou. Daniela est censée avoir une réunion le jeudi, dit-elle avant de déglutir. Je n'ai même pas trouvé ça bizarre de voir sa voiture là-bas, parce que je me suis dit qu'ils allaient peut-être prendre un verre après, tous ensemble, et qu'elle ne m'en avait rien dit pour ne pas me provoquer… puisque prendre un verre, évidemment, ça m'est interdit.

L'histoire s'arrête là une seconde, le temps que May prenne une profonde respiration. Tout le monde garde le silence, même ma petite nièce.

— Mais ensuite… j'ai aperçu Daniela sur une banquette. Avec son ex-copine. Et elles étaient… eh bien, disons, très emmêlées l'une à l'autre.

Elle a les yeux baissés sur son assiette.

— Oh, bon sang, peste Griffin. Je vais la tuer.

— Chérie, dit Ruth à mi-voix. Tu es sûre d'avoir bien interprété ce que tu as vu ?

— Sans le moindre doute, précisé-je.

La pitié est palpable dans la salle à manger, comme une brume épaisse, et je ressens la gêne de May de l'autre côté de la table.

— Tu l'as mise au pied du mur ? demande Griffin.

— On peut dire ça.

May lève les yeux. Quand elle croise les miens, ses joues virent au rose.

— Oh, oh ! fait Zara. Ça a pété ?

— Non, dis-je.

Au même moment, May soupire :

— Oui, malheureusement.

Un autre silence intrigué s'attarde avant que j'admette :

— Bon, d'accord. May s'est emportée. Mais on peut la comprendre, non ?

— J'ai peut-être utilisé un langage très coloré, marmonne-t-elle.

— Oh, ma chérie, fait sa mère.

Apparemment, les femmes de la famille Shipley ne sont pas censées dire de vilains mots.

— Je l'ai traitée de…

May ferme aussitôt la bouche en prenant conscience qu'elle ne peut pas dire *balai à chiottes* devant ma nièce.

Un éclat de rire m'échappe, et pendant une fraction de seconde, nous échangeons un regard amusé et complice.

— Eh bien, dit Ruth en soupirant. Je suis vraiment désolée. Au moins, maintenant, tu n'es plus dans l'ignorance.

— Non, c'est sûr, répond May en prenant sa fourchette pour jouer avec la nourriture dans son assiette. Voilà, c'est tout. Alec m'a ramenée à la maison et m'a aidée à faire mes valises illico presto.

— Elle te trompait ? vocifère le grand-père. Toi ? Quelle sale chienne !

— *Papi*, se récrient plusieurs Shipley à la fois.

— Quoi ? La chienne, c'est la femelle du chien. Ce n'est pas un gros mot.

— Avec *sale* devant… commence Dylan.

— Tais-toi, mon grand, rétorque le grand-père. Je suis assez énervé comme ça. Il n'y aurait qu'une bonne part de tarte pour me calmer.

— J'aime votre façon de penser, lui dis-je avant de fourrer un autre morceau de jambon dans ma bouche pour me retenir d'ajouter : *à propos de Daniela et aussi de la tarte.*

— Je vais préparer le café, annonce Audrey Shipley en extrayant son ventre de femme enceinte de sa chaise.

— Je m'en charge ! proposent trois autres personnes à la fois.

C'est Zara qui remporte ce petit concours pour éviter à Audrey un aller-retour à la cuisine.

— On a besoin de bouger, de toute façon, insiste-t-elle en posant Nicole par terre.

— Waouh, fait Audrey en s'affalant à nouveau sur la chaise. J'aurais dû tomber enceinte plus tôt.

— Vu comment vous vous y prenez, tous les deux, c'est étonnant que ce ne soit pas arrivé plus tôt, en effet, grommelle le grand-père dans son verre d'eau.

Qui aurait cru que le dîner du jeudi chez les Shipley soit aussi divertissant ? Leur grand-père est mon préféré. Il n'a pas le même balai dans le cul que Griffin. Ça saute peut-être une génération de temps en temps.

Je verse dans mon assiette une autre louche de cet excellent repas, en espérant qu'ils laisseront un peu de répit à May, maintenant. D'ailleurs, je pourrais changer de sujet :

— Alors, Audrey ? Comment ça se passe avec le nouveau ?

— Oh ! répond-elle en caressant son ventre rond, le visage empreint de douceur. C'est un employé de rêve.

Griffin pouffe à côté d'elle.

— Dis-lui pourquoi.

— Je peux faire la grasse matinée presque tous les jours maintenant ! Il ouvre le café quatre matins par semaine. Et il a commencé à faire du pain frais en plus des pâtisseries que nous proposons. Non seulement c'est très rentable, mais ça sent comme au paradis quand j'arrive dans le café tous les matins à dix heures.

— C'est vrai qu'il fait rêver, intervient May, guillerette. Et il n'est pas mal non plus.

Tout le monde éclate de rire, y compris moi.

— Quoi ? Vous avez vu ce type ? dit-elle en souriant pour la première fois depuis une heure. Ces avant-bras. Ce doit être à force de *pétrir*.

D'autres rires fusent.

— Demande-lui son numéro ! conseille le grand-père.

Mais Audrey secoue la tête.

— Je suis presque certaine qu'il joue dans l'autre équipe. Chaque fois que Griffin se pointe au café, il louche sévèrement sur ses fesses.

— Que veux-tu ? fait Griff en haussant les épaules. J'ai un très beau cul.

— Surveille ton langage, s'exclame Ruth Shipley.

— Quoi ? Le Q, ce n'est jamais qu'une lettre de l'alphabet, s'amuse le grand-père. Bon, c'est l'heure de la tarte ? Ce jeune homme a fini son dîner, ajoute-t-il en désignant mon assiette.

— Pourquoi pas, concède Ruth avec un soupir. Je crois que j'ai perdu le contrôle de ce repas il y a longtemps.

Elle jette un coup d'œil à sa fille.

— Je suis contente de t'avoir à la maison, ma chérie. Ne t'inquiète pas, nous n'avons pas transformé ta chambre en salle de sport ou je ne sais quoi.

— Tant mieux, grogne May.

Mais elle n'a pas l'air ravie.

— Comment marchent les affaires au *Gin Mill* ? s'enquiert Griff un peu plus tard, devant une tarte et un café.

— Du tonnerre, dis-je immédiatement.

Hors de question que je me plaigne devant Monsieur Parfait.

— Je croyais que le mois de novembre ne serait pas terrible, mais ça marche mieux que je le pensais. Les week-ends sont encore bien remplis.

Si seulement j'avais une meilleure marge de profit.

— Je me débrouille, en attendant de diversifier mes sources de revenus.

— Je vois, fait Griff en se lissant la barbe. Nous vendons du cidre, des fruits et du lait. C'est essentiel de se diversifier.

C'est quelque chose que j'ai déjà appris à la dure.

— La prochaine étape serait de proposer aussi à manger, mais une cuisine commerciale, ça coûte dans les cinquante mille dollars et j'aurai aussi besoin d'embaucher.

— Ça fait toujours peur d'augmenter la masse salariale, ajoute Audrey. J'en sais quelque chose.

Griffin se penche et caresse le ventre de sa femme enceinte.

— As-tu d'autres idées ? me demande-t-il.

— Faire ma propre bière, avoué-je.

Griff excelle dans le cidre, alors il doit me comprendre. Mais ça reste à l'état de rêve pour l'instant, car même si ma cuvée maison n'est pas mauvaise, je n'ai pas les moyens de mettre sur le marché des bières commerciales.

— Je ne peux pas encore investir là-dedans.

— Tu peux commencer petit, souligne-t-il comme si je n'y avais pas pensé moi-même. De l'*ale*, par exemple, parce que les *lagers* ont besoin de plus d'équipement.

— Exact.

J'y ai déjà réfléchi une centaine de fois. Mon oncle Otto a une cuve de fermentation qui n'est utilisée que quatre-vingt-dix jours par an envi-ron. J'ai des projets évidents pour cette cuve.

— Qui reprendra de la tarte ? lance Ruth Shipley.

Presque tout le monde lève la main.

Sauf May, qui joue avec des miettes dans son assiette, la mine abattue.

Je ne comprends pas. Sérieusement. May est une fille intelligente, loyale et très sexy. C'est la plus pétillante des Shipley. Qui pourrait la tromper ?

Même si j'ai empêché May de frapper Daniela ou sa maîtresse ce soir, je pense quand même qu'elles le méritaient.

Je déguste une autre part de cette excellente tarte en me disant que cette abrutie de Daniela ne sait pas ce qu'elle rate.

CHAPITRE QUATRE

May

Lorsque j'entre au *Busy Bean* cinq jours plus tard, Zara est derrière la caisse.

— Mais qu'est-ce qui sent si bon ? demandé-je en guise de salutations.

— Des bretzels tout chauds faits maison, répond-elle. Roderick vient de les sortir du four.

— Je peux en avoir un ?

J'en salive d'avance.

— Bien sûr. Un café latte, aussi ? Je viens d'en faire un pour Lark.

Je me tourne vers mon amie, assise sur un fauteuil en velours devant une petite table à la surface en marbre. Avec ses cheveux noirs étincelants et sa peau dorée, elle a le glamour décontracté d'une star de cinéma. Elle regarde par la fenêtre avec un léger sourire sur ses lèvres parfaites en bouton de rose.

Il me faut une seconde pour me rappeler que je suis en pleine conversation. Zara se racle la gorge.

— Bien sûr ! dis-je rapidement. Un latte, merci !

Je paie à la caisse et prends une gorgée de mon café au lait avant de traverser la pièce pour aller raconter à ma meilleure amie comment j'ai encore foutu ma vie en l'air.

~

— Et ensuite, que s'est-il passé ?

Lark se penche en avant sur sa chaise, ses yeux noirs écarquillés avec enthousiasme. Manifestement, le récit de ma rupture dramatique avec Daniela la passionne.

— Eh bien, j'ai giflé Tracy.

— Oh, mon Dieu ! se récrie-t-elle, les yeux brillants.

— Mais je ne lui ai rien fait d'autre, parce qu'Alec Rossi m'a entraînée hors du bar.

— Ah bon ?

— Comme je te le dis.

Et encore, mon histoire ne lui rend pas justice. Alec ne m'a pas seulement emmenée. Tout est flou à cause du choc, mais je suis presque certaine qu'il m'a soulevée du sol à ce moment-là.

— Ensuite, il m'a accompagnée chez elle et il m'a aidée à débarrasser la maison de mes affaires. Je n'y suis pas retournée depuis.

— Je suis vraiment désolée d'avoir manqué tout ça, dit Zara en passant à côté de notre table avec un plateau de tasses à café vides. J'adore les bagarres de bar.

Elle me fait un clin d'œil et disparaît dans la cuisine.

— Ce n'était pas une bagarre ! lancé-je par-dessus mon épaule, même si je sais qu'elle ne faisait que plaisanter.

— Il y a quelque chose que je ne comprends pas, dit Lark en remuant son café latte. Comment se fait-il que j'aie dû attendre cinq jours pour entendre tout ça ?

— Voyons !

Je me baisse pour récupérer mon tricot dans mon sac posé par terre.

— Je n'allais pas interrompre ton week-end romantique en Floride avec mon histoire à faire pleurer. Et tu dois admettre que c'est mieux de l'entendre en personne.

— C'est vrai.

Lark me sourit.

— Comment vas-tu *maintenant*, après cinq jours pour t'en remettre ?

— Ça va, mais je suis gênée.

Je triture l'écharpe que j'ai commencé à tricoter pour ma petite sœur, Daphné.

— Ce qui m'ennuie, c'est que je dois revoir Daniela la semaine prochaine à une réunion d'anciens élèves. Alors, je m'y prépare. Mais j'ai surtout l'impression de me réveiller après un cauchemar. Elle et moi, ça ne marchait pas. Je vais m'en remettre.

Encore une fois, je sous-estime la situation. Ces cinq journées ont été longues et difficiles. Mais je ne veux pas que Lark s'inquiète pour moi. Nous avons des bagages assez lourds comme ça, toutes les deux.

— Hmm, dit-elle, ses yeux bruns rivés sur moi. Je vais avoir besoin d'un peu plus de détails que ça. Est-ce qu'elle te manque ? C'est bizarre d'être de retour chez toi ?

— Bien sûr.

Je soupire.

— Tout est un peu morose, mais pas parce que j'ai le cœur brisé. La rupture avec Daniela est presque un soulagement, ça nous pendait au nez. Le problème, c'est que ma famille me traite comme une grenade dégoupillée.

— Pourquoi ?

— Parce qu'ils ont lu un tas d'articles pour savoir comment soutenir un membre de la famille alcoolique. Ils attendent sans doute que je perde les pédales et que je fasse une rechute.

— Ah.

Elle fronce les sourcils, concentrée sur son café.

— Ça craint.

— Tu l'as dit. La plupart du temps, je fais semblant d'être heureuse. Comme ça…

J'affiche un sourire crispé absolument ridicule, tout en dents, et Lark éclate de rire à gorge déployée.

Et *boum*. La voilà, l'étincelle d'attirance que je ressens toujours quand elle me sourit. Mon désir pour elle est si familier que j'ai pris l'habitude de le cacher, avec le temps. Je le combats depuis la première année de fac, et depuis, j'ai passé dix ans à essayer de ne pas remarquer les yeux pétillants de Lark et les belles couleurs de ses pommettes bien dessinées.

Elle est si belle que mes poumons se compriment.

Ce n'est pas un secret. Lark le sait. La mèche est vendue depuis un an au moins, mais on n'en parle jamais, parce que je n'en ai pas envie. Je sais que le désir ne disparaîtra pas. C'est ma propre croix à porter.

Si j'avais aimé Daniela ne serait-ce que la moitié de ce que j'aime Lark, ma rupture serait un vrai désastre.

— Elle t'a appelée ? demande-t-elle, comme si elle lisait dans mes pensées.

— Une fois, dis-je avec un nouveau soupir. Ce soir-là, j'ai reçu un message éploré, laissé par un numéro inconnu. Mais plus depuis.

Lark fronce les sourcils. Peut-être se demande-t-elle pourquoi Daniela ne m'appelle pas toutes les heures. Mais je suppose qu'elle est soulagée par la rupture, elle aussi. Sans compter que, si elle ne me contacte pas, c'est peut-être parce que j'ai bousillé son smartphone. J'ai un peu honte de mon acte, alors je n'en parle pas à Lark.

En fait, je suis contente de ne pas avoir de nouvelles de Daniela. J'en ai vraiment *terminé* avec elle. J'aurais dû la quitter il y a des mois, dès qu'elle a commencé à mal se comporter avec moi. Nous étions ensemble depuis moins de six mois quand elle s'est mise à me rabaisser en permanence. D'abord en privé, puis devant les gens.

— Eh bien, dit Lark avec circonspection, au moins maintenant, tu te sens plus en phase avec toi-même.

— Oui, tu as raison. C'est déjà ça. Et merci d'être la seule, dis-je en consultant ma montre, à avoir tenu quinze minutes sans dire « bon débarras » ou « mais qu'est-ce que tu avais dans la tête ? »

Ma meilleure amie fait la grimace.

— Je ne dirais jamais une chose pareille.

— Même si tu le penses, la taquiné-je.

Elle sourit.

— Tu sais ce que j'en dis ? Que j'aurais aimé être là, dans le bar, quand c'est arrivé, pour pouvoir la frapper moi-même.

— Merci.

— Dieu sait que je suis trop souvent sortie avec de mauvaises personnes pour te faire la morale, ajoute-t-elle en levant les yeux au ciel. Ça arrive à tout le monde.

— Mais plus maintenant, décrété-je, posant mon tricot sur mes genoux. J'en ai fini de sortir avec des gens qui ne me méritent pas. Et toi, tu es avec quelqu'un qui te regarde comme si tu étais la huitième merveille du monde. Alors, les erreurs sont derrière nous, maintenant.

— Bien dit ! fait Lark en levant sa tasse pour porter un toast. À la tienne.

Je trempe les lèvres dans mon café et décide de ne plus parler de mes malheurs.

— Alors, la Floride ! Comment c'était ? Raconte-moi tout.

— Oh, c'était génial.

Elle avale une grande gorgée de café, le regard fuyant.

Son esquive est subtile. Mais je connais Lark depuis près de dix ans et j'ai mémorisé chacune de ses expressions.

— Quoi ?

— Hmm ?

— Vas-y, raconte. Tout ce que tu ne me dis pas. Est-ce que tout va bien ?

Je me redresse un peu plus, inquiète.

Elle pose enfin la tasse et croise les doigts.

— Tout va bien. Vraiment. La Floride, c'était super.

Maintenant, ses pommettes sont plus foncées.

— Super, répété-je sans trop comprendre. Et ?

— Et *quoi* ?

— Je ne sais pas, moi. À toi de me le dire.

Lark se mord la lèvre.

— C'est un très mauvais timing.

— Mauvais timing pour qui ?

— Pour *toi*.

Elle lève enfin ses yeux marron, qu'elle plante dans les miens en annonçant :

— Zach m'a demandée en mariage, et j'ai dit oui.

Oh.

Oh, waouh.

Un long moment s'écoule, pendant lequel je m'efforce de réfléchir. Mon cerveau m'offre une vision de Lark dans un avenir proche, avec une belle robe blanche soyeuse, sa peau bronzée rayonnante. Elle regarde Zachariah avec amour et prononce ses vœux d'éternité.

Quant à moi, je me tiens juste derrière elle, un bouquet bien serré entre mes mains, rêvant de pouvoir m'enfiler une bouteille de vodka tout entière.

Le temps défile dans ma tête, et ça ne s'arrange pas. Bientôt, il y aura des bébés. C'est moi qui vais organiser la *baby-shower* de Lark. Et quand le bébé arrivera, je serai Tante May, et je bercerai le premier enfant de Lark contre ma poitrine dans sa chambre d'hôpital.

Waouh. La vague de chagrin qui me traverse est d'une puissance étonnante. J'ai déjà imaginé tout cela. Rien ne devrait me surprendre. Je tiens à ce que mes amis soient heureux ensemble.

Alors, pourquoi suis-je incapable de respirer ?

Et Lark qui attend que je dise quelque chose… Mon visage est brûlant, mais mon cœur est froid et je dois faire un effort pour parvenir à déglutir.

— Eh, dis-je enfin d'une voix étranglée. C'est incroyable ! Félicitations !

Mon affreux sourire factice est de retour sur mon visage et les yeux me piquent.

— Tu dois être folle de joie, m'exclamé-je.

Au même moment, Zara Rossi passe à nouveau près de nous pour ramasser les tasses à café abandonnées par d'autres clients à une table. Quand je la regarde, elle me fixe droit dans les yeux, visiblement interloquée.

Ce qui signifie que je me débrouille atrocement mal pour dissimuler mon hébétude.

Merde.

Je prends une inspiration et regarde ma meilleure amie bien en face.

— Excuse-moi, je ne m'y attendais pas.

Ses yeux s'embuent.

— Je t'avais dit que le timing était pourri.

— Non, non.

Je secoue la tête en m'efforçant de me ressaisir.

— Le timing est parfait. Tu le mérites. Et ce sera génial. Je peux t'aider à organiser le mariage ? Vous avez fixé une date ?

Voilà. J'ai réussi à parler d'une voix posée et régulière.

— Est-ce que ta mère veut donner une grosse réception à la Beacon Hill ? C'est ce que tu aimerais, toi ?

Lark me regarde avec des yeux brillants.

— Tu le crois si je te dis que je ne l'ai pas encore annoncé à mes parents ?

— Vraiment ? m'esclaffé-je avant de déglutir. Qu'est-ce que tu attends ?

Et puis, ça me frappe. Je sais *exactement* ce que Lark attendait. Elle s'est assise à cette table sans bague de fiançailles à son doigt. Elle ne la porte pas encore. Elle ne l'a pas dit à sa mère parce qu'elle ne l'a dit à *personne*. Absolument personne.

À cause de moi.

Lark voulait me l'annoncer en premier pour que je puisse faire ma tête de lard, à bouder pendant un petit moment avant de me faire à l'idée. Ensuite, elle pourra commencer à le dire à tout le monde.

Bon Dieu. Comment en sommes-nous arrivées là ? Je n'ai jamais cherché à être cette fleur délicate que les autres doivent manipuler avec précaution.

Je déteste ma vie en ce moment.

— Écoute, dis-je, le souffle court. Tu es la meilleure amie que je puisse avoir. Et je suis très heureuse pour toi.

Mes yeux sont mouillés, aussi, mais je n'en tiens pas compte.

— Il y a une bague ? Je veux la voir. Où a-t-il fait sa demande ? À la plage ? Ne me cache aucun détail.

La première larme coule sur mon visage et je serre mon tricot, les mains moites.

Lark hésite encore un instant. Nous sommes toutes les deux coincées, engluées dans nos atermoiements. *Allez*, l'imploré-je en silence. *Aide-moi à traverser cette épreuve sans perdre trop de dignité.*

Elle plonge la main dans son sac et en sort un adorable petit écrin de velours. Elle ouvre le couvercle pour révéler un anneau en or rose, avec un solitaire scintillant.

— Oh !

Encore un peu paniquée, je parviens à respirer.

— Mets-la. Elle est parfaite.

Elle s'exécute. J'avais raison, la bague est parfaite à son doigt.

— Il n'y a pas de grande histoire à raconter, désolée. Il m'a fait sa demande quand on se réveillait à l'hôtel, un matin, chuchote-t-elle. On était allongés là, à écouter les vagues au-dehors. Ça s'est fait comme ça.

— Oh.

Je soupire, sincèrement émue. Évidemment que Zach a fait comme ça, parce qu'il savait que c'était le bon moment pour le lui demander. Il n'avait pas besoin d'un coucher de soleil spectaculaire, d'une *flash-mob* sur leur chanson préférée ni d'une table dans un restaurant sélect. Zach et Lark, c'est du sérieux.

Quand ils se tiendront dans cette église et se promettront l'éternité, ils le penseront de toute leur âme.

J'essuie mes larmes du revers de la main.

— C'est tout simplement parfait. Merci de me l'avoir dit en premier. C'est un honneur. Maintenant, quand tu l'annonceras à ta mère et qu'elle essaiera de réserver la salle de bal d'un palais de Beacon Hill, je pourrai essayer de t'en dissuader.

Lark éclate de rire, le regard pétillant.

— D'accord, ça marche.

Je lui rends son sourire, aussi sincèrement que possible.

— Je suis vraiment désolée pour ce malheureux timing.

— Il ne faut pas, dis-je en secouant la tête. Si je t'aide à planifier ton mariage au lieu d'organiser le meurtre de Daniela, c'est une bonne chose.

Lark contemple la bague à son doigt.

— Que penses-tu d'un mariage à l'auberge de Woodstock ? C'est assez chic pour plaire à mes parents, mais ça reste dans le Vermont.

— J'adore cette idée. La grande classe à la Vermontoise, si tu vois ce que je veux dire. Ça devrait lui plaire, sans que ce soit trop guindé. Et il y a le golf. Ton père pourrait y aller.

— Bien vu. Je vais commencer par cet argument.

Elle sourit et je l'imite. Avec chaleur, cette fois. J'aime suffisamment Lark pour lui souhaiter tout le bonheur. Même si ça me fait mal.

Très mal.

Le reste de la journée s'écoule dans un brouillard incohérent. Mon nouveau cabinet juridique n'est pas franchement débordé par le travail, mais aujourd'hui, ça m'arrange. Au moins, je n'ai pas à réfléchir.

Cet après-midi, je dois consulter des registres immobiliers à la mairie de Tuxbury, à quelques kilomètres seulement de la ferme familiale. Mais les copies dont j'ai besoin ne me prennent pas beaucoup de temps. J'ai terminé à 16 h 30 et j'arrête de travailler en avance.

Quand j'entre dans la cuisine de la ferme, mon frère Griffin est là, accoudé au plan de travail, en pleine conversation avec le fiancé de Lark, Zachariah. Il y a une assiette de biscuits entre eux.

Fiancé. J'ai répété ce mot dans ma tête tout à l'heure, en essayant de me faire à l'idée. Leur conversation s'arrête à la seconde où ils me remarquent. Ils me regardent tous les deux, un peu méfiants.

Putain. J'en ai assez de ce regard qu'ils ont tous. Comme s'ils se disaient *pauvre May.* Et maintenant, le futur mariage de Zach et Lark va cristalliser tout cela. Personne ne cessera jamais de me regarder de cette façon. Pas avant des *mois*.

J'ai envie de hurler. Mais je ne peux pas.

— Salut, les gars ! m'exclamé-je avec un grand sourire factice.

Je n'enlève même pas mon manteau. Je fonds vers Zachariah et lui plante un baiser sur la joue.

— Félicitations. Je suis si heureuse pour vous.

— Merci, répond-il gentiment.

— Très bon choix de bague, dis-je avec un aplomb inébranlable. Elle est magnifique.

Sur ce, je chipe un biscuit dans l'assiette, je les salue tous les deux et je m'en vais.

Une minute plus tard, j'arrive à l'étage, dans ma chambre, sans avoir quitté mon manteau ni mes chaussures. Je ferme la porte et je jette le biscuit directement à la poubelle. Puis je me vautre sur le lit. Mes yeux me piquent et un mal de tête m'élance dans les tempes.

Ça a été la plus longue journée d'une très longue semaine. Tous mes proches me traitent comme une lépreuse émotionnelle. Je n'ai absolument rien à espérer.

Et j'ai vraiment *très* envie d'un verre.

Cette idée s'installe sur moi comme une couverture de laine, chaude mais irritante. J'aimerais un verre de vin, rouge aux accents de prune. J'aimerais sentir l'odeur des tanins dans mon nez quand j'avalerais une bonne gorgée. Puis une autre. Et encore une autre. Jusqu'à ce que la douceur de l'engourdissement si facile prenne le dessus sur mes sens et que les arêtes tranchantes de ma vie s'estompent doucement.

J'en ai tellement envie. Si je pouvais en avoir juste un peu, ça m'aiderait. *Rien qu'une fois de plus*, chuchote mon addiction. *Personne ne le saura.*

Mon addiction est une plaie.

Dans deux heures, je vais sortir de ce lit et j'irai à une réunion des AA. Je m'assiérai dans la salle communautaire miteuse d'une église et j'écouterai des inconnus parler des efforts qu'ils ont déployés pour devenir sobres. Au moins, je me sentirai un peu moins seule.

Un peu.

Sans compter que la réunion me donnera un bon prétexte pour quitter cette chambre. Lark m'a demandé comment j'allais aujourd'hui, mais je ne lui ai pas dit la vérité. Je n'ai rien dit à personne, parce que ça ne ferait que les inquiéter.

Mes envies sont puissantes et je n'ai pas eu autant envie d'un verre depuis longtemps.

Ma vie à la maison fait partie du problème. C'est ici que j'ai vécu mes pires moments en tant qu'alcoolique, dans cette chambre. C'est arrivé il y a un an et demi, quand Lark a été kidnappée à l'étranger. Elle travaillait dans une agence agricole à but non lucratif, et dans ce cadre, elle est partie en Amérique centrale, où elle a été enlevée en pleine rue. Elle a disparu pendant des semaines et j'étais sûre qu'elle était morte.

C'est alors que je me suis noyée dans la bouteille pour oublier. Mes études de droit en ont pâti et j'ai fini chacune de mes soirées ivre et en pleurs. J'étais tellement détruite que je ne cherchais même pas à cacher ma dépression aux autres. Pendant des années, j'avais dissimulé cette mauvaise tendance, mais avec la disparition de Lark, j'ai cessé d'en être gênée.

Ma famille ne s'attendait pas à un tel changement de comportement. Personne n'avait remarqué auparavant que l'alcool était ma béquille, parce qu'ils n'éprouvaient pas cette envie eux-mêmes. La semaine qui a précédé le sauvetage de Lark a été celle du grand drame, quand j'ai finalement admis que j'avais besoin d'aide. Ma mère m'a conduite à ma première réunion des AA, où j'ai pleuré comme une madeleine de bout en bout.

Ah, les souvenirs.

Beaucoup me considèrent comme une miraculée. Ma dépendance ne m'a pas coûté ma famille. Elle ne m'a pas coûté mon travail, je n'ai tué personne sur la route ni déçu ceux qui comptaient sur moi avant de reconnaître mon problème.

À ce jour, j'ai seize mois de sobriété.

Mais c'est une période difficile. Je suis à nouveau coincée dans cette maison. Je repense à Lark. Et je me demande comment j'ai réussi à tout faire foirer avec Daniela.

Je me sens vraiment perdue, pour quelqu'un qui est censé être en pleine ascension.

Mon téléphone annonce l'arrivée d'un texto et je le sors de la poche de mon manteau. J'ai besoin de me changer les idées. Le numéro ne m'est pas familier. Mais quand j'ouvre le message, je reconnais l'avatar. Le logo du *Gin Mill*. C'est Alec Rossi.

Comment vas-tu ? demande-t-il.

C'est la même question que tout le monde me pose. Mais pour une raison quelconque, la question d'Alec ne me dérange pas. Ce n'est qu'une connaissance, pas quelqu'un qui s'attend à ce que je m'autodétruise sous le poids de mes dernières déceptions.

Il est très mignon, aussi, ce qui ne gâche rien.

Moi : J'ai connu mieux.

Alec : Tu veux une blague ?

Moi : J'adore les bonnes blagues.

Alec : Je n'ai pas dit que c'était une BONNE blague.

Moi : Je vais tenter ma chance.

Alec : Un perroquet entre dans un bar. Le barman lui dit : Hé, on a un cocktail qui porte ton nom !

Alec : Le perroquet répond : Vous avez un cocktail qui s'appelle Coco ?

Moi : C'est grave si je suis MDR ?

Alec : Non. J'adore cette blague. Si tu as de la chance, un jour je te raconterai celle du champignon qui entre dans un bar. Mais celle-là, il faudra que je te la raconte en personne.

Moi : Ce ne sera pas facile d'attendre, mais j'essaierai.

Alec : Sérieusement, est-ce que je peux faire quelque chose pour t'aider ? À part te raconter toute ma collection de blagues de bar ?

Je suis sur le point de répondre non quand une idée me vient. Je ne devrais probablement pas demander un autre service à Alec. Mais s'il accepte, ça m'aidera beaucoup. Et peut-être trouverai-je un moyen de me rattraper.

Moi : Il y a bien une petite chose…

CHAPITRE CINQ

Alec

Je suis de retour derrière le bar et Smitty est en retard pour prendre le relais. C'est un peu trop fréquent à mon goût. Ce soir, cela me pose un vrai problème, parce que je ne compte pas assurer le service.

Mon téléphone sonne dans ma poche arrière et je le repêche, en espérant que ce n'est pas Smitty qui m'appelle pour me donner une excuse. Je décroche :

— Allô ?

— Alec ?

La voix est faible, peu familière.

— C'est Hamish.

— Hamish ! Quoi de neuf ?

Je ressens une pointe d'appréhension. Le vieil ébéniste ne m'appelle jamais. En temps normal, il se contente de venir me voir au bar.

— J'ai eu un petit souci. Je suis alité pour quelques jours. Tu pourrais donner à manger à mon chat et fermer mon magasin ?

— Bien sûr, dis-je lentement. Aucun problème, mon vieux. Mais tu vas bien ? Où es-tu ?

Hamish rit, un peu gêné.

— À l'hôpital de Montpelier. Mais ce n'est pas grand-chose. Plus de peur que de mal.

— Je suis désolé de l'apprendre. Je passe chez toi dans vingt minutes, ça te va ? Je suis sur le point de partir.

— Merci, fiston.

— Il n'y a pas de quoi.

Je raccroche et range le téléphone dans ma poche.

— Un problème ? s'enquiert ma sœur, Zara, juste à côté de moi. C'est elle qui tient le bar ce soir.

— J'espère que non. Tu connais notre voisin, Hamish ?

— C'est l'un de mes meilleurs clients. Il adore les muffins au citron et au pavot.

— Apparemment, il est à l'hôpital.

Les yeux de ma sœur s'arrondissent.

— Oh, merde.

— Il a minimisé le truc, mais il n'avait pas l'air si bien que ça.

En plus, il y a une heure, j'ai vu passer une ambulance alors que je jetais les poubelles dans la benne à ordures. Ce n'était peut-être pas une coïncidence…

Je garde cette inquiétude pour moi.

— Bon sang, où est Smitty ?

— On s'en fiche, répond Zara avec une grimace. Je n'ai pas besoin de son aide.

Hmm, c'est juste.

— Bon, alors… Je t'ai dit tout ce qu'il y avait à savoir sur la nouvelle India Pale Ale de la brasserie Hill Farmstead ? Et aussi… il y a une nouvelle bière. Elle est faite à partir d'orge maltée. Non filtrée.

— C'est bien, frangin, répond Zara en sirotant un verre de limonade. Mais je suis capable de lire le tableau toute seule, comme une grande.

Elle se penche en désignant, du pouce, le menu des bières sur le tableau par-dessus son épaule.

— Mais est-ce que tu l'as lu, au moins ?

Zara lève les yeux au ciel.

— Mon vieux, j'ai passé bien plus de temps que toi derrière un bar. Je pourrais gérer le tien avec une main attachée dans le dos.

Elle m'en fait la démonstration en mettant une main derrière elle tout en souriant.

— Je pourrais même le faire avec les *deux* mains dans le dos. D'accord, ça ne me laisserait que les seins pour remplir les verres et ce ne serait pas très pratique, même si ça peut garantir de bons pourboires.

— Tu n'es pas croyable.

— Non. La vérité fait mal, Alec.

Elle n'a pas tort. J'ai un peu de mal à passer les rênes à ma tête brûlée de petite sœur. Dans la famille, on n'en revient pas que Zara soit devenue une adulte accomplie et une maman formidable.

Cela dit, je ne suis pas prêt à l'admettre à haute voix. Je tiens trop à mes couilles.

Et j'ai horreur d'avouer que Zara a raison. Mais en réalité, elle est sans doute meilleure que moi au bar. Pire encore, c'est sûrement une meilleure femme d'affaires. Son café rencontre un grand succès, alors que moi, j'ai encore du mal à joindre les deux bouts.

J'ai toujours galéré dans la vie. À l'école, j'étais le gamin qui n'y arrivait pas, celui qui faisait ses devoirs, mais qui récoltait quand même des C. *Il n'a pas inventé le fil à couper le beurre*, disait mon oncle Otto.

On ne m'a jamais dit que j'étais intelligent. Par contre, j'avais la réputation d'organiser les meilleures fêtes. Voilà pourquoi la gestion de ma propre entreprise est une telle usine à gaz. Le *Gin Mill* est la première initiative dans ma vie qui ait une chance de réussir.

Juste après le lycée, j'ai essayé la Marine. Mais la famille Rossi ne s'en sort pas très bien dans l'armée. J'ai tenu moins de deux ans avant qu'ils ne me renvoient pour raisons médicales. Une ostéophyte à l'épaule m'a rendu inapte au service. Le temps que l'on m'opère, j'avais été radié.

Ensuite, j'ai travaillé pour un ami qui organisait des excursions en snowboard, mais il a fait faillite. Puis j'ai trouvé un poste de manager dans une station de ski, mais tenez-vous bien, elle a périclité, elle aussi.

Malgré ça, j'ai toujours su vivre avec peu, ce qui m'a permis de mettre de l'argent de côté avant que ce vieux moulin ne soit vendu aux enchères. Le prix était bas, parce qu'il était resté inoccupé pendant des années après que l'ouragan Irene en eut inondé tout le rez-de-chaussée. J'ai reconstruit certaines parties de l'intérieur de mes propres mains. Et quand j'ai eu besoin de me constituer un capital, j'ai vendu un appartement à l'étage à mon frère Benito.

Au départ, c'est à lui que j'ai demandé de travailler ce soir. Après tout, le trajet n'est pas long, il n'a qu'à descendre l'escalier. Mais Ben a dit qu'il préférait passer du temps avec ma nièce plutôt que de servir à boire. Alors ce soir, Zara tient le bar pour la première fois depuis que je l'ai acheté.

— Je veux un bonus pour le service que je te rends, dit-elle en désignant les robinets de bière. Que dirais-tu d'un pack de quatre de Heady Topper ? Pour la visite de Dave la semaine prochaine.

J'ai envie de refuser, juste par entêtement, mais je finis par céder.

— D'accord, mais ne te fais pas choper en sortant.

La loi ne m'autorise pas à vendre de la bière à emporter.

— Tu me prends pour un amateur ? s'esclaffe Zara. De quoi est-ce qu'on vient de discuter ?

Elle se tourne vers moi en faisant mine de me passer au fil de son épée.

— Doucement, assassin, dis-je en attrapant ses poignets avant de lui déposer un baiser sur le front. Tu auras ton petit bonus. Cela dit, ce ne sera pas facile de garder cette bière en stock.

— Arrête, rétorque-t-elle en me repoussant. Je ne veux pas entendre tes histoires sordides de prostitution.

Nous rions tous les deux, car les meilleures blagues ont un fond de vérité. Si mon bar ne manque jamais de cuvées artisanales très recherchées, c'est parce que la fille du distributeur de bières trouve que je suis un bon coup.

Quoique… Nous avons eu un petit accrochage le soir où j'ai aidé May à déménager de chez Daniela. Je suis allé dîner chez les Shipley et j'ai complètement oublié la pauvre Chelsea. Un de ces soirs, je me rattraperai auprès d'elle.

Mais pas aujourd'hui.

— Où vas-tu ce soir ? demande Zara en ajoutant un quartier de citron vert dans son verre. Un plan cul ?

— Non. En fait, je vais à une réception de la fac de droit avec May Shipley.

Zara cligne des yeux, hébétée.

— Attends, vraiment ? *Toi* ? Monsieur le fêtard invétéré rend visite aux juristes ?

— Et alors ? Je me suis bien sapé. Tu ne trouves pas ?

Je passe les mains sur ma chemise impeccable, que je porte par-dessus un pantalon noir. Je suis présentable. Cela dit, Zara a raison, je ne suis pas connu pour mon sérieux ni mon élégance. Barman un jour, barman toujours.

— Tu n'es pas mal du tout. Alors, May Shipley et toi… ? Il y a quelque chose ? Tu n'aimes pas les Shipley, pourtant. Pas du tout, même.

— May est différente. Je l'ai appelée pour prendre de ses nouvelles et elle avait cette soirée où elle ne voulait pas aller seule.

— Elle traverse une mauvaise passe, dit Zara en coupant des quartiers de citron dans un geste expert, deux fois plus vite que moi. Cette rupture, ce n'est pas de chance. Et sa meilleure amie va se marier.

Zara secoue la tête.

— Cette fille aurait besoin d'un peu de répit. Traite-la correctement, d'accord ? Elle est fragile.

— Premièrement, May n'est pas aussi fragile que tu le penses.

Zara arque un sourcil.

— Comment tu le sais ?

— Eh bien… C'est juste un sentiment comme ça.

À voir comment elle s'est défendue quand la maîtresse de son ex lui a manqué de respect, il lui a fallu du cran. Il y a une détermination chez cette fille qui rend mon cœur tout chose.

— Elle a l'air solide, dis-je prudemment.

Zara plisse les yeux.

— Tu ne peux *pas* te la taper.

C'est ce moment que choisit Smitty pour nous honorer de sa présence en entrant par la porte de service.

— Qui se tape qui ? demande-t-il en attachant son tablier.

— Il est hors de question qu'Alec déshabille May Shipley, explique ma sœur.

— Laisse tomber ce conseil, rétorque immédiatement Smitty. May Shipley est sexy. En plus, ça ferait chier son frère. Alec n'a toujours pas eu sa vengeance contre Griffin pour le punir d'avoir couché avec toi.

Oh, mon Dieu.

3…2…1…

Zara explose.

— Oh, mon Dieu, mais quel homme des cavernes !

Elle attrape un autre citron et l'abat sur la planche à découper.

— Je refuse que tu viennes gâcher mon service avec tes opinions rétrogrades.

— *Ton* service ? fait Smitty, légèrement agacé. Qui travaille ici cinq soirs par semaine ?

— Vous êtes de service tous les deux, dis-je avec une intonation d'instituteur de maternelle. Retournez chacun dans votre coin.

J'avais oublié que Zara déteste Smitty. Elle l'appelle *ce crétin que tu as engagé*. Si Smitty se met sur la défensive ce soir et se comporte comme un abruti, elle ne me remplacera plus jamais.

J'attends qu'il parte chercher une caisse de bières dans la réserve, puis je me racle la gorge.

— Il a tendance à devenir un peu grincheux quand tu lui parles.

— Tu veux que je fasse semblant de l'admirer ? s'exclame-t-elle en ricanant.

— N'abuse pas de ton rang, c'est tout. Même si nous savons tous les deux que tu es la meilleure barmaid que le Vermont ait jamais connue, il ne voudra rien entendre. Il est *fragile*.

Elle me regarde avec un sourire en coin.

— Bien joué.

— Merci. Si tu as le moindre souci, envoie-moi un message.

— Ce ne sera pas nécessaire, dit-elle.

Je n'en doute pas. Il en faut pour ébranler ma sœur.

— Concentre-toi sur May, d'accord ? Demande-lui son plan d'action. Les femmes en ont toujours un.

Zara prend le dernier citron, qu'elle pose sur la planche.

— Son plan d'action ?

— Si tu es censé être son cavalier, elle doit tenir à donner une certaine image. Est-ce qu'elle veut que tu sois toi-même ou que tu fasses semblant de te fondre dans la masse des avocats comme dans le film *Mon cousin Vinny* ?

— Eh, tu es gonflée, je suis quand même plus mignon que Joe Pesci.

Elle ricane.

— Bon, en tout cas, reste sage. Garde tes sales pattes hors de sa petite culotte.

— Évidemment !

Bon sang, j'ai une telle réputation ?

Peut-être bien que oui. Quoi qu'il en soit, je n'ai pas le temps de protester, car la porte d'entrée s'ouvre devant May. Je dois faire un effort prodigieux pour ne pas avaler ma langue. Elle porte un haut à strass au décolleté plongeant, exposant la naissance de sa poitrine, une jupe courte et des cuissardes noires. May est grande, ce qui dévoile plusieurs centimètres de peau laiteuse entre la botte et la jupe, donnant à ses jambes une impression de longueur infinie – suffisamment pour s'enrouler autour de moi pendant que nous…

Houlà. *Non, non, non.*

Je force mes yeux à remonter vers les siens et je lui souris.

— Dis donc, tigresse, ton ex va devenir dingue.

May s'arrête devant moi et lève les paumes de ses mains pour couvrir son décolleté.

— Tu trouves que c'est trop ?

— Il ne trouve certainement *pas* que c'est trop, intervient Zara en riant, à côté de moi.

— Ferme-la, dis-je par habitude.

— Salut, Z, lance May. Tu t'occupes du bar ce soir ?

— Eh oui ! Ça me change de fréquenter des adultes. D'habitude, je suis à la maison avec la petite à cette heure-ci.

Elle s'essuie les mains sur son tablier.

— Fichez le camp, les enfants. Amusez-vous à rendre jalouses les avocates.

— Oh, c'est prévu !

Je récupère ma veste sur le porte-manteau et je vais saluer May comme il se doit, avec une étreinte tout en retenue.

— Allons-y. On prend mon pick-up ?

— Avec plaisir, répond-elle en boutonnant son manteau.

Dommage. J'appréciais le spectacle.

— C'est tellement gentil de m'accompagner là-bas.

— Ce n'est pas entièrement désintéressé, lui dis-je en la suivant dehors avant de lui ouvrir la portière. Tu as parlé de vin gratuit et de fromage en cubes avec des biscuits apéro. C'est ma faiblesse.

— Tu m'étonnes, fait-elle en pouffant.

Elle n'est pas dupe. Je me fiche bien cette fête. Ma *nouvelle* faiblesse, c'est May avec cette jupe minuscule. J'ai proposé de conduire pour ne pas la reluquer pendant tout le trajet.

En montant derrière le volant, je peux sentir son parfum. Et je remarque que son maquillage fait ressortir ses yeux à merveille.

— Comment ça se passe à la maison ? demandé-je en quittant ma place de parking.

Les yeux sur la route, mon pote.

— Oh, très bien. Enfin… Sauf que je suis de retour à la case départ, tu sais ? Chez les parents. À devoir rembourser mon prêt étudiant et regarder des films de science-fiction avec mes frères. En gros, j'ai retrouvé la vie que je menais à l'âge de seize ans.

— Si ça peut te rassurer, je traîne dans le même bar tous les soirs et j'en ai trente-deux.

— Tu es payé pour ça.

— Ça aide.

Je ne fais qu'une centaine de mètres sur la route avant de bifurquer.

— Ça ne prendra qu'une seconde. Mon voisin m'a demandé de nourrir son chat et de fermer sa boutique.

— Besoin d'un coup de main ? demande May en me souriant.

Bon Dieu, ce sourire. Ses lèvres ont pile la bonne forme pour être embrassées. Mais je ne dois pas me laisser aller à cette pensée.

— Reste là, ma belle. Je reviens dans une seconde.

Je saute du pick-up et rejoins à grandes enjambées la double porte de l'atelier d'Hamish. J'en ouvre une, qui grince sur ses gonds. J'adore les vieilles bâtisses et celle-ci est magnifique. La grande salle caverneuse est éclairée par des lampes industrielles rétro suspendues au plafond. Les immenses fenêtres sont en verre plombé et les planchers en bois brut.

Il s'en dégage une atmosphère impressionnante. Un jour, ce sera à moi. Hamish et moi avons passé un accord sur l'honneur selon lequel, quand il sera prêt, je lui rachèterai la propriété. Je posséderai alors l'intégralité de cette partie de la rive, et personne ne pourra la démolir pour y installer un centre commercial, un entrepôt ou tout autre magasin.

Mais ce jour n'est pas encore arrivé.

— Viens, minou, minou ! crié-je.

Dans un coin sombre de la boutique, j'entends du mouvement. Mais le chat n'apparaît pas.

— Bon, eh bien. Je vais te laisser de quoi manger.

Il y a une pile de boîtes de conserve au bout d'une table à tréteaux et j'en ouvre une avant de verser la pâtée dans une gamelle sur le sol. Ça empeste. Je ne veux pas laisser cette boîte dans la poubelle d'Hamish, alors je l'emporte et je la jette dehors, dans la benne à ordures.

Je ressors une minute plus tard après avoir verrouillé le grand cadenas de la porte extérieure.

— Désolé, dis-je à May en remontant en voiture.

Nous prenons la direction de la faculté de droit, puis j'allume la radio. La mélodie agréable d'une chanson des Black Keys se fait entendre dans l'habitacle.

— Écoute, dit May après quelques kilomètres.

Elle pose une main sur mon bras, ce qui me déconcentre et me fait rater le début de son discours, même si j'en comprends l'essentiel.

— Tu n'étais vraiment pas obligé de venir à cette soirée. Je ne sais pas pourquoi je t'ai demandé un *autre* service. Je te serai redevable pendant des années, à ce rythme.

— Ça ne fait rien.

May n'a aucune idée de la culpabilité que je ressens après avoir laissé passer toute une semaine sans lui parler de l'infidélité de Daniela avant qu'elle ne la découvre par elle-même.

— Mais si tu m'en dois une, sache que je demande des intérêts. L'année prochaine à la même date, tu me devras quatre services.

— Si cette soirée tourne au désastre, les intérêts pourraient s'accumuler assez rapidement.

— Non.

En la regardant, je perçois des rides soucieuses en travers de son front.

— Qu'est-ce qui pourrait vraiment se passer ? Si Daniela se comporte mal, c'est elle qu'elle ridiculisera, pas toi.

— Peut-être, concède May. Mais si Tracy essaie de me provoquer, je risque de démarrer au quart de tour.

— Hmm. Dans ce cas, je t'emmènerai à l'écart. Personne ne le remarquera.

May éclate de rire.

— Jure-moi qu'il n'y a aucune preuve en photo de l'autre soir. Est-ce qu'il y a des caméras de sécurité dans ton bar ?

— Seulement près de la caisse, lui assuré-je. Et Benito a placé une caméra supplémentaire sur le parking après la fois où Zara a failli se faire renverser.

— Bonne idée.

Le silence retombe entre nous. Mais alors que nous approchons de la faculté de droit, je me sens obligé de lui poser la question :

— Alors, quel est le topo ? Suis-je censé rendre Daniela jalouse ?

May se tourne vers moi pour me dévisager.

— Je n'y avais pas vraiment pensé comme ça. Je voulais juste avoir quelqu'un à mes côtés.

— Oh, je vois. Alors je ne suis qu'un bel homme à ton bras. C'est amusant.

— Tu n'es pas mal, admet-elle en riant. Mais je te jure que ta présence ne va pas plaire à Daniela. Tu es un homme, ce qui suffira à lui taper sur les nerfs.

— Ah oui ? Espèce de rebelle, va. Oser te montrer avec un homme.

— Je sais, ça paraît ridicule.

— Mais tu sortais avec des hommes, avant, non ?

— Bien sûr. Et elle *détestait* ça. Elle me le reprochait.

— Pourquoi ? C'est super, un mec !

— On t'a déjà dit que tu avais une estime de soi plutôt saine ?

— Pas besoin de me le dire, parce que je le sais déjà. Mais maintenant, tu m'intrigues. Pourquoi Daniela perdrait-elle son sang-froid en te voyant avec un mec ?

— Elle est...

May secoue la tête.

— Elle ne croit pas à la bisexualité. Quand je dis que je suis bi, elle pense que je n'ai simplement pas les couilles d'avouer le mot en L.

— Hmm. Avec cette tenue, poupée, tu ne fais pas très couillue, c'est sûr.

— Euh, merci ?

— Donc elle pensait que tu n'étais pas une vraie lesbienne ? Ou que tu n'étais pas prête à te *considérer* comme une lesbienne ? Il y a une différence.

May prend le temps de la réflexion.

— La première option. Elle m'accusait de ne pas être assez lesbienne au lit.

— Quoi ? dis-je en riant. Ça ne me semble pourtant pas très compliqué. Enfin, c'est vrai, tu lui broutes le minou et banco !

May s'esclaffe et je m'en réjouis. La sonorité de son rire me fait un effet immédiat entre les jambes.

— Ça t'arrive d'être sérieux, parfois ? me demande-t-elle enfin.

— Non, jamais. Mais tu ferais mieux de t'expliquer. Dis-moi quelle prouesse sexuelle pourrait convaincre Daniela que tu aimes vraiment les femmes. N'hésite pas à entrer dans les détails.

May me frappe le bras.

— Tu n'es qu'un pervers qui fantasme sur les lesbiennes. Comme tous les mecs. Tu sais qu'il y a du porno pour ça, non ?

— Sans blague !

Une fois de plus, elle est hilare.

— N'empêche, ce n'est pas correct d'expliquer à sa propre copine comment être une vraie lesbienne.

— Non, tu as raison, mais je suis surtout en colère contre moi-même, parce que je l'ai supportée si longtemps. Qu'elle n'aime pas les mêmes choses que moi, passe encore, mais elle ne me laissait pas aimer ce que j'aimais.

Maintenant, je meurs de curiosité. Que pouvait bien aimer May Shipley au lit que Daniela réprouve ?

— Tu aimes le bondage ?

Non. Daniela doit être une pro de ce genre de choses.

— Le fétichisme des pieds ? Les yeux bandés ? Si tu ne me le dis pas, je vais continuer à deviner.

— Pour mieux fantasmer.

— J'avoue que là, je me régale. Tu es assise à côté de moi avec un décolleté plongeant et on discute de mon sujet préféré.

— L'humiliation sexuelle ? fait-elle avec ironie.

Je m'arrête à un stop et je la regarde.

— May, je te jure que je suis désolé qu'elle t'ait fait du mal. J'en plaisante avec toi, mais c'est terrible qu'elle t'ait fait culpabiliser pour te tromper ensuite. Tu ne mérites pas ça.

— Merci.

Ses yeux deviennent rouges et elle se détourne pour me les cacher.

— Ne pleure pas, ma belle, ça ferait couler ton maquillage torride. Tu ne peux pas rendre cette garce jalouse avec des yeux de raton laveur. À moins qu'elle ait un faible pour les ratons laveurs… Grrr.

May rit et se tamponne soigneusement les yeux.

— Tu me tues, Alec. Merci d'être si gentil.

Pourtant, c'est facile. Je me sens victorieux quand je parviens à la faire rire.

— Tu sais, certaines femmes disent qu'elles ne sont pas du genre à pleurer.

— Ah bon ? Peut-être…

— En tout cas, moi je pleure en permanence. J'ai toujours été comme ça. Je pleure quand on envoie la vache à l'abattoir ou quand maman tue un poulet. Je pleure devant les bébés et ces pubs pendant le Super Bowl avec des chiots et des chevaux.

— Tu devrais acheter des actions dans les mouchoirs… Mais sérieusement, il y a pire comme habitude.

— Bien sûr. Mais j'avais un petit ami à l'université qui détestait ça. Chaque fois que je pleurais, ça le mettait très mal à l'aise. C'est en partie pour ça que j'ai arrêté de sortir avec des mecs. Je sentais que ce serait plus facile d'être avec une femme, qu'elle me comprendrait comme aucun homme.

— Et alors ?

— Daniela non plus ne supportait pas que je pleure.

May sort un mouchoir de son sac à main et souffle dedans.

— La prochaine fois, je ne choisirai pas une super connasse, et avec un peu de chance, ça se passera mieux.

— Bonne idée, ma belle.

Je lui tends la main et elle me la prend.

CHAPITRE SIX

May

Le beau visage d'Alec Rossi arbore un sourire complice alors que nous entrons dans l'antichambre aux panneaux de noyer, devant la salle Brookner de la faculté de droit.

— Et si vous donniez votre manteau à votre cavalier, Mademoiselle Shipley ? demande-t-il avec un clin d'œil langoureux.

— Mais avec joie.

Je le retire et le lui remets. C'est agréable de regarder Alec, et pas seulement à cause de son beau visage aux traits ciselés. Je suis impressionnée, parce qu'il a l'air tellement bien dans sa peau. Il est sûr de lui, peut-être un peu trop, mais c'est amusant. Comme si nous étions tous les deux dans la confidence.

— Bon sang, lâche-t-il une fois que j'ai quitté mon manteau. De plus en plus beau, le spectacle.

Il émet un sifflement admiratif – un peu trop fort, mais ça ne me dérange pas. Sa flatterie me change les idées. Dans ma vision périphérique, j'aperçois les cheveux foncés et ondulés de Daniela. Si je ne me trompe pas, son ex, le bulldog, est avec elle, avec la même veste de motarde en cuir qu'elle portait au bar.

Si seulement je pouvais lui donner un bon coup de poing...

— Eh, fait Alec en claquant des doigts. Regarde-moi.

Il me sourit tout en accrochant mon manteau à une patère.

— Reste détendue, d'accord ?

Il pose une main à la jonction entre mon cou et mon épaule. La chaleur de sa paume me ramène dans le présent. Je lève les yeux et croise son regard brun si chaleureux.

— C'est bien, commente-t-il. Maintenant, dis-moi ce qui va se passer.

Si je le savais. Mon esprit s'égare pendant un moment et je m'autorise à ressentir la douceur de sa peau sur la mienne.

— Euh… Eh bien, il y a une petite cérémonie. Les diplômés de l'année dernière offrent une rose aux nouveaux. La doyenne fait un discours vraiment rasoir. Puis tu bois du vin gratis et moi un verre d'eau en faisant semblant de ne pas être trop jalouse.

— Jalouse de moi avec mon vin, ou de celle-dont-il-ne-faut-pas-mentionner-le-nom ?

— Du vin.

Il sourit, puis se penche pour m'embrasser sur la tempe. Ses lèvres sur ma peau me donnent la chair de poule.

Oh, misère ! *Tu vas te taire, traître de corps ?*

— En parlant de jalousie, chuchote-t-il. Comment je me débrouille ? Ne regarde pas maintenant, mais elle nous a vus.

Nous sommes si proches l'un de l'autre que je peux voir les taches dorées dans ses yeux d'un brun profond.

— Je trouve que tu t'en sors plutôt bien, dis-je à mi-voix. On n'a qu'à improviser.

Il a le sourire d'un chat repu et satisfait.

— Bon, c'est toi qui mènes la danse. Je te suis.

Il glisse sa main dans la mienne et la serre.

Alec Rossi, Mesdames et Messieurs. Un acteur né, celui-là !

Un peu gênée, je le conduis vers la doyenne de la faculté de droit, Leslie Harper – surnommée La Harpie par ses détracteurs – et le présente comme « mon ami Alec ». Pas besoin de rendre cette mascarade plus convaincante.

— Ravie de vous rencontrer, dit la doyenne. Bon, nous allons commencer.

La faculté de droit est une toute petite institution. Chaque classe ne compte qu'une centaine d'étudiants, aussi cette cérémonie paraît-elle intimiste. Deux rangées de sièges sont réservées aux diplômés, et je conduis Alec à notre place, en bout de rangée. De là, je ne pourrai pas voir Daniela.

La doyenne monte sur l'estrade et accueille tout le monde à la cérémonie de la rose de cette année. Le discours qui suit est tout aussi monotone que je l'avais prédit. Ou peut-être suis-je simplement distraite par la chaleur de la paume d'Alec contre la mienne. Il garde nos mains jointes sur son genou, caressant ma paume de son pouce, de temps à autre. Chaque fois qu'il le fait, je me déconcentre un peu plus.

C'est... charmant. Un contact humain agréable, sans attaches. Au lieu de vivre un calvaire, j'apprécie le jeu d'acteur un poil excessif d'Alec. À l'évidence, ça lui plaît beaucoup. Chaque fois que je le regarde, ses yeux d'un brun si chaud me sourient en retour.

Ce type mérite un Oscar, sérieusement. Et je ne lui ai toujours pas préparé la tarte que je lui ai promise pour m'avoir aidée à déménager. Maintenant, je lui en dois au moins une deuxième.

Lorsque le discours est terminé, la doyenne Harper égrène les noms des jeunes diplômés. Comme tous n'habitent pas à proximité, nous sommes deux dizaines uniquement, et chacun reçoit trois ou quatre roses à distribuer.

Ordre alphabétique oblige, le nom de Daniela est cité en premier. Je demeure impassible quand elle traverse la scène, un grand sourire aux lèvres.

Je me demande si elle se sent gênée ce soir, comme moi. La dernière fois que nous avons rencontré ensemble ces visages familiers, nous formions un couple, toutes les deux. Les gens se demandent-ils pourquoi nous sommes arrivées séparément ?

Peut-être que personne ne s'en soucie ni même ne le remarque. Mais j'ai l'impression d'être de retour en sixième, morte de honte à l'idée d'être le point de mire de tous les regards.

Bon sang, je meurs d'envie de boire un coup. Bien sûr, ça n'arrivera pas. Je suis allée religieusement aux réunions des Alcooliques Anonymes, presque tous les jours depuis que je suis rentrée à la maison. Non seulement pour apaiser l'inquiétude de ma famille, mais aussi parce que je sais que tous les bouleversements – même une rupture avec une garce de première catégorie – sont une cause fréquente de rechute chez les alcooliques.

Ça ne m'arrivera pas. Daniela peut me priver de son amour. Elle peut récupérer sa maison et son avenir si ça lui chante, mais elle ne me fera pas perdre ma sobriété.

Quand Alec me lâche la main, je me rends compte que l'on m'appelle. Je me lève et souris alors que la doyenne annonce au public que j'ai ouvert mon propre cabinet juridique à Montpelier.

L'assistance applaudit quand je monte les marches de la scène, mais tout le monde ignore que mon cabinet n'est qu'une pièce dans un petit bureau que je partage avec mon amie Rita et que j'ai encore très peu de clients.

Le seul événement notable, c'est quand l'imprimante est bloquée.

Mais mon sourire de façade tient bon quand je prends les quatre roses que me remet la doyenne pour les offrir à quatre jeunes étudiants en première année de droit.

J'étais comme eux, autrefois, prête à changer le monde. Quand j'ai accepté une rose sur cette même estrade, il y a quatre ans, je remontais la pente. La mort de mon père n'était plus aussi récente ni douloureuse qu'autrefois. Je me lançais dans une nouvelle carrière et j'étais pleine d'optimisme.

C'était avant que je ne comprenne que l'alcool était mon talon d'Achille. Avant le traumatisme de Lark et avant le moment humiliant où ma meilleure amie a appris la vérité – que j'en pinçais pour elle depuis des années. Et surtout, c'était avant l'automne difficile où elle est finalement tombée amoureuse d'un homme, comme je l'ai toujours pressenti.

En définitive, la vie d'adulte était beaucoup plus difficile que je ne le pensais.

Je sens le regard de Daniela dans mon dos et je me demande si seulement je lui manque.

Après la cérémonie, nous nous rendons dans le hall pour le cocktail. La main d'Alec repose au creux de mes reins alors que nous suivons la foule vers le bar de fortune.

Soudain, je me dis qu'on pourrait très bien sauter cette partie. On pourrait s'éclipser par les doubles portes et je pourrais offrir un hamburger à Alec, quelque part, pour le remercier. Comme ça, je m'épargnerais tout autre désagrément.

— Oh, mais je rêve ! s'exclame-t-il alors que je m'apprête à le lui suggérer. Ce barman, Connor, il travaille chez moi le dimanche et le mardi ! Ça te dérange si je vais le saluer ?

— Pas du tout.

Nous nous frayons un chemin entre les invités en direction d'un roux, au bar, qu'Alec gratifie d'une tape dans le dos.

— Mais regardez qui a un deuxième boulot !

— Pour que ce soit le deuxième, il faudrait déjà que je bosse plus que le dimanche et le mardi dans ton troquet ! rétorque le gars avec un accent prononcé.

Irlandais ? Non… Écossais.

— Je plaisante, fait Alec.

— Prends une binouse et boucle-la, d'accord ? répond Connor en lui fourrant une bière entre les mains.

— Tu aurais du sans-alcool ? lui demande mon cavalier.

— Qu'est-ce que ça peut te faire ?

Alec lui assène un petit coup de poing sur le bras.

— Sois gentil. Cette demoiselle ne boit pas.

— Enchanté de te rencontrer, dit-il en tendant la main. Je m'appelle Connor.

— May.

— Quel joli nom !

— J'en ai horreur, dis-je avec emphase.

— Pourquoi ? fait Alec.

— C'est tellement fade. Et pas du tout créatif.

— Laisse-moi deviner : ton anniversaire est en mai ? demande Connor.

— Tout juste. Mon frère aîné s'appelle August, pour le mois d'août, mais il se fait appeler par son deuxième prénom, Griffin. Et après moi, il y a des jumeaux. Comme mes parents ne pouvaient pas les appeler Juillet tous les deux, ils ont des prénoms normaux.

Les deux hommes éclatent de rire et j'en profite pour admirer le beau visage d'Alec. Lorsqu'il rit ou parle, ses épaules bougent, comme si la vie était trop trépidante pour rester immobile. Quant à ses yeux bruns, on dirait qu'ils dansent chaque fois qu'il se passionne pour une conversation.

Le barman sert deux verres de vin à un autre couple avant de se tourner vers nous.

— Alec, mon ami. May ne peut pas être ta cavalière, ce soir. Elle est bien trop jolie pour toi !

Alec grommelle, le menaçant de réduire son salaire.

Mais nous savons tous les deux qu'il pourrait avoir n'importe quelle femme s'il voulait une petite amie. Il est aussi charmant que sexy. Il ne semble pas manquer de prétendants des deux sexes.

Et il mesure pas loin d'un mètre quatre-vingt-dix, ce qui convient parfaitement à mon mètre quatre-vingt – et des poussières. Même si je porte des talons ce soir, Alec est plus grand. Je dois lever les yeux pour voir son beau visage, ses yeux marron pétillants et ses cils, si épais qu'ils paraissent noir charbon, comme s'ils étaient doublés.

Oh zut, voilà que je le fixe du regard maintenant.

— On a du soda et de l'eau, dit le barman.

— Allez, insiste Alec. Tu peux faire mieux que ça. Propose-lui un cocktail. Tu as du Canada Dry ?

— Ça marche, fait Connor en riant. Un instant.

Il abandonne son torchon sur le bar et se dirige vers les cuisines.

Alec sourit, et soudain je me sens très mal à l'aise, comme si j'ignorais où poser les yeux. Je ne peux pas regarder Daniela, ce serait une chute vertigineuse dans l'abîme, mais je ne peux pas non plus reluquer Alec de peur de le faire flipper.

Et je ne dois surtout pas m'intéresser à ces bouteilles de vin ouvertes, alignées sur le bar. Même si elles m'attirent terriblement.

— Alors, dit Alec à voix basse. Tu n'as jamais fini de me raconter pourquoi Daniela pense que tu n'es pas de taille à être avec elle.

— Peut-être parce que c'est privé, chuchoté-je.

— Peut-être.

Il hausse les épaules.

— En même temps, ça a l'air amusant. Et elle saura qu'on parle d'elle. Les gens ont un sixième sens pour ça. Je trouve qu'elle le mérite.

— C'est vrai. Mais ce n'est pas une conversation convenable pour une salle bondée.

— Tu m'en diras tant, répond-il, une lueur dans le regard. Ça ne fait qu'attiser ma curiosité. Comment se fait-il que tu ne sois pas assez lesbienne pour elle ?

— Ça t'excite vraiment, on dirait, dis-je sur le ton de la plaisanterie. La vie sexuelle des lesbiennes ?

Une fois de plus, il hausse les épaules d'un air enjoué.

— Il y a des sujets plus désagréables. D'ailleurs, j'ai toujours trouvé que les femmes étaient moins bizarres sur ces questions-là. Pas comme les mecs qui comparent tout le temps la taille de leurs queues. Dis-moi si je me trompe, mais les femmes me semblent au-dessus de tout ça. À moins qu'elle ait comparé vos paires de seins et qu'elle ne se soit pas sentie à la hauteur ?

Ses yeux font une brève incursion dans mon décolleté avant de revenir vers mon visage.

Ce n'est pas très subtil. Soudain, j'imagine des lesbiennes en train de comparer leurs poitrines et je glousse comme une gamine.

— Mais non ! Les seins sont toujours jolis, quelles que soient leurs formes et leurs tailles.

— Sans blague, répond Alec en s'humectant les lèvres. Alors, c'est quoi son problème ?

— Ce n'est pas quelque chose de physique, dis-je à mi-voix. Enfin, si, justement, c'est très physique. Elle trouve que ce n'est pas bien d'apprécier…

Je m'interromps.

— Quoi donc ? insiste-t-il à voix basse. La fessée ? La strangulation ?

— Non ! La pénétration, dis-je dans un souffle. Elle s'est sentie menacée par mon vibro. Comme si je ne faisais pas vraiment partie de la tribu parce que j'en avais besoin.

Alec en reste bouche bée.

— Tu rigoles ! Toi alors, quelle *dévergondée*.

Cette fois, j'éclate de rire, et lui aussi.

— Ça semble ridicule, dit comme ça, avoué-je.

Bon sang, je n'en reviens pas de partager un détail aussi bête et intime avec lui. Cela dit, comme il vient de le faire remarquer, les vibros n'ont rien de très subversif.

Alec me semble tellement facile à vivre. J'ai l'impression que rien de ce que j'ai fait ou dit ne pourrait le choquer. Même si ça m'amuse d'essayer.

— Écoute, fait Alec en secouant la tête. Ne compte pas sur moi pour te *mansplainer* le sexe entre femmes.

— Ah ! Bon à savoir.

— Mais qui se croit légitime pour dire à quelqu'un d'autre ce qui est sexy ou pas ? Je crois que je viens d'apprendre quelque chose sur Daniela. Et sur les gens en général.

— Quoi donc ?

Ses yeux bruns s'embrasent quand il me répond :

— Pas besoin d'avoir un pénis pour être une tête de nœud.

— Tais-toi !

Mon hilarité repart de plus belle. Je dois plaquer une main sur ma bouche pour me retenir de rire. Parce qu'il a tout à fait raison.

Le barman revient, les bras chargés de bouteilles.

— C'est parti, ma belle, lance-t-il. En avant !

Je retrouve mon calme tandis qu'Alec et lui discutent des ingrédients de mon cocktail spécial. Apparemment, ma boisson requiert des glaçons et des feuilles de menthe. Je me hasarde à jeter un coup d'œil dans la salle et remarque que Daniela et Tracy se sont rapprochées de nous. Et merde !

Si j'avais une gousse d'ail pour les faire fuir comme des vampires, je ne m'en priverais pas.

Il y a d'autres personnes dans cette salle que je devrais prendre le temps de saluer. Mais je n'ai pas envie de me mêler à la foule. Si on me demande pourquoi Daniela et moi ne sommes plus ensemble, je ne sais même pas ce que je dirai.

Les collègues bavards peuvent attendre une autre fois. Alec, son sens de l'humour et son barman écossais m'intéressent plus ce soir. Je suis fatiguée et un peu blasée émotionnellement.

— Allez, essaie ça, propose le barman.

Il me tend un verre rempli de liquide ambré, où flottent des feuilles de menthe et quelques glaçons.

— Merci ! Il ne fallait pas te donner autant de mal.

Je prends le verre.

— Ça me fait plaisir, répond-il avec un clin d'œil.

Je bois une gorgée. C'est absolument divin. On sent bien le citron vert, une touche de miel et un soupçon de gingembre.

— Waouh, dis-je avant de recommencer.

Mais un regard dans mon dos vient troubler ma dégustation.

C'est l'ex de Daniela, qui s'est approchée du bar.

— Vous servez des alcools forts ? demande-t-elle. Il m'en faut un. À tout prix.

— Non, ma jolie, fait le barman. Rien que le vin et les bières qui se trouvent sur la table.

— Vraiment ? Et miss paillettes, qu'est-ce qu'elle boit ? demande-t-elle en pointant le menton dans ma direction.

Aussitôt, ma tension artérielle monte en flèche. Il n'y a pas le moindre doute sur l'intonation moqueuse de l'ex de Daniela.

Alec pose une main apaisante au bas de mon dos. *Tout doux*, semble-t-il vouloir me dire.

— Elle boit un cocktail sans alcool que j'ai créé spécialement pour elle, explique le barman. Ça ne vous fera pas tourner la tête.

— C'est bon ? me demande Alec comme si l'ex de Daniela n'était même pas là.

Quand je me tourne vers lui, c'est pour découvrir un sourire enjôleur.

— *Charmant*, dis-je, faisant référence autant à lui qu'à la boisson. Mentholé.

Je prends une autre gorgée.

— Merci.

— Je peux goûter ?

— Bien sûr ! dis-je en lui tendant mon verre.

— Parfait, répond-il.

Seulement, il ne prend pas le verre. Sa main vient se poser sur ma nuque et il se penche.

Je ne vois pas venir le baiser. Mais une fraction de seconde plus tard, ses lèvres sont là, contre les miennes. J'éprouve une secousse de stupéfaction alors qu'il m'embrasse avec langueur. Je n'ai pas l'habitude d'une telle sensation – une barbe qui me frotte le menton ! Je dois rejeter la tête en arrière pour le lui rendre. Mais ce doit être comme le vélo, ça ne s'oublie pas, parce que je me laisse aller en un instant, approfondissant notre connexion. Il sent la bière et le plaisir.

Et l'*homme*, aussi.

Mon Dieu, ça faisait longtemps que je n'avais pas vécu ça. Mes seins se manifestent à ma conscience lorsqu'ils effleurent son torse ferme. Un gémissement grave et follement érotique monte de sa gorge, recouvrant un grognement de colère qui fuse, quelque part derrière nous.

En réalité, je ne réfléchis à rien. Mon cerveau fatigué s'éteint et j'embrasse Alec Rossi pendant un long moment.

Malheureusement, tout a une fin. Lorsqu'il se retire, nous clignons des paupières, un peu hagards.

— Délicieux, chuchote-t-il.

Il me faut encore quelques secondes pour me rappeler à quoi il fait allusion. Et que tout cela n'est qu'une mise en scène pour agacer Daniela.

N'est-ce pas ?

Je n'ose pas me retourner pour voir si elle nous regarde.

Le barman se racle la gorge et nous lance :

— Il y a des hôtels pour ça, espèces d'obsédés.

Je devrais avoir honte, et ça arrivera certainement, mais je profite encore de mon fabuleux cocktail. Je m'en inquiéterai plus tard. J'ai déjà survécu à l'unique événement qui m'a tourmentée toute la semaine. Et si la fac de droit était toute ma vie, autrefois, ce n'est plus le cas aujourd'hui.

Qu'ils jasent ! De toute façon, je ne vais pas tarder à partir. Je prends une autre gorgée, puis une autre encore.

— Cul sec, Alec. J'ai terminé et je ne suis pas d'humeur à bavarder.

— Vos désirs sont des ordres, répond-il en posant sa bouteille de bière au bout du bar. À plus tard, mec. On se voit dimanche soir ?

— À plus, lance-t-il en retour. Ravi d'avoir fait ta connaissance, chérie, me dit-il avec un clin d'œil.

Je le remercie pour ce cocktail d'anthologie, puis Alec me prend par la main et va chercher mon manteau. Lorsqu'il le pose sur mes épaules, son souffle me chatouille le cou et je me raidis, stupéfaite.

Ce baiser ! C'était comme un médicament dont j'ignorais avoir besoin. J'ai toujours été attirée par les hommes et les femmes. Mais ça fait une éternité que je n'ai pas couché avec un représentant de la gent masculine. Je n'en ai pas eu envie. Ce sont les femmes qui me font tourner la tête, ces derniers temps.

N'est-ce pas ?

Alec me conduit au-dehors et je le suis comme un petit toutou obéissant. Il m'ouvre la portière de son pick-up, en vrai gentleman, et m'aide à monter.

— Je peux y arriver toute seule, tu sais. J'ai fait ça toute ma vie.

— Je n'en doute pas.

Malgré tout, je prends la main qu'il me donne. Elle est chaude.

— Mais quand une dame porte une jupe courte, je le lui propose toujours. Autrement, c'est plus dur.

— Qu'est-ce qui est plus dur ?

Il ricane.

— Tu es drôle, Shipley, dit-il avant de fermer la portière derrière moi.

Le silence et l'obscurité règnent sur le parking désert. On n'entend que les pas d'Alec qui contourne le véhicule pour prendre place sur le siège du conducteur. Il monte à bord et démarre le pick-up, laissant tourner le moteur.

— Bon, ça ne s'est pas trop mal passé, dit-il. Je crois qu'on l'a fait flipper à la fin. J'espère que mes méthodes ne t'ont pas dérangée.

— C'était parfait !

J'ai répondu avec un peu trop d'enthousiasme. Je ne dois pas oublier que le baiser n'était qu'une blague.

— C'était une décision à la volée. Comme je n'avais pas de vibro sous la main, je devais trouver un moyen de lui faire peur, dit-il en riant.

— Bien vu !

Aussitôt, une pensée me vient et je lâche un juron.

— Qu'est-ce qui se passe ?

— J'ai laissé mon vibro chez Daniela. Il est dans la table de chevet.

— Tu as toujours les clés ? demande Alec en se frottant les mains. On pourrait le récupérer. La grande opération vibro. Ça sonne bien.

Pendant un instant, l'ancienne May revient, me mettant au défi de le faire. J'étais intrépide, autrefois, toujours partante pour une folle virée.

Mais non. C'est gamin et rigolo, mais c'est surtout une mauvaise idée.

— Avec ma chance, on se ferait prendre et ils appelleraient les flics. Je crois que c'est toi qui m'as fait remarquer, à juste titre, que si je voulais rester avocate, je devais éviter la garde à vue.

Alec ne se doute pas que j'ai failli perdre ce privilège une fois. Sans la compassion d'un policier, je n'aurais jamais été admise au barreau.

— Tu marques un point.

Il m'adresse un sourire ravageur, puis sort son téléphone pour y jeter un œil pendant que je fixe ses lèvres du regard, le corps encore vibrant de notre baiser.

— Ma sœur fait exploser mon téléphone à force de se plaindre de travailler avec Smitty. Il prend trop de pauses, apparemment, m'explique Alec en glissant le téléphone dans le porte-gobelet.

— Hmm ?

Et voilà, encore une fois, je le reluque. Il faut dire qu'il est si attirant. Et il a une réputation de tombeur. J'entendais mon frère plaisanter à ce sujet, à l'époque où ils étaient plus proches, tous les deux.

Je me demande ce que ça ferait de coucher avec Alec, d'avoir toute son attention et de sentir ses mains sur mon corps. Je frissonne rien qu'en l'imaginant.

— Alec ?

— Oui ? fait-il en levant ses yeux noirs vers les miens.

— J'aimerais juste essayer quelque chose. Laisse-toi faire, d'accord ?

Apparemment, la May débridée n'a pas dit son dernier mot ce soir. Elle est curieuse de savoir pourquoi ce baiser l'a mise dans tous ses états.

— D'accord.

Je me rapproche de lui sur la banquette, puis je pose une main sur son torse. Pendant une fraction de seconde, il ne bouge pas. Mais ensuite, lentement, il tourne son menton viril dans ma direction.

— Alors… dis-je à voix basse.

Nous nous regardons dans les yeux. Mais j'hésite encore.

— Putain, embrasse-moi, souffle-t-il. Si tu comptes le faire, bien sûr.

Alors, je me lance.

CHAPITRE SEPT

Alec

La deuxième fois que la bouche de May touche la mienne, je sais que c'est foutu.

Ma libido est en surchauffe depuis qu'elle a abandonné son manteau entre mes mains, dévoilant sa peau d'ivoire. J'ai passé la soirée à rêver de passer mes paumes sur ses bras lisses.

Mais là, c'est encore mieux. Le baiser de May n'est pas hésitant. Elle penche la tête et sa bouche avide entre en collision avec la mienne.

C'est plus fort que moi, je prends délicatement sa lèvre somptueuse entre mes dents. Elle retient son souffle, visiblement étonnée.

— Ça te plaît, hein ? dis-je d'une voix éraillée.

Elle gémit avant de poursuivre notre baiser.

— Oui ? ajouté-je contre ses lèvres. Alors, tu vas adorer ça.

Je la rapproche et fais monter les enjeux en approfondissant notre étreinte.

Parce que c'est mon rôle dans la vie : s'il y a une chanson, je la joue plus fort, s'il y a une fête, je la rends grandiose, et s'il y a une jolie fille dans mes bras qui veut ma langue dans sa bouche, je la lui donne.

Le son qu'elle émet lorsque nous goûtons l'un à l'autre est intense et fébrile.

Oui, fredonne mon corps entier. Je ralentis pour mieux la savourer. Je profite du moment présent et je voudrais que ça dure longtemps. Nos langues s'entremêlent. Je glisse une main dans son manteau et trouve sa taille. Elle a un corps longiligne et svelte qui m'a torturé toute la nuit. À présent, je soulève l'ourlet de son haut à strass jusqu'à ce que mon pouce effleure sa peau soyeuse.

May frissonne dans mes bras. Elle suçote ma langue en gémissant.

L'expression de son plaisir déferle directement vers ma queue déjà rigide.

— Viens ici, grondé-je.

May n'hésite qu'une seconde. L'instant d'après, elle avance et se retrouve sur mes genoux.

Comme le volant entrave nos mouvements, je tâtonne sur le côté à la recherche du levier qui contrôle la position du siège et je tire dessus délicatement, gagnant aussitôt de la place. Le temps que le siège atteigne sa limite, May est à cheval sur moi, son décolleté sous mon nez.

Je lève le menton, et pendant un long moment, nous nous regardons dans le noir. C'est à ce moment que la situation devrait nous paraître un peu ridicule. Deux personnes de grande taille, emboîtées maladroitement dans l'habitacle d'une Nissan Frontier.

May a l'air un peu interloquée, malgré son regard de braise.

— Tu es tellement belle, putain, chuchoté-je. Tu n'en as même pas conscience, je parie.

Elle ouvre grand les yeux.

— Tu n'es pas mal non plus.

Je lui attrape le menton, puis je l'attire à nouveau vers moi. Nous nous embrassons et je sens l'étincelle entre nous se raviver. Un deuxième baiser succède au premier, puis trois, puis dix. Ma langue joue avec la sienne dans une danse infinie. Ma main descend le long de son buste fin, s'arrêtant lorsqu'elle rencontre la peau nue de son ventre.

Au même instant, elle serre les cuisses comme un étau autour des miennes.

— Putain, gémit-elle dans ma bouche.

Elle se presse contre moi et j'émets un grognement de bison en rut.

Bon Dieu, May Shipley a un côté tellement sauvage. Qui l'aurait cru ?

Eh bien, elle a frappé à la bonne porte. Je fais glisser son manteau sur ses épaules pour pouvoir embrasser la gorge soyeuse que j'ai admirée toute la soirée. Et quand elle se déleste de son manteau, d'autres parcelles de peau me font de l'œil. Mes mains avides courent sur ses bras si doux avant de descendre sur ses cuisses exposées, là où sa jupe remonte.

— Oui, chuchote-t-elle tandis que ses mains s'aventurent sur mes pectoraux.

— Oui à quoi ? dis-je dans un souffle.

— Oui, c'est tout.

C'est officiel, *oui* est mon nouveau mot préféré. Je me sens complètement dingue maintenant. J'en ai tellement envie. Alors que je reprends possession de sa bouche, May me griffe presque dans sa hâte. Les mains sur ses fesses, j'exerce une pression sensuelle.

En réaction, elle se frotte encore plus vigoureusement contre mon sexe douloureux. Enfin, alléluia, ses doigts audacieux ouvrent le bouton de mon pantalon.

Qui aurait cru que May Shipley puisse autant se lâcher ? Elle descend la fermeture éclair de quelques centimètres environ, jusqu'à ce que des contraintes logistiques l'empêchent d'aller plus loin.

Mais j'aime sa façon de penser, alors je pimente le jeu en passant une main sous la ceinture de sa jupe, par-derrière, atteignant l'élastique de sa culotte. Je vagabonde sur le galbe de ses fesses douces et elle pousse un petit cri de surprise amusé.

Mes gestes taquins s'enhardissent, et bientôt, je pétris ses fesses parfaites. Nos bouches se fondent en une enfilade de baisers torrides. Quand ma main s'aventure enfin sous sa culotte, le bout de mes doigts est instantanément enduit par son désir.

Elle plante ses mains dans mes épaules et je tressaille.

Oh, oui ! Maintenant, je suis éperdu. En fait, ma voix chevrote quand je souffle :

— Shipley, il y a un préservatif dans la boîte à gants.

— Vraiment ? fait-elle avant de m'embrasser à nouveau. Tu t'envoies souvent en l'air dans ton pick-up ?

— Je ne dirais pas *souvent*.

J'attise son clitoris et ses cuisses se resserrent.

— Tu veux en parler ou grimper sur ma queue ?

— Je...

Une caresse.

Elle gémit.

— Je suis incapable de réfléchir quand tu fais ça.

— Réfléchir, de toute façon, c'est surcoté.

À contrecœur, je retire ma main. Puis je me penche derrière elle et j'ouvre la boîte à gants. Je trouve ce que j'y cherche et je le lui remets.

— En cas d'urgence, déchire l'emballage.

Puis je la prends dans mes bras et l'embrasse à nouveau. Je ne peux pas m'arrêter.

— Euh, fait-elle une minute plus tard lorsque nous reprenons notre souffle. Est-ce que tu me mépriseras, demain, si on fait ça ?

— Et toi, tu me mépriseras si je te le demande avec insistance ?

— Tiens-moi ça, dit-elle en me remettant le préservatif.

Les mains tremblantes, elle s'attaque au reste de ma fermeture éclair. Comme nous manquons de place, ce n'est pas facile.

Je dois lui donner un coup de main.

— Et toi, tiens-moi *ça*, lui dis-je en libérant mon sexe de mon boxer.

May laisse échapper un grand éclat de rire, puis elle continue de glousser.

— Arrête, lui dis-je à mi-voix.

Pourtant, son rire me fait du bien. Je déplie le préservatif sur toute ma longueur, puis je cueille son sourire avec mes lèvres.

Elle rit encore dans ma bouche. Mais quand je retrousse sa jupe et passe le bout de mes doigts sur son sexe, elle s'interrompt aussitôt pour gémir.

— Dis donc ! On ne s'ennuie pas avec toi, Rossi.

— Jamais.

Je lui retire sa culotte. Elle est assez élastique et je n'ai même pas besoin de la déchirer. Elle se soulève et je la guide plus près de moi.

— C'est ça, poupée, chuchoté-je.

J'entends May prendre une vive inspiration. L'instant d'après, elle se ressaisit et accueille ma verge dans sa chaleur humide.

— Oh, putain, soufflé-je dans le silence. Waouh. Tu es si bonne. Respire, bébé.

Elle expire, ses lèvres contre ma joue. J'enroule mes bras autour d'elle et je la serre. Je n'ai pas l'impression qu'elle ait l'habitude des petites aventures de parking et j'éprouve un élan d'affection pour son esprit audacieux. Le baiser que je plante au coin de sa bouche est empreint de tendresse.

Une bourrasque secoue le pick-up et nous sommes seuls au monde. Je n'entends que nos respirations haletantes et le vent autour de nous.

C'est beau.

Je l'embrasse dans le cou et mon bassin ondule vers l'avant, avec une intensité accrue. Il faut que je bouge.

— Oh, fait-elle dans un souffle. Oui.

Ses doigts s'enfoncent dans mes épaules et elle commence à se balancer.

— C'est ça, scandé-je. Comme ça. Prends-le. Baise-moi.

J'ai la langue bien pendue pendant le sexe. Je ne peux jamais me taire.

May prend mon visage entre ses mains et sa bouche se colle à la mienne. Son baiser me dévore, ses hanches vont et viennent.

On devrait avoir froid en ce moment, et pourtant je suis en nage. J'aimerais la jeter sur un lit et la baiser correctement, me rouler sur une couverture et embrasser chaque centimètre de son corps. Je veux tout, et je le veux maintenant.

Malheureusement, je suis coincé ici dans l'habitacle du pick-up et la contrainte de mes mouvements me nargue terriblement. Après quelques minutes de pur délice, je cherche à l'aveuglette la poignée au plafond. Quand je la trouve, je m'en sers comme levier, décollant mon bassin dans la plus érotique des tractions à un bras.

— Oh, gémit May dans ma bouche.

Elle agrippe l'appuie-tête derrière moi et se crispe.

C'est rapide et obscène. Je suis incapable de ralentir, pas avec tous les bruits qui émanent de nous.

— Oh mon Dieu, fait-elle dans un souffle. Ah ! Ohhhh…

— Vas-y, dis-je avec un hoquet. Je veux t'entendre jouir.

Sa respiration s'accélère. À moins que ce soit la mienne. Je suis un peu troublé et très excité. Si je ne suis pas vigilant, tout va très vite se terminer.

Mais au même moment, May m'empoigne les cheveux et enfouit son visage dans mon cou. Elle laisse échapper un gémissement viscéral. Son corps frémit autour de ma queue et elle murmure mon prénom.

C'en est trop. Je n'y tiens plus. Encore une fois, je décolle mes hanches du siège alors que l'orgasme me traverse. Elle se retient tant bien que mal tandis que je palpite en elle.

Mais je n'ai pas fini de l'embrasser. En me rasseyant, je trouve sa bouche et je la goûte avec lenteur. Mon corps vibre encore d'une profonde satisfaction sexuelle. J'aimerais que ce moment dure toute la nuit.

Mais je dois reprendre ma respiration. Je tourne la tête sur le côté, avide d'oxygène.

— Putain, dis-je dans un soupir. C'était…

Je dois faire une pause pour prendre un peu plus d'air.

— … la soirée de fac la plus excitante à laquelle j'aie jamais participé. Pour ainsi dire.

Pendant une seconde, elle ne répond pas. Elle baisse la tête et cache son visage contre mon cou.

— Là maintenant, je ne sais vraiment pas quoi dire.

— *Oh mon Dieu, Alec,* c'était assez éloquent.

Elle gémit tout bas, le visage toujours dissimulé.

— Eh, dis-je en lui caressant les cheveux. Ne me regrette pas tout de suite. La plupart des femmes attendent au moins le lendemain.

Elle glousse contre mon corps.

Nous sommes toujours l'un dans l'autre et je ne suis pas pressé de la perdre. En fait, je me sens bien. Je suis tellement dépravé. Le libertin de la famille, selon mes frères. Et contrairement à May, ça ne me gêne absolument pas de m'envoyer en l'air dans mon pick-up.

— Je ne fais jamais ça, dit-elle.

— Tu devrais peut-être changer de principes… Je dis ça comme ça.

Elle lève son visage et me sourit.

— Et toi, tu es toujours comme ça ?

— Dévergondé ? Oui, on peut le dire.

— Non, imperturbable.

— Pourtant les perturbations ne manquent pas.

Je l'embrasse sur le nez.

À voir sa mine, j'ai l'impression d'avoir les meilleures réparties au monde. Elle secoue la tête, puis s'écarte et nos corps se descellent. Un gémissement m'échappe quand mon sexe trop sensible se libère.

Puis elle se laisse tomber de son côté et je reste seul dans le froid.

Elle me manque déjà.

CHAPITRE HUIT

May

— Comment ça s'est passé ? demande Griffin lorsque je franchis la porte de la cuisine quarante minutes plus tard.

Il est assis sur un tabouret devant la table et feuillette un catalogue de semences tout en sirotant une pinte de cidre.

— Bien.

Je perçois la tension du mensonge dans ma voix. *Désolée, Alec.*

Il était tellement mieux que *bien*. Mais je dois être timbrée ! C'était de la folie de lui sauter dessus. Je me comporte exactement comme ma famille s'attend à ce que je le fasse, avec incohérence.

Mon frère me regarde comme s'il voulait plus de détails. Et je me rends compte que j'ai laissé mon cerveau dans le pick-up d'Alec, en même temps que ma dignité.

— Hmm...

De quoi parlions-nous ?

— La doyenne a fait un discours très ennuyeux.

— La salope était là ?

C'est le surnom que Griff a donné à Daniela. Personne ne manque une occasion de la traîner dans la boue. Avant, ils parlaient dans mon dos, mais maintenant, ils ne prennent plus la peine de cacher leur mépris.

Ce qu'ils ne comprennent pas, c'est que je me sens encore plus bête chaque fois qu'ils le font.

— Daniela était là, mais on n'a pas parlé.

— Et Alec ?

Griff me regarde par-dessus le bord de son verre de cidre. Le liquide ambré m'appelle à corps et à cris.

— Il s'est bien amusé ? ajoute-t-il.

Un peu qu'il s'est amusé !

— C'était sympa qu'il soit là, dis-je en espérant que mon visage ne vire pas au rouge pivoine. Il a demandé au barman de me préparer un cocktail sans alcool.

— C'est gentil de sa part.

— Mouais.

Je baisse la fermeture de mon unique paire de bottes sexy et je me concentre pour les retirer. Je n'en reviens pas de m'être tapé Alec sur la banquette de son pick-up. Qui fait ce genre de choses ?

— Mais qu'est-ce que tu fais dans la cuisine, toi ? demandé-je à mon frère.

Il devrait être chez lui avec Audrey. On dirait presque que ma famille se relaie pour me surveiller.

— Notre machine à laver est en panne, alors je suis venu faire ma lessive ici.

Il désigne la buanderie par-dessus son épaule.

—Oh.

Je suis peut-être un peu parano.

— Tu veux regarder un épisode de *Mme Maisel, femme fabuleuse* ? me propose-t-il.

Et voilà la preuve que toute la famille s'inquiète pour moi. Griffin ne se porte jamais volontaire pour regarder quoi que ce soit sans vaisseaux spatiaux ni hobbits. Je sais qu'il se fait violence pour me faire une telle suggestion.

— Je suis un peu fatiguée.

C'était crevant de chevaucher ton pote dans sa voiture.

—Je crois que je vais aller bouquiner.

— Bonne nuit, May, dit Griffin. Dors bien.

— Merci, toi aussi, marmonné-je en m'éclipsant.

Une fois au lit, je ne prends même pas la peine d'ouvrir mon livre.

J'éteins, mais le sommeil ne vient pas facilement. Je reste allongée dans mon lit, transie de honte.

Pire encore, je suis excitée aussi. C'était un corps à corps torride, éperdu, que nous avons eu ce soir. Ce sera difficile à oublier.

Et j'ai couché avec un *mec*. Je n'aurais jamais pensé que cela m'arrive à nouveau. Est-ce simplement pour m'aider à tourner la page ? Parce qu'en temps normal, les hommes ne feraient pas partie de mon plan de vie.

Cela dit, mes projets de vie tombent constamment à l'eau.

Mon téléphone vibre, annonçant un texto, l'écran projetant un rayon lumineux dans le noir.

Évidemment, il s'agit d'Alec. *Salut. Bien rentrée ?*

Oh, oh. Je n'ai pas envie de lui parler. Mais si j'ignorais ce message amical, ce ne serait pas très poli.

L'ennui, c'est que je ne sais pas comment composer une réponse. Si je le remercie pour ce moment merveilleux, il croira que j'avais prévu depuis le début l'épisode du pick-up. En même temps, ce serait bizarre de s'excuser.

Que dire ?

Oui. Tout va bien ici. Merci d'avoir pris de mes nouvelles. C'est le mieux que je puisse trouver.

Tu n'as pas beaucoup parlé sur le chemin du retour. J'espère que je ne t'ai pas compliqué la vie.

Pas du tout ! Dans ce domaine, je me débrouille très bien toute seule. J'essaie d'écrire autre chose lorsqu'il me répond.

Bon, j'ai une dernière blague avant de te dire bonne nuit. Tu es prête ?

Prête, je réponds. Je pourrais l'embrasser pour le remercier d'avoir changé de sujet. Sauf que je l'ai déjà embrassé tout à l'heure et voilà où ça nous a menés.

Le barman dit : « On ne sert pas les voyageurs du temps, ici. » Un voyageur du temps entre dans un bar.

Oh, pitié :) C'est la pire blague qui soit, mais je la préfère encore aux allusions à nos activités antérieures.

Bonne nuit, May.

Bonne nuit, Alec.

~

Je passe le reste de la semaine à faire des choix plus sains et plus sages. Je me lève tous les matins, je choisis une tenue d'avocate dans mon placard exigu et je me rends au travail. Mais je dois avoir l'air un peu à côté de mes pompes, car ma collègue de bureau et mentor, Rita, me demande gentiment si quelque chose me préoccupe.

— Yo ! Poulette ! Où as-tu mis ton cerveau ? Tu n'arrêtes pas de regarder par la fenêtre comme si tu attendais que les extraterrestres débarquent et te ramènent sur ta planète.

C'est Rita dans toute sa splendeur.

— Désolée, dis-je en reportant mon attention sur le bureau. Tu avais besoin de quelque chose ?

— Je t'envoie une autre signature de vente immobilière, déclare-t-elle en posant ses pieds sur le bureau – et ses éternelles chaussures de randonnée – avant de sortir une lime à ongles de son sac. Regarde dans ta boîte de réception. La date est en janvier.

— Merci ! Je m'y mets tout de suite.

Les actes notariés sont assommants, nous sommes du même avis sur ce point, mais Rita est en pré-retraite et elle peut se payer le luxe de me les transmettre. Quant à moi, je dois accepter toutes les petites missions qui se présentent.

Quand Rita décidera de prendre sa retraite définitive, je récupérerai bon nombre de ses dossiers. Mais je n'ai pas hâte, parce que cette femme est géniale.

— Alors, qu'est-ce qui te tracasse ? me demande-t-elle. À part tes problèmes de rupture. Tu es sans nouvelles d'elle, c'est ça ?

Je secoue la tête. Rita connaît toute l'histoire. En plus d'être mon mentor et ma propriétaire, ici au bureau, c'est aussi ma marraine aux Alcooliques Anonymes. Nous assistons toujours ensemble à la réunion du jeudi soir.

— Tu sais, je me demandais si vous aviez décidé de vous remettre ensemble. Parce que tu es toujours dans la lune, ces trois derniers jours. Un peu comme ça.

Son visage devient tout mou et elle laisse sa langue sortir de sa bouche.

— Je ne ressemble pas à ça, protesté-je en arrachant un post-it usagé, que je roule en boule pour le lui lancer.

Rita glousse.

— Bien sûr que si ! Depuis cet événement à la fac de droit, tu te comportes bizarrement. Je ne t'ai pas entendue nier non plus. Vous ne vous êtes pas un peu tripotées, au moins ?

— On ne se remet *pas* ensemble. Et il n'y a pas eu de frotti-frotta. Avec *elle*, ajouté-je rapidement.

Le visage de Rita s'illumine.

— Avec qui, alors ?

— Ce n'est rien. Juste, euh… une histoire comme ça. Quelqu'un à qui j'ai demandé de m'accompagner à cette soirée à la fac.

Mon amie retrouve aussitôt son sérieux.

— Comment se fait-il que je ne sois pas au courant ?

— Peut-être parce que c'est *trop* gênant ? De toute façon, ça ne va pas se reproduire. On s'est juste… euh, un peu emballés après la soirée. Je crois que j'essayais de tourner la page avec Daniela.

Ou alors, Alec est super canon et son baiser m'a fait perdre la tête pendant un moment.

— Est-ce que je la connais ? demande Rita.

— *Le.*

Elle pousse un petit glapissement excité.

— Est-ce que tu me poses ces questions en tant que marraine bienveillante ?

— Non ! répond-elle en lâchant sa lime à ongles. Je t'interroge en tant que personne qui vit par procuration à travers une célibataire de vingt-six ans. Alors, qui est l'heureux élu qui a su te séduire ?

Je ricane.

— Il n'avait pas besoin de me séduire. Je me suis jetée sur lui.

J'ai passé les trois derniers jours à essayer de ne pas me remémorer la sensation de ses mains sur mon corps ni la chaleur de ses baisers. Ce serait un beau souvenir, si ce n'est qu'il est teinté de honte.

Nous l'avons fait dans son *pick-up*. Heureusement que la doyenne n'est pas passée dans ce recoin sombre du parking, et qu'Alec fait partie de ces hommes qui se garent toujours loin des autres voitures pour que personne n'égratigne son bijou.

— Le suspense me tue, s'exclame Rita. Qui est-ce ?

— Alec Rossi. Il a cinq ans de plus que moi. C'est le gérant du *Gin Mill*.

Les yeux de Rita s'agrandissent à la mention du bar.

— Oui, je sais. Ce n'est pas le choix idéal pour moi. Ça ne se reproduira plus jamais. Disons que c'est un ami de la famille, si on peut dire.

— Le type qui t'a aidée à déménager de chez Daniela ?

— Oui, c'est lui.

Elle a l'air songeuse.

— Mais tu t'es bien amusée ? Et vous vous êtes protégés ?

— Évidemment.

Rita hausse les épaules.

— Alors, pourquoi pas ? Tant qu'il n'y a pas d'alcool, un peu d'affection pour tourner la page, ça ne peut pas faire de mal.

— Tu as sans doute raison. Mais tu sais que je vais le croiser au moins cinq fois dans les deux prochaines semaines. C'est la loi des petites villes.

Si je le repère à l'épicerie, je risque de devenir rouge comme une tomate. Chaque fois que je le croiserai, maintenant, je me souviendrai de la fois où…

— Si tu voyais ta tête, s'esclaffe Rita.

— Changeons de sujet, si tu veux bien.

Je ferme mon ordinateur portable dans un claquement.

— En quittant la maison de Daniela, j'ai retrouvé mes affaires de tricot. Et j'ai réalisé que je n'en avais pas fait depuis longtemps parce qu'elle se foutait de moi.

Rita hoche la tête tout en écoutant. Mais elle ne saute pas sur l'occasion pour étriller Daniela, comme le ferait ma famille.

— Alors, je vais aller claquer un peu d'argent en pelotes de laine avant la réunion.

Peut-être qu'un nouveau projet de tricot m'occupera l'esprit.

Rita chausse ses lunettes de lecture et regarde à nouveau son écran d'ordinateur.

— Perso, je choisirais plutôt le sexe. Mais ce n'est que moi.

— À plus, Rita, lancé-je en allant chercher mon manteau. On se voit à l'église ?

— Bien sûr, poulette.

Le magasin de laine de Montpelier me fait de l'œil et je passe un long moment à flâner dans les rayons. Je devrais économiser pour pouvoir me louer un appartement, mais je ne peux m'empêcher d'effleurer les pelotes somptueuses. Après tout, faire des folies au magasin de tricot, c'est toujours mieux que d'acheter une bouteille de vin bon marché et de la boire seule dans ma chambre.

Ça ne me coûterait que sept dollars, mais ça n'en vaut pas la peine. Daniela n'a pas le droit de m'infliger cela.

J'admire un mohair qui me chatouille la main et un angora d'une douceur soyeuse. Mais ce n'est pas ce que je cherche. Enfin, je trouve des pelotes de laine mérinos bordeaux. Les fils sont lisses, mais épais, et elles sont en promo.

Il reste dix-huit pelotes. Suffisamment pour un pull.

Je les achète en essayant de ne pas regarder le total sur le bordereau de carte de crédit que je signe. C'est un peu excessif, mais ce n'est pas pour moi. Je vais tricoter un pull à Alec Rossi. Ce sera ma façon de le remercier pour toute l'aide qu'il m'a apportée dans les moments diffi-ciles. Si par « moment difficile » on entend « moment de folie passagère ».

La couleur ira à merveille avec ses grands yeux sombres.

La semaine touche à sa fin, inéluctablement. Je tricote comme une forcenée pendant tout le week-end, car ma famille me rend dingue.

Ils passent leur temps à s'inquiéter pour moi. Ce n'est pas comme s'ils n'avaient rien d'autre à faire. Griffin doit mettre son cidre en bouteilles et préparer la naissance de son enfant. Dylan a des répara-tions à faire dans la grange et des examens à passer.

Mon grand-père reste devant sa télé, à vociférer. Heureusement, il ne s'occupe pas de moi.

Contrairement à ma mère. On dirait une vraie psy de comptoir.

« Le temps guérit toutes les blessures », me dit-elle au moins une fois par jour, ou encore : « Ce qui ne nous tue pas nous rend plus fort. »

Je tricote les premiers rangs du pull d'Alec en l'écoutant d'une oreille. Je hoche la tête tout en comptant les mailles. Le tricot, c'est très zen.

En revanche, je ne me sens pas assez zen pour garder le silence quand maman s'en prend à nouveau à Daniela, le lendemain. Nous venons de dîner, et ma mère, Dylan et moi sommes assis sur le canapé devant la télévision.

Je tricote la rangée numéro sept quand elle recommence :

— Il y a quelque chose qui cloche chez cette fille, insiste-t-elle tout en remuant une cuillérée de miel dans son thé. C'est la seule raison qui explique sa façon de te traiter. Je suis contente que tu puisses la voir telle qu'elle est, maintenant.

— Il y a quelque chose qui cloche chez tout le monde, protesté-je. J'ai tenté une relation avec elle et ça n'a pas marché. Mais si je cherchais la personne parfaite, je resterais célibataire pendant le restant de mes jours.

Ma mère pose la cuillère et fronce les sourcils.

— Elle ne te méritait pas et je me demande bien pourquoi tu n'es pas d'accord.

— Parce que je ne suis ni aveugle ni *sourde*, riposté-je d'une voix forte, vibrante de colère. Vous n'arrêtez pas de m'expliquer à quel point Daniela était nulle, comme si j'étais trop bête pour remarquer qu'elle n'était pas toujours bien avec moi. Flash info, je le savais déjà.

— Alors pourquoi l'as-tu supportée, bon sang ?

Ma mère n'y comprend rien. Dylan nous regarde toutes les deux avec méfiance, se demandant comment échapper au conflit.

— Parce que ! m'écrié-je. Les gens peuvent changer. Elle était sympa avec moi, au début, ça veut dire qu'elle en était capable. Je ne voulais pas baisser les bras trop facilement.

Mais ce n'est qu'à moitié vrai, c'est pourquoi ma gorge se noue. Parce qu'il y a aussi une autre raison. Il y a quelque chose d'abîmé chez *moi*, qui me rend un peu trop dépendante. À la minute où je m'autorise vraiment à désirer quelqu'un, ça vire à la catastrophe.

Daniela percevait peut-être mon désespoir. Elle a cessé d'être attirée par moi parce que je ne me sentais pas très attirante.

Je regarde mes sept rangs de tricot d'un œil critique. Les premières mailles de chaque projet me paraissent toujours horribles. Systématiquement. Je n'arrive jamais à voir la beauté qui va en émerger. À ce stade, ce n'est jamais qu'un petit serpent de rien du tout. Je dois persévérer avant qu'il prenne une forme réelle.

Poussant l'aiguille dans la maille suivante, j'exécute une boucle avec le fil et le tire à travers. Le tricot, c'est un peu comme la sobriété. Une petite boucle minutieuse après l'autre. L'ensemble est plus beau que la somme de ses parties.

À l'autre bout du canapé, ma mère se retient difficilement d'ouvrir la bouche. Elle est en colère contre Daniela parce qu'elle a fait du mal à sa petite fille et elle le dit à qui veut l'entendre. Mais c'est une femme d'une grande retenue, alors elle se contente de demander :

— Tu as appelé le bureau du docteur Reynold ?

— Non. Pourquoi ?

— Tu devrais te faire tester, ma chérie. Quand on découvre que sa relation n'était pas monogame, il faut vérifier sa santé.

— OK, là, je m'en vais, annonce Dylan en sautant de son siège pour se ruer hors de la pièce.

Mon cou devient brûlant. J'aimerais que maman parle d'autre chose que de mes échecs relationnels, mais je n'avais pas réalisé que nous aborderions carrément la question de mon vagin.

Le pire, c'est qu'elle a raison. Je me dois de passer un test.

Pour le pauvre Alec, aussi.

— Je crois que le docteur Reynolds est en croisière, dit ma mère d'un ton posé. Mais il y aura certainement un autre médecin.

— D'accord.

Je soupire.

— Je les appellerai demain.

Il me faut deux jours pour appeler, parce que je redoute ce moment. Mais quand j'y parviens enfin, la réceptionniste me confirme que notre médecin habituel est en vacances.

— Je peux vous prendre rendez-vous avec lui dans deux semaines, ou je vous propose de rencontrer notre nouvelle infirmière en gynécologie demain.

— Demain, ce serait très bien.

Je suis presque soulagée de voir quelqu'un qui ne me connaît pas, ni ma mère ni ma sœur. Je ne soupçonne pas le docteur Reynolds de bafouer la confidentialité de ses patients, mais je serais incapable de le regarder dans les yeux.

Au lieu de quoi, je finis par raconter mon histoire larmoyante à Mademoiselle Goldman, la nouvelle.

— Je viens de rompre avec ma petite amie qui me trompait, lui dis-je en prenant la blouse médicale qu'elle me tend. Alors, il me faudrait une batterie complète de tests pour les MST.

Ma voix ne tremble même pas. C'est seulement mon ego qui frémit de peur et de frustration.

— Je suis navrée de l'entendre, dit-elle en me tapotant la main. C'est une très bonne réaction de vous faire tester. Tout le monde n'a pas le courage d'entrer ici et d'y faire face.

— Merci.

Je déglutis, parce que j'avais vraiment besoin d'entendre ça.

— Dites-moi juste ce que je dois faire.

— Enfilez ça et je reviens vous examiner. Voulez-vous que nous fassions votre frottis, à y être ?

— D'accord, pourquoi pas ?

Elle prend des notes sur un carnet.

— Dernière question, devrais-je vous mettre sous contraception ? Si votre dernière relation était avec une femme, le sujet n'a probablement pas été abordé. Mais prévoyez-vous d'avoir des rapports susceptibles de conduire à une grossesse ?

Pendant un instant, je me contente de cligner des paupières. Elle a de beaux yeux bleus, exactement le genre de visage qui ne donne pas l'impression de porter de jugement, idéal pour travailler dans un cabinet de gynécologie.

— Eh bien…

Je prends une inspiration. Ce que l'on apprend, entre autres, dans les réunions des AA, c'est à être brutalement honnête avec soi-même.

— Il est possible que je doive envisager la contraception.

Elle sourit.

— Bon, très bien. La contraception, c'est ce que je préfère. Avez-vous déjà pris la pilule ?

— Oui, à la fac. Mais pas depuis cinq ans. J'avais du mal avec la régularité.

— Et pourquoi pas un stérilet ? demande-t-elle. C'est efficace pendant au moins cinq ans et c'est pratiquement infaillible. Beaucoup de jeunes femmes font ce choix, surtout maintenant que l'avenir de leur assurance maladie semble plus incertain.

Hmm.

— Dites-m'en plus.

CHAPITRE NEUF

Alec : Un dépressif entre dans un bar.

May : Salut, Alec.

Alec : Hello ! Je viens juste aux nouvelles. Tu vas bien ?

May : Toujours un peu gênée.

Alec : Ce n'était pas une gifle si méchante. Je n'ai pas vu l'empreinte de ta main sur son vilain petit visage.

May : Pas pour ça !

Alec : :) Je n'ai aucune idée de ce qui devrait te gêner. Moi, je ne le suis pas, en tout cas.

May : Bon à savoir.

Alec : Tu veux entendre une mauvaise blague de bar maintenant ?

May : Pourquoi pas ?

Alec : Un dépressif entre dans un bar. Le barman lui dit : « Je suis désolé, monsieur, mais c'est un bar gay. » (Voilà, c'était la blague.)

May : J'aime bien celle-là. Brève et marrante.

Alec : #cestgagné

May : Pourquoi est-ce que tu m'écris ?

Alec : Pour savoir si tu me parles encore.

May : Mais on n'était pas amis avant.

Alec : C'était une erreur.

May : Tu veux remettre ça.

Alec : Je n'y suis pas opposé. Mais je te promets que même si on ne s'était pas envoyés en l'air comme des bêtes dans mon pick-up, je t'enverrais quand même des blagues pourries.

May : Pourquoi ?

Alec : A) Tous les autres les ont déjà entendues. B) Je te trouve sympa.

May : C'est gentil de me dire ça.

Alec : Je ne cherche pas seulement à être gentil. Si tu veux passer un bout de temps, parler et boire des cocktails sans alcool, tu sais où me trouver. Je n'essaierai même pas de te déshabiller.

May : Tu es un type bien.

Alec : Pas vraiment. Je rêverai quand même de te déshabiller. Mais je ne te demanderai rien.

May : Tu m'as vue me lâcher totalement, mais je ne fais jamais ça d'habitude.

Alec : Je sais. Ce n'est pas mal pour autant.

May : D'accord. C'est vrai.

Alec : Bonne nuit, May. Prépare-toi à recevoir d'autres blagues bientôt.

May : Drôles ?

Alec : J'en doute ;)

CHAPITRE DIX

Alec

Même si la soirée que j'ai passée avec May a été l'une des meilleures de ma vie, le reste de ma semaine est plutôt laborieux. Je suis de service au bar les cinq soirs suivants. En temps normal, je suis en congé le mardi, mais Smitty n'est pas venu ce soir. Purement et simplement. J'imagine que tout le monde fait des conneries de temps en temps.

Toujours est-il que le samedi matin, je suis crevé. Malgré tout, j'achète deux muffins au citron et au pavot chez ma sœur et je me rends à l'hôpital de Montpelier. Il s'avère qu'Hamish a fait une crise cardiaque et qu'il a appelé les urgences tout seul. C'est certainement son ambulance que j'ai aperçue depuis mon parking.

— Tu es le fils que je n'ai jamais eu, me dit-il en regardant l'intérieur du sac.

— Tu as un fils.

— Mais il ne m'apporte pas de muffins, répond Hamish, tout sourire. Si seulement tu pouvais me faire sortir de cette prison.

— Tu en as pour combien ? Quelle est la durée de ta peine ?

Il a l'air émacié, mais il faut dire qu'il a toujours été très mince.

Le vieil ébéniste fronce les sourcils.

— Ils disent que je dois me faire opérer. Le palpitant.

— Ça craint. Quand ?

— Lundi. Ensuite, j'ai plusieurs semaines de convalescence. Je devrai peut-être les passer chez Tad.

Cette idée lui arrache une grimace. Il ne s'entend pas très bien avec son fils. Hamish est un ancien hippie et Tad a un balai dans le cul, à ce que j'ai compris.

Les rares fois où il est venu au *Gin Mill*, où je propose neuf bières pression artisanales exclusives, Tad a bu de l'allégée. C'est tout ce que j'ai besoin de savoir le concernant.

— Dis-moi si je peux faire quelque chose pour toi, d'accord ?

— On organise toujours ma fête, grommelle-t-il. Il va seulement falloir la reporter de quelques semaines.

— Oui, aucun problème, acquiescé-je en espérant lui remonter le moral. Tiens bon, d'accord ? Je peux faire autre chose, à part nourrir le chat ?

Il secoue la tête en désignant le sac de viennoiseries.

— Tu fais déjà des merveilles et j'apprécie beaucoup.

— Ça marche, dis-je en riant. On se voit après l'opération.

Ce soir-là, j'ai assuré un long service et j'ai dormi jusqu'à onze heures et demie le dimanche matin, oubliant d'aller à l'église. Ma mère ne sera pas contente. Mais je me lève à temps pour aller déjeuner à la ferme de mes oncles. C'est une tradition familiale. Ma mère prépare toujours un festin que nous dégustons en essayant de ne pas perdre notre calme chaque fois que mon oncle Otto dit une énormité.

Aujourd'hui, ma mère a préparé un délicieux rôti de bœuf avec de la purée de pommes de terre et une salade. Je dévore à toute vitesse tout en regardant ma famille autour de la table. À première vue, notre réunion n'est pas si différente de celle du jeudi soir chez les Shipley. Si ce n'est que je n'invite jamais mes amis.

Maman ne m'en voudrait pas, au contraire, elle apprécierait sûrement d'avoir un peu de compagnie. Mais en règle générale, nous restons entre nous – Oncle Otto, Oncle Art, maman et ses enfants. Enfin, quatre sur cinq. Julian ne vit pas dans le Vermont et nous n'avons jamais de nouvelles de lui.

De toute ma vie, je n'ai jamais invité qui que ce soit au déjeuner du dimanche. Au début, c'était parce que j'avais honte de cette famille avec un père à temps partiel.

Et puis, nous sommes devenus la famille *sans* père. Nous avons suivi notre mère dans un camping, où nous avons vécu dans un mobile-home après le départ de notre père, ayant perdu notre petite maison à la périphérie de Colebury.

La nuit précédant le départ définitif de papa, je suis resté éveillé dans mon lit superposé, à écouter mes parents se disputer.

« Je n'ai rien fait ! s'égosillait mon père. Shipley m'a viré et tu veux que ce soit ma faute ? »

« Ça fait quatre emplois en deux ans ! a rétorqué ma mère. Qu'est-ce qu'on va faire ? »

Je savais que c'était grave. J'étais allongé là, à les écouter en espérant que ma mère allait se taire. Mon père enchaînait les licenciements, mais elle ne lui facilitait pas les choses. Je savais qu'il allait se venger en se prenant une cuite. Il aimait disparaître pendant des semaines, avec Dieu sait qui, à faire Dieu sait quoi.

Ma mère a longtemps enduré ce manège. Mais quand la crémerie Shipley a viré mon père, j'aurais voulu qu'elle ferme son clapet pour qu'il ne s'en aille pas.

Mais il l'a fait. Et cette fois, il n'est jamais revenu.

C'était il y a quinze ans, et nous avons traversé une mauvaise passe pendant un certain temps. Mais dernièrement, on s'en sort plutôt bien. Benito a apporté une bouteille de vin pour accompagner le rôti et Damien le taquine parce que c'est un rosé.

— Et alors ? fait Benito. Maman adore le rosé.

Notre mère se penche vers lui, son verre à la main pour qu'il la resserve.

Quant à moi, j'ai apporté une chope de bière pour la tablée et un pack de quatre Heady Topper pour ma sœur.

— Tu t'en es souvenu ! a-t-elle lancé quand je le lui ai offert.

— Bien sûr. Garde-les au frais jusqu'à ce que tu les boives avec Dave.

La bière n'est pas pasteurisée et doit être conservée à basse température.

Elle les a planquées dans sa voiture avant le dîner pour que personne ne puisse faire main basse dessus. Alors maintenant, je distribue ma bière maison.

Zara et mes frères en prennent une et s'extasient sur les saveurs.

— Très houblonné, dit Benito. Ça me plaît.

— C'est de la bière, alors ça me va, marmonne Damien.

Otto fait passer la chope sans rien dire.

Merde. J'aimerais pourtant qu'il y goûte et qu'il soit impressionné.

C'est le seul membre de ma famille qui a les moyens d'investir dans mes projets de brasserie.

— Viens voir, me dit Zara une fois que j'ai terminé mon assiette. Tiens-moi Nicole pour que je puisse finir mon repas.

Je prends la fillette qui se tortille et je pousse mon assiette pour éviter qu'elle ne la heurte.

— Bonjour, ma belle, qui est ton oncle préféré ?

— Ac, répond Nicole.

— C'est vrai, bébé d'amour. Ac, c'est du costaud ! Rappelle-moi comment il s'appelle, lui, demandé-je en montrant Benito du doigt.

— Bimbo, dit-elle.

Tout le monde éclate de rire. Mon Dieu, j'adore cette gamine.

— Ne change jamais, Nicole.

Benito lève les yeux au ciel. Ça ne le dérange pas vraiment que son bambin d'un an préféré ait raccourci *Benito* en *Bimbo*, mais on ne rate jamais une occasion de le lui rappeler.

Soyons réalistes, c'est moi la bimbo de la famille. Je n'arrête pas de penser à mon corps à corps torride avec May Shipley, lundi soir, dans le pick-up.

Quand je l'ai déposée à sa voiture, un peu plus tard, elle m'a supplié de n'en parler à personne.

— Je ne dirai pas un mot, lui ai-je promis ce soir-là. C'est entre toi, moi et le volant.

Puis je me suis penché et je lui ai donné un baiser tendre et agréable, un baiser qui m'a donné envie de l'inviter à monter chez moi.

Mais May a étouffé cette idée dans l'œuf en me faisant un signe de la main, un peu gênée, avant de quitter mon pick-up sans ajouter un mot.

Maintenant, à la table familiale, je ne peux m'empêcher de penser à elle. J'ai l'impression que ça vire à l'obsession, parce que c'était tellement inattendu, spontané et fougueux. Quand j'ai accepté de l'accompagner ce soir-là, je n'avais aucune attente particulière. Elle avait besoin d'un ami à ses côtés, et j'étais prêt à être ce type-là.

Deux heures plus tard, elle s'empalait sur ma queue et gémissait dans ma bouche, en chemin vers l'orgasme. Et c'est moi qui ai eu l'honneur de le lui offrir.

Zut. Maintenant, je me sens tout excité, et ce n'est pas le lieu pour ça. Nicole joue avec mon téléphone sur le sol, à côté de ma chaise, et je suis censé rester assis à écouter William Otello Rossi – Oncle Otto pour les intimes, à l'exception de Zara qui l'appelle Bill pour l'asticoter – nous traiter comme des êtres inférieurs.

Je m'éclate.

— Otto, dis-je en décidant de tenter ma chance, incapable de me retenir plus longtemps. Goûte cette bière. C'est une bière d'hiver avec juste le piquant qu'il faut.

Je sirote mon propre verre et soupire, parce que ma bière est vraiment excellente.

— Elle est très bonne, convient Benito. Mais pourquoi je bois ta cuvée maison alors que Zara a droit aux marques spéciales ?

— Parce que je lui ai rendu service cette semaine, répond-elle.

— Et ma cuvée maison est délicieuse, ajouté-je. Tu devrais t'estimer heureux. Otto, goûtes-y.

Mon oncle me fixe longuement.

— Je suis certain que c'est de la bonne bière, me dit-il.

— Alors, prends-en.

Je récupère un verre que j'ai sorti de la cuisine exactement dans ce but et je lui en verse un peu. Il en est encore au vin, mais je tiens absolument à l'épater avec ma bière d'hiver.

Otto fait tournoyer le liquide, inspectant sa robe comme un sommelier parisien. Enfin, il y trempe ses lèvres.

J'attends les éloges, car cette bière est une pure merveille.

— Pas mal, dit-il en reposant le verre vide.

— Pas *mal* ? répété-je. C'est tout ? C'est la meilleure bière que j'aie jamais eue. Certaines des mousses que les touristes font trois cents kilomètres pour venir boire dans mon bar ne sont pas aussi bonnes que ça.

— Elle est bonne, mon garçon, dit-il en haussant les épaules. Mais le Vermont grouille d'excellentes bières. Tu vas devenir fou si tu t'imagines que tu peux t'enrichir en sortant la prochaine Goldenpour. Ce n'est pas facile de toucher le gros lot. Il faut faire un bon produit, le commercialiser comme il faut et acheter un putain de billet de loto, parce que c'est vraiment la chance qui détermine le succès.

Ma tension monte en flèche.

— Merci d'avoir été clair. Comme si je ne savais pas que les affaires étaient difficiles. Mais c'est un vaste monde et je sais que certains l'apprécieront à sa juste valeur même si tu en es incapable.

Je suis peut-être allé trop loin, mais tout ce que j'obtiens de sa part, c'est de la négativité en permanence.

— Il faut y mettre le temps, dit-il.

C'est sa diatribe préférée, et peu importe qu'elle ne s'applique même pas à ma situation.

— Une entreprise, ça se construit lentement. Ton bar y arrive, mais tu ne peux pas encore te diversifier.

— Je connais ton discours de base, souligné-je, mais la diversification, c'est important. J'ai besoin d'un plan pour le jour où je ne serai plus en mesure d'obtenir l'exclusivité sur des bières en édition limitée qui font fureur. Si je brasse ma propre cuvée, au moins, je pourrai la contrôler.

— Au cas où Chelsea se lasserait de toi, c'est ça ? lance Zara.

Je lui décoche un regard noir.

— J'ai compris, dit Benito. C'est ce qu'on appelle une structure commerciale verticale.

Ma mère et Zara éclatent de rire.

— Quoi ? fait Benny. Je l'ai lu sur *Bloomberg News*.

— Tu lis le *Bloomberg News* ? demande Otto. Eh bien, voilà un jeune homme qui sait où il va.

— Ah oui ? demande Benito. Justement, c'est peut-être le bon moment pour vous annoncer à tous que je viens de quitter les Stups.

En un instant, avec sa nouvelle, mon frère vient d'accaparer toute l'attention de l'assistance.

— Quoi ? se récrie ma mère.

— Hourra ! le félicite Zara.

— C'est très bête, mon garçon, ronchonne Otto.

Mon oncle Art se contente de passer la langue sur ses dents.

Quant à moi, j'ai perdu la conversation. Et ça craint, parce que j'ai besoin de l'aide d'Otto. Au printemps, il doit me laisser emprunter la cuve de fermentation où il fabrique son poiré pendant l'hiver. Je dois y apporter quelques modifications pour la bière, mais cela pourrait me changer la vie.

En ce moment, le bar tourne bien parce que je sers des produits spécialisés plutôt difficiles à obtenir. Les touristes de la bière commencent à me connaître, grâce à mes campagnes de publicité acharnées. Je cible les amateurs de bière du Connecticut. *Venez goûter à la magie du Vermont.* Pendant la saison du feuillage d'automne, la moitié des voitures sur nos routes viennent du Connecticut.

Le mot a circulé et je vends beaucoup de bières haut de gamme.

Pour l'instant. Mais comme ma sœur l'a fait remarquer, mon offre dépend entièrement des caprices du marché et des bonnes grâces du distributeur.

Je dois continuer à investir, économiser pour reprendre la propriété d'Hamish et m'assurer ainsi que personne ne viendra gâcher le quartier. Sans compter que mon bar a besoin d'une cuisine pour se lancer dans les repas. J'ai l'espace nécessaire, mais je n'ai ni l'équipement ni le chef.

J'ai besoin d'argent pour me développer. Et c'est là que le bât blesse : Otto a de l'argent à investir. Je préfère le rembourser, lui, plutôt qu'une banque. Malheureusement, la dernière fois que nous en avons discuté, il voulait devenir actionnaire du bar à 51 % et j'ai dit non. Le *Gin Mill* est mon bébé et j'ai pris tous les risques pour l'ouvrir, même quand il me prédisait un échec. Or quand je lui en ai offert 25 %, il a refusé.

Comment pouvait-il croire que j'accepterais une proposition pareille ? Il a passé ma vie à me dire que j'étais incompétent. Si je lui donnais le contrôle, cela reviendrait à me ranger à son avis.

Maintenant, nous sommes dans une impasse. Les dîners du dimanche sont tendus. Le pire, c'est que je veux bien lui céder 50 % de ma future brasserie. C'est quelque chose que je suis prêt à partager en deux, même si j'effectue tout le travail, parce que nous utiliserons son équipement.

Jusqu'à présent, aucun accord n'a été conclu et je pense qu'il résiste juste pour me contrarier.

— Le nouveau job, continue mon frère, est financé par une subvention à la police d'État du Vermont. Six nouveaux employés pour la lutte contre la drogue.

— Et moi qui pensais que ton nouveau travail serait moins dangereux, grogne ma sœur.

— Clairement pas, précise mon frère d'un ton guilleret. Mais au moins, j'ai toutes les chances de faire tomber Jimmy Gage.

Ma mère se tord les mains chaque fois que notre ancien voisin Jimmy Gage est mentionné.

— Tu n'es pas obligé de le faire tomber *personnellement*, dit-elle.

— Si, figure-toi, répond mon frère d'une voix grave et solennelle. Parce que personne d'autre ne s'en est chargé jusqu'à présent.

Un silence retombe autour de la table et je sais que chacun admire le courage de mon frère. Il va probablement résoudre à lui seul tous les problèmes de drogue de Colebury. Benito a toujours été le plus sérieux d'entre nous.

Moi, je suis le raté, celui qui ne pense qu'à faire la fête. Demandez à Otto.

— Une chance de retrouver ce connard qui a failli tuer ta sœur ? demande mon oncle à Benito.

Pour une fois, c'est Ben qui se fait cuisiner à ma place. Ce n'est même pas à Benito de résoudre le délit de fuite qui a failli coûter la vie à Zara. Otto s'attend toujours à ce que nous réalisions l'impossible.

— Pas encore, dit-il. Mais je n'arrêterai jamais de chercher ce pick-up.

— C'est l'heure du gâteau, annonce ma mère sur ces entrefaites. Une fois que vous aurez débarrassé la table, je le couperai.

Tout le monde se lève et j'en suis toujours au même point avec l'homme le plus têtu du monde.

— À toi ! crie Benito en lançant le ballon ovale dans ma direction.

Après le dessert, mes frères et moi sommes sortis prendre l'air sous les premiers flocons de neige de la saison. Le lancer de Benny est trop haut, mais par miracle, je parviens à toucher le ballon du bout des doigts et je le récupère.

— Fonce, crié-je à Damien qui allonge sa foulée vers le poulailler.

De toutes mes forces, je lance le ballon au fond du terrain. C'est une belle spirale rectiligne, mais Damien n'y met pas du sien et la rate de justesse. L'air froid dans mes poumons m'a remis les idées en place. Ce soir, je vais tenir le bar, et je ferai la grasse matinée, demain matin, pendant que les chasse-neige déblayeront la route, permettant à mon pick-up d'arriver à Stowe pour le premier jour de snowboard de la saison.

La vie pourrait être pire, franchement.

Ou du moins, c'est ce que je pense jusqu'à ce que notre match improvisé se termine par un coup de téléphone que reçoit Benito. Damien profite qu'il s'est éloigné pour me lâcher une vraie bombe :

— Je sais où Otto investit son argent, me dit-il.

— Quoi ?

L'esprit toujours au snowboard, je suis en train de penser à farter ma planche et à la préparer pour la saison.

— Otto. Il investit dans la brasserie Giltmaker. Ils cherchent à ouvrir un pub dans le coin.

Je reste interdit, à repasser sa phrase dans ma tête. Il doit se tromper.

— Attends, quoi ? Ouvrir une brasserie *où* ?

J'ignorais que mon oncle était proche du brasseur le plus en vue de tout le Vermont.

Damien, le plus discret de la fratrie, hausse les épaules.

— Je ne sais pas trop. Apparemment, ils ne se sont pas encore décidés.

— Qui t'a dit ça ?

— Personne. Je les ai entendus bavarder au téléphone quand j'étais ici à réparer le tracteur. Ils voulaient du cash et il a signé un gros chèque. En échange, il touche des intérêts et une part des revenus.

Les intérêts et une part des revenus. Ces mots résonnent dans ma poitrine. Pendant une minute, je suis sans voix. Mais ensuite, une colère sourde s'empare de moi. Je lâche le ballon, fais volte-face et fonce vers la ferme.

— Frangin ! lance mon frère derrière moi. Putain, prends le temps de respirer.

Mais je ne l'écoute pas. Je fais irruption à l'intérieur pour découvrir Otto dans son fauteuil inclinable devant un match de football.

— Tu investis chez Giltmaker ? C'est vrai ?

Ses yeux ne quittent pas l'écran.

— Oui. Et alors ?

Et alors ? J'ai envie de donner des coups de pied dans son relax de merde, comme un gamin qui pique une crise.

— Tu signes des chèques à des inconnus, mais tu refuses de me prêter une cuve vieille de vingt-cinq ans au fond de ta grange ?

— Je fais un chèque à Giltmaker et je touche au moins 25 % sur deux ans. Si je te prête la cuve, tu mettras le bazar et c'est moi qui devrai tout nettoyer.

Sérieusement ?

— Je ne comprends pas. Je ne comprends pas pourquoi tu es persuadé que je suis un enfant incapable de quoi que ce soit.

— Je n'ai pas dit ça. Par contre, je pense que tu es un dilettante qui n'a pas analysé le marché concurrentiel des brasseries artisanales. Giltmaker m'a présenté un rapport de seize pages exposant en quoi un nouveau pub pouvait les aider à se développer.

Je crois bien que mon cerveau est à deux doigts d'exploser.

— Seize pages, hein ? Avec une jolie police d'écriture ? C'est ce qui t'impressionne ?

— Non, fait Otto en me regardant pour la première fois. Tu sais ce qui m'impressionne ? Qu'on se bouge le cul.

— Je ne fais *que ça*, me bouger le cul ! m'écrié-je. Six jours par semaine. Je remplis mon bar de clients du coin et de touristes. J'ai créé une véritable destination dans une ville qui en avait besoin. Et, au cas où tu ne t'en serais pas rendu compte, j'ai aussi permis à Zara de lancer sa propre entreprise grâce à mon investissement immobilier. Tiens, elle ne m'a pas présenté de rapport de seize pages. J'aurais peut-être dû lui dire non !

J'écume presque de rage et Otto a toujours les yeux rivés sur sa télé. Quand j'étais ado et que je voulais qu'il m'aide à trouver un emploi au magasin d'aliments pour animaux, je me rappelle que nous avons eu une conversation presque identique à celle-ci.

Quelle vie de merde.

Je ne peux pas m'empêcher de crier.

— Il y a une chose que tu dois savoir : je demande à ma sœur un loyer très inférieur au marché parce qu'elle fait partie de *la famille* ! Mais tu dois te dire que c'est une très mauvaise décision commerciale. Avant que Zara déménage en haut de la colline, je tenais le bar jusqu'à deux heures du matin, puis je me levais à six heures pour surveiller sa petite. Alors, je me demande bien ce que tu appelles *se bouger le cul* !

Après un silence, il me dit :

— Tu pourras utiliser la cuve après la mise en bouteille du poiré de la saison.

Oh, une miette de générosité de la part du roi sur son affreux trône de salon. Il estime sans doute que je devrais me montrer reconnaissant. Mais j'en suis incapable.

— Garde ta putain de cuve. Je n'ai pas besoin de ton matos de merde !

Sur ce, je tourne les talons et je repars en trombe, passant devant ma mère dans le hall d'entrée.

— Alec, chuchote-t-elle.

Mais je suis trop en colère pour m'arrêter.

~

Une demi-heure plus tard, je ne décolère pas. Je me trouve au rayon snowboard d'un magasin de ski dans la banlieue de Montpelier. Mais je ne parviens pas à lire les étiquettes des boîtes de fart, trop obnubilé par ma colère.

Qu'est-ce que ce vieux schnock attend de moi ? Bien sûr, je n'étais pas un adolescent sérieux, à l'époque. Une fois, j'ai organisé une grosse soirée avec feu de joie dans une prairie de la ferme de mes oncles, causant un sacré bazar. Mais c'était il y a quinze ans.

Otto m'a toujours traité comme le minable de la famille. On peut reprocher un tas de choses à mon père, mais au moins, il m'appréciait.

Alors que je continue à fulminer, une silhouette apparaît dans ma vision périphérique. Je crois deviner un corps longiligne et des cheveux longs, mais la femme se retire tout aussi rapidement.

Un instant. Était-ce… ?

Je descends l'allée, passant devant les sacs à dos pour skieurs et snowboardeurs, puis je jette un œil au coin du rayon juste à temps pour repérer May Shipley, qui sort du magasin.

En quelques enjambées, je l'ai suivie à l'extérieur. Comme les belles jambes de May sont longues, elle m'a déjà distancé sur le parking. Je porte deux doigts à mes lèvres et émets un long sifflement.

May s'arrête en pleine foulée. *Grillée.* Elle se retourne avec un sourire penaud.

Mon Dieu, un seul sourire de sa part et je me sens déjà mieux. Je lève la main et lui fais signe. Puis je m'adosse contre la façade en brique et j'attends.

Le menton dressé, elle me rejoint.

— May Shipley, dis-je à son approche. Je rêve ou tu as quitté le magasin pour m'éviter ?

Une main devant ses jolis yeux, elle éclate de rire.

— Tu m'as eue. Ne me fais pas culpabiliser encore plus.

— Est-ce qu'on a un problème, tous les deux ?

Je lui prends la main pour la rapprocher de moi. Nous sommes l'un contre l'autre, même si plusieurs couches de vêtements d'hiver nous séparent. Pourtant, tout mon corps bourdonne au souvenir de son passage dans mon pick-up. *Pfiou.* Il fait chaud, tout à coup.

— Je reconnais que notre soirée chez les juristes a un peu dérapé.

— Tu crois ? gémit-elle. Je suis tellement gênée.

— Pourquoi ? D'accord, on s'est envoyés en l'air sur un coup de tête, mais il me semble que tu as apprécié mes coups d'autre chose…

— Oh, pitié, arrête.

Rejetant la tête en arrière, elle éclate de rire. Ses yeux pétillent et j'affiche un immense sourire. Aussitôt, je me sens beaucoup mieux.

— Allez, tu n'as pas à être gênée. Je me suis beaucoup amusé.

C'est un euphémisme. Je n'arrête pas d'y penser. Un coup d'un soir, sur un parking, avec une beauté aux jambes interminables qui raffole de ma queue ? Cette nuit-là est marquée d'une pierre blanche dans mon parcours.

— D'accord. Je vais essayer.

Mais la couleur de ses joues est sans équivoque. C'est franchement adorable.

— Viens ici.

Je la prends dans mes bras. Son corps est tellement agréable contre le mien.

— Il ne faut pas que ce soit bizarre entre nous.

May lève le visage, surprise.

— J'ai dit la même chose à une bonne amie une fois.

— Et ça a fonctionné ? murmuré-je, en raison de notre proximité.

— Non, c'est toujours bizarre.

Elle me sourit et je ris. Puis je l'embrasse. Je ne sais même pas comment c'est arrivé. J'admirais son sourire, et la seconde d'après, j'en ai pris possession avec mes propres lèvres.

May laisse échapper un gémissement étonné avant que sa bouche ne s'alanguisse sous la mienne. Je prends mon temps pour l'embrasser jusqu'à ce que ses mains ouvrent les deux pans de ma veste, trouvent mon torse et saisissent ma chemise en flanelle. Comme je meurs d'envie de la goûter, j'entrouvre ses lèvres avec ma langue.

Soudain, mes omoplates heurtent les briques. May me presse contre le mur.

Hors de question. Je viens de passer cinq nuits à imaginer un scénario où notre prochaine rencontre se déroulerait à l'envers – moi aux commandes. Alors, je pivote et l'adosse à ma place contre le mur. Et pour faire bonne mesure, je prends ses mains aventureuses au piège des miennes, histoire d'en profiter.

Le gémissement avide qu'elle pousse produit un effet immédiat entre mes jambes. Aussitôt, je me replonge dans ses baisers, un genou entre ses cuisses.

May se débat contre moi, si on entend par là qu'elle plaque ses hanches contre les miennes et s'y appuie dans un mouvement terriblement érotique.

Je n'ai jamais apprécié les Shipley, mais maintenant, je me rends compte que je ne fréquentais pas les bons, tout simplement.

Nous perdons la tête pendant plusieurs minutes délicieuses jusqu'à ce que la porte du magasin de ski s'ouvre à la volée. Je recule d'un pas pour préserver ce qu'il nous reste de dignité.

Ce n'est guère efficace. Nous sommes tous les deux cramoisis et pantelants, et on dirait que j'essaie de dissimuler un bâton de ski dans mon jean.

La jeune femme qui sort du magasin nous lance un regard perplexe avant de déverrouiller sa voiture.

— Seigneur, souffle May alors que nous nous dévisageons, un peu hébétés.

— Je sais.

À présent, je suis follement excité. Il fait froid dehors, mais j'ai chaud absolument partout. Mes vêtements me paraissent trop étriqués. J'aimerais entraîner May dans mon pick-up et perdre la tête avec elle.

— Qu'est-ce qu'on fait ?

— Là, poupée, je dirais qu'on se frotte l'un contre l'autre sur un parking.

— Alec !

Elle me donne une petite tape sur la bouche.

— C'était une question rhétorique.

Je hoche la tête pour lui montrer que je comprends. Mais ensuite, je tire la langue et lui lèche la paume, pressée contre mes lèvres.

— Pitié, arrête, s'exclame-t-elle en retirant sa main pour l'essuyer sur ma chemise.

— Tu ne veux pas vraiment que je le fasse. Avoue-le.

— Si, j'aimerais.

Elle retrouve son sourire embarrassé. C'est trop mignon.

— Seulement, je ne veux pas me faire arrêter pour attentat à la pudeur.

— Tu as raison. C'est pour ça que tu vas venir ce soir. Tard. Vers onze heures.

Je suis censé tenir le bar jusqu'à dix heures et fermer plus tôt, parce que c'est dimanche soir.

— Pourquoi ?

— À ton avis ? Pour que je puisse te déshabiller et te lécher partout jusqu'à ce que tu cries mon…

Une fois de plus, May plaque la main sur ma bouche.

— Tout le monde peut t'entendre.

— Non, dis-je sous sa paume, qu'elle retire. J'ai des murs en briques à la maison. C'est parfait pour le contrôle du son. Alors, même quand ma tête de lit commencera à cogner contre le mur pendant que je te baiserai…

Elle essaie de me faire taire à nouveau, mais cette fois, j'attrape sa main au vol, tel un ninja du sexe. Et je la garde dans la mienne.

— Bref, passe me voir. J'ai pensé à toi toute la semaine. Une seule fois, ça ne m'a pas suffi.

Je porte la paume de sa main à ma bouche et l'embrasse tendrement.

— Il faut croire que non, dit-elle, le rouge aux joues. Mais je ne peux vraiment pas m'engager avec quelqu'un en ce moment.

— Évidemment, dis-je en levant les yeux au ciel. Je suis ton mec de transition. Les relations, ce n'est pas mon truc et je suis allergique à l'engagement. Alors, nous aurons exactement les mêmes attentes… un plan cul très positif.

Elle entrouvre les lèvres d'un air songeur, mais elle les referme aussitôt.

— Ne réfléchissez pas trop, Maître. Le juge vous ordonne de vous rendre dans son cabinet à vingt-deux heures précises.

Oui, je viens d'avancer d'une heure notre fête du sexe. Je vais devoir laisser Smitty assurer la fermeture. Ce qui signifie un supplément de salaire pour lui, plutôt irresponsable de ma part.

Merde.

C'est alors que May me fait la surprise de répondre :

— D'accord. Vingt-deux heures.

— Super ! C'est parfait.

Je lui embrasse à nouveau la paume, mon coup de folie déjà pardonné. Et moi qui pensais qu'elle me rejetterait.

— Ça mérite trois claquements de doigts, dis-je en exécutant mon fameux déhanché sous son regard ébahi.

— Ça doit rester notre petit secret, chuchote-t-elle.

— La discrétion, ça me connaît, poupée. Le code de la porte en bas est 0705. Tu sais où se trouve cette porte ?

Elle hoche la tête.

— Génial. Le code correspond à la date d'anniversaire de Nicole. Le 7 mai. Je vais laisser la porte de mon appartement ouverte, au cas où tu arriverais en premier.

— Ça marche.

Elle déglutit, vaguement hésitante.

Alors, je fais ce qu'il me reste à faire. Je prends son menton parfait dans ma main et je lui donne un dernier baiser, bref, mais intense.

— À dix heures ce soir, Shipley.

Puis je la pousse vers la porte du magasin de ski.

— Allez, va faire tes courses. Passe un bon dimanche. Je t'attendrai plus tard. Tout nu. Avec une rose entre les dents.

Elle pouffe.

Je lui adresse un clin d'œil, puis je m'en vais, bien plus optimiste qu'il y a une heure.

CHAPITRE ONZE

May

— May ? Allô ? Tu es avec moi ?

— Hmm ?

Je lève les yeux au moment où mon petit frère, Dylan, claque des doigts devant mon visage.

— Tu as quelque chose à partager devant la classe ? demande-t-il. Ce n'est pas bien de s'isoler en pleine conversation. Ça va me donner des complexes.

Oups.

— Je pense juste au travail.

— Ah bon ?

Dylan me sourit. Il mesure un mètre quatre-vingt-sept – oui, nous sommes tous très grands dans la famille.

— C'est drôle, ajoute-t-il. Parce que, quand je pense au travail, je ne fais pas ça…

Il affiche un sourire mielleux, se fondant contre le plan de travail en bois, laissant échapper un soupir rêveur.

— Je n'ai pas fait cette tête !

Du moins, j'espère.

— Bon, allez, tu veux bien m'apporter trois œufs ? demandé-je.

Avec un sourire malicieux, Dylan tend le doigt. Il y a déjà trois œufs sur la surface de la table. Juste devant moi. Bon sang. J'étais vraiment en train de dériver.

— Merci, grommelé-je. Tu m'aides à couper toutes ces pommes de terre ?

— J'ai un devoir à écrire.

Je m'y attendais, c'est l'excuse parfaite. En ce moment, Dylan a la tête dans ses cours de premier cycle, à la fac du Vermont.

— Comme par hasard.

Il disparaît et je retrouve la cuisine pour moi toute seule. Je me suis portée volontaire pour préparer le dîner, car je tenais à m'occuper les mains. Le week-end m'a semblé bien trop long, trop de convivialité ponctuée par des moments de gêne et de doute. J'ai passé beaucoup de temps à tricoter le pull d'Alec, rangée après rangée, avec une désagréable sensation d'étouffement.

Lark m'a appelée, mais j'ai laissé le message sur la boîte vocale. Elle m'a envoyé un texto par la suite. *Je voulais juste savoir comment tu allais.* Elle a pitié de moi. Elle prend des nouvelles de sa pauvre copine qui vient de se faire larguer. La même pauvre copine qui est amoureuse d'elle à sens unique depuis, oh, une bonne dizaine d'années.

Bien sûr, je vais devoir la regarder à nouveau dans les yeux un jour. Mais pas ce week-end.

C'est pourquoi, plus tôt dans la journée, je me suis proposée pour faire préparer les skis de toute la famille avant les premières neiges. J'étais trop enfermée à la maison, enfermée dans ma tête. De bonne grâce, Dylan a chargé les skis de tout le monde dans le pick-up de mon frère et je suis allée jusqu'à Montpelier pour un moment de liberté.

La rencontre avec Alec a été une surprise totale. Ça n'a rien de statistiquement improbable, étant donné qu'en ce moment, tout le comté prépare ses skis et farte ses snowboards pour le début de la saison. J'ai tenté de l'esquiver comme une lâche jusqu'à ce qu'il m'appelle.

Je prends l'un des œufs que Dylan m'a apportés et je le casse dans un bol. Il est déjà dix-sept heures. Dans quelques heures, Alec m'attendra chez lui pour une partie de jambes en l'air sans conséquence.

Oui, je compte bien y aller.

Ma famille n'approuverait pas. Alec est un coureur. Ils penseraient que j'ai perdu la tête. Ils verraient cela comme un comportement auto-destructeur.

Voilà pourquoi ils n'en sauront rien.

Avec Alec, je ne pense à rien et c'est comme une thérapie. Je me suis totalement oubliée aujourd'hui, devant ce magasin. Ses baisers sont dangereux et ça fait longtemps que je ne me suis pas sentie aussi imprudente, au sens palpitant du terme. Comme la fêtarde que j'étais autrefois, qui adorait s'amuser.

Certes, ça fait un moment que j'ai rangé au placard mon personnage de noctambule invétérée, mais c'est pour une bonne raison. Je ne veux pas revenir à l'époque où je buvais, dans le déni quant à mon problème. Enfin, il y a d'autres façons de s'amuser. Des plaisirs inoffensifs. Je peux bien m'éclater un peu avec Alec pendant quelques heures, lâcher prise et voir où la nuit me mène. Ça me manque trop.

Et pour l'instant, il semblerait que la nuit me conduise dans un loft au-dessus du *Gin Mill*.

Quelques heures plus tard, pourtant, je suis un peu déconcertée. La mise en œuvre de ce plan m'apparaît plus délicate que je le pensais.

— Je sors un moment, annoncé-je après avoir regardé une comédie dans le salon avec ma famille.

J'ai beau m'efforcer de paraître nonchalante, trois têtes pivotent dans ma direction.

— Ah bon ? demande maman. Il est presque neuf heures et demie.

— Je sais, dis-je en retirant de mon jean une poussière invisible. Une copine aimerait voir le film de dix heures et quart au *Merrill's*. Alors, je dois filer.

Ça fait un peu trop de route pour un film de fin de soirée.

— Quelle amie ? me demande ma mère.

Au même moment, Dylan y va de son interrogation :

— Quel film ?

Seigneur.

— Selena, de la fac de droit. C'est le nom de la copine, pas du film.

Je leur tourne le dos. Il n'y a pas de Selena à la fac, mais ce prénom m'est venu en premier.

J'ai vingt-sept ans, pourtant en ce moment, j'ai l'impression d'avoir dix ans de moins. Mentir à ma famille, c'est ridicule. En même temps, ce ne sont pas leurs affaires. Et je ne fais rien de mal.

— Tu pars à Burlington en voiture en pleine tempête de neige ? s'inquiète mon grand-père.

Il ne manquait plus que ça.

— Bon…

Je me tourne vers leurs quatre visages soucieux.

— Je vais envoyer un texto à Selena pour voir si elle ne préfère pas regarder un film chez elle. Et si je me retrouve coincée par la neige, je passerai la nuit sur son canapé. Mais j'ai vraiment besoin d'être avec des amis ce soir.

Le silence retombe pendant qu'ils me dévisagent. Je laisse leurs regards s'attarder un long moment, puis je me retourne et je m'en vais.

Quand j'arrive chez Alec, la neige a commencé. Et au moment où je saisis les chiffres de l'anniversaire de sa nièce sur le système de sécurité, d'épais flocons tombent du ciel.

Je monte l'escalier jusqu'à son appartement du deuxième étage, l'estomac noué. Mais qu'est-ce que je fais ici ? Je suis encore un peu troublée. Une seule incartade avec Alec pourrait être considérée comme un coup de folie. Mais deux ?

J'ai pensé à toi toute la semaine, a-t-il dit. *Une fois, ça ne m'a pas suffi.* Je n'en reviens pas qu'Alec Rossi soit attiré par moi. Il pourrait avoir n'importe qui. Et c'est certainement le cas.

L'une des phrases toutes faites de ma mère me revient à l'esprit. *Il faut savoir accepter ce qu'on nous donne.* Alors, je gravis les dernières marches jusqu'à la porte d'Alec.

Il y a un message dessus. *Entre*, peut-on lire. *C'est ouvert.*

Bon, d'accord.

J'ouvre la porte sur un intérieur magnifique et spacieux. Les murs de briques donnent à l'appartement un bel aspect rose. Il y a un haut plafond avec des poutres en bois apparentes. Les fenêtres s'étendent sur presque toute la hauteur de la pièce.

C'est somptueux, avec des meubles confortables autour d'une table basse gigantesque. Je reste là, admirative pendant une longue minute. En habitant ici, j'aurais l'impression de vivre dans un magazine d'architecture.

Alec a accroché une énorme télévision au mur. Dans le dictionnaire, sous « garçonnière », il doit y avoir une photo de cette pièce. Des haut-parleurs cachés diffusent même un morceau de hip-hop à bas volume.

Quand nous étions adolescents, Alec était le type qui organisait des soirées avec feux de joie dans les bois le week-end. Il connaissait toujours quelqu'un qui pouvait fournir un baril de bière aux lycéens pour leur permettre de boire en plein air. J'ai cinq ans de moins que lui, mais sa réputation le précède.

Ça me donne le frisson d'être celle qui a attiré son attention, ne serait-ce que pour une nuit. Et qu'il me trouve sympa, en plus.

Cet appartement convient parfaitement à la version adulte de son mode de vie festif. La seule chose qui manque, c'est le fêtard en question.

Quand je baisse les yeux pour admirer les parquets cirés, je repère un autre mot. *Avance...* Puis deux autres, qui mènent vers une porte-fenêtre. *Par... Ici...*

Alec est sur sa terrasse ? Dans la neige ?

Quand je fais coulisser la porte, j'entends le grondement de l'eau avant de voir le jacuzzi.

La neige se dépose tout doucement sur les planches de la terrasse. Mais Alec a l'air bien au chaud dans l'eau bouillonnante, décontracté, d'une beauté ravageuse et certainement nu sous la surface. Il consulte son téléphone, les sourcils froncés, le tenant par-dessus le rebord de sorte qu'il ne risque pas de le faire tomber, le front plissé par la concentration.

Il ne me voit pas.

— Salut, lancé-je en espérant ne pas trop le surprendre.

Il lève alors ses grands yeux foncés vers moi.

— Salut ! Désolé. Je ne t'ai pas entendue à cause des jets.

— C'est joli chez toi.

Tout comme son appartement, la terrasse est magnifique.

— La seule chose que je sais à ton sujet, c'est que tu aimes faire la fête. Maintenant, je comprends comment tu as acquis ta réputation.

— Ah, je vois. Alors, comme ça, je suis catalogué.

Son visage se ferme et j'aurais préféré ne rien dire.

— Tu veux te baigner ? C'est sympa ici.

J'hésite parce qu'il fait froid. Bien sûr, je suis venue ici en sachant que je finirais par me déshabiller. Mais un strip-tease dans la neige ne faisait pas vraiment partie de mes plans.

Il me sourit.

— Tiens, tu peux emporter ça à l'intérieur ? demande-t-il en me tendant son téléphone. Tu trouveras un peignoir sur la porte de la chambre. Je te promets que ça en vaut la peine.

Son sourire s'agrandit et je ressens une certaine excitation. *J'en ai envie*, me rappelé-je. Après tout, nous sommes ici pour nous amuser.

— Je reviens tout de suite.

À l'intérieur, je repère sa chambre au bout de l'unique couloir. Alec a un grand lit aux draps impeccables qui semblent m'attendre, fraîchement lavés. Prêts pour une nuit avec moi.

Bon sang, ce type doit vraiment être le *roi* des plans cul. Je ne suis pas dans mon élément. Et en même temps, je suis flattée. Il fut un temps, dans ma vie, à la fac, où j'étais un peu débridée, moi aussi. J'aime penser qu'Alec arrive à voir en moi une fille capable de se lâcher. Peut-être n'a-t-elle pas totalement disparu.

Quand je pose son téléphone sur sa commode, il est encore allumé. Alec lisait un article de presse, apparemment. « En pleine expansion, Giltmaker recherche l'emplacement de son prochain pub-brasserie. »

Il semblerait qu'il ait un peu de concurrence. Pas étonnant qu'il affiche une mine aussi inquiète.

Je trouve une robe de chambre en velours pelucheux, exactement là où il l'avait annoncé, et je me déshabille, puis je plie soigneusement mes vêtements sur une chaise et glisse ma culotte sous mon jean – précaution un peu guindée étant donné mes intentions pour la soirée.

Ça fait un moment que je n'ai pas eu de plan cul. Un *long* moment. Je ne me souviens pas du protocole.

Resserrant la robe de chambre autour de moi, je reviens à pas de loup sur le plancher vers la porte de la terrasse. Le froid me fait un choc lorsque j'ouvre la porte et que je m'avance sur les planches glacées.

Alec s'est installé de l'autre côté du spa, face à moi.

— Allez, ma belle, dit-il. Déshabille-toi vite et rejoins-moi. Si tu y réfléchis trop, tes pieds vont se congeler.

Je ne peux pas m'empêcher de rire. Alec est un rigolo.

— C'est comme plonger dans un lac gelé, souligné-je.

— Non, non, fait-il en secouant la tête. Il fait chaud ici. Plus tu resteras là longtemps, plus il fera froid.

J'abandonne le peignoir derrière la porte et je me retrouve nue sur la terrasse. Après avoir fermé la porte, je me précipite vers le jacuzzi. Mes seins rebondissent. Je ris un peu en jetant une jambe par-dessus bord. Enfin je m'enfonce dans l'eau chaude jusqu'à ce que mes épaules soient submergées dans la chaleur tourbillonnante.

— Waouh, soufflé-je, nageant dans le bien-être.

— Plutôt génial, non ?

— Merci de ne pas avoir regardé ce moment de flottement.

— Ma belle, j'ai tout vu dans mon verre.

— Quoi ?

Il soulève la timbale en acier inoxydable qui protège son verre.

— Ça ne casse pas, et il y a une excellente surface réfléchissante.

Il se tourne vers moi, laissant son regard effleurer le haut de mes seins, à l'endroit où ils plongent sous l'eau.

— Je ne veux absolument rien manquer, Shipley. J'ai eu des pensées cochonnes à ton sujet pendant des jours.

Oh, mon Dieu. Son regard brûlant me fait un drôle d'effet entre les jambes.

— C'est marrant, moi, je n'ai pas pensé à toi une seule fois.

Il esquisse un rictus.

— Quelle menteuse.

— Bon, d'accord. Je suis grillée.

Je l'éclabousse un peu, puis avec fascination, je regarde les gouttelettes qui s'accrochent à sa poitrine. J'ai une soudaine envie d'y passer la langue.

— Qu'est-ce que tu fais là-bas, d'ailleurs ? Tiens, tu en veux ? fait-il en me proposant son verre.

— Tout dépend de ce qu'il y a dedans.

Cette réponse contrainte me ramène tout de suite à la réalité. Dans les mois qui ont précédé notre rupture, Daniela disait que j'étais sa « petite amie qui ne boit pas parce qu'elle n'est pas drôle ». Elle a dit cela à voix haute. Plus d'une fois. Et je ne suis pas partie.

Alec s'éclaircit la voix et je plonge le regard dans ses grands yeux bruns.

— Tout va bien ?

— Très bien.

Je n'ai absolument pas besoin de penser à Daniela alors que je suis nue dans un jacuzzi avec Alec.

Il me tend son verre.

— Coca et citron vert. Je ne vais pas te donner un verre de rhum. Je m'en veux encore de t'en avoir offert la dernière fois.

— Tu ne pouvais pas savoir.

Je prends le Coca et j'en savoure une gorgée.

— Personne ne lit dans les pensées, Rossi.

Quand je lui rends le verre, il le récupère en me touchant la main. Avec une aisance bien rodée, il pose la boisson sur le bord et m'attire contre lui. Ses grandes mains m'enserrent la taille et je finis sur ses genoux, mes tétons dépassant comme des balises au-dessus de la surface.

Il lâche un grognement sourd et je frissonne, de froid et d'excitation à la fois.

— Putain de merde, dit-il.

Je me rends compte qu'il a repéré le tatouage dans mon dos.

— C'est incroyable.

— Tu as dû louper ça quand on s'envoyait en l'air dans ton pick-up.

Apparemment, il n'a rien contre les femmes tatouées.

Alec gémit et m'embrasse la nuque tandis que ses mains suivent la forme du pommier noueux dans mon dos.

— Tu m'étonneras toujours.

— Ce n'est pas moi qui l'ai dessiné.

Je ferme les yeux alors que, du bout des doigts, il effleure la ligne des branches. Nue sur ses genoux, je sens son sexe en érection dans mon dos.

Ça fait *longtemps* que mes soirées n'ont pas été aussi excitantes.

— Cela dit…

Il s'interrompt à nouveau pour passer sa langue sur ma nuque et j'en ai la chair de poule.

— Tu n'es pas facile à comprendre.

Je soupire d'aise lorsque ses bras forts s'enroulent autour de mon corps glissant.

— Tu es à moitié sage, à moitié diabolique. Une avocate brillante avec un tatouage de baroudeuse.

Il me serre contre son torse, me plongeant à nouveau dans l'eau pour me garder au chaud. Son souffle me chatouille l'oreille quand il dit :

— Je suis content de te voir. J'ai cru que tu me laisserais peut-être tomber ce soir.

— Quoi, tu penses que je suis une dégonflée ?

— Je n'ai pas dit ça.

Il me pose un baiser dans le cou et je dois réprimer un frisson à ce contact. Sa barbe me gratte de façon très agréable.

— Mais tu étais gênée à propos de la semaine dernière. J'ai pensé que tu ne voudrais peut-être pas t'encanailler une deuxième fois.

— M'encanailler ?

Je me retourne pour attirer son attention, incapable de savoir s'il plaisante, et j'ajoute :

— Avec le propriétaire d'une entreprise qui marche bien, dans le plus bel appartement de tout le Vermont. Peut-être même du monde ?

Il hausse les épaules avec nonchalance.

— Un homme plus malin que moi n'aurait pas investi autant dans cet appartement. Mais peu importe, fait-il en soupirant. Désolé. Je ne suis pas d'humeur très joyeuse.

Je me remémore l'article qu'il lisait sur son téléphone.

— Ce brasseur, Giltmaker, peut-il te poser problème ?

— Peut-être. Tout dépend de l'endroit où ils s'installent. Même sans ça, je devrais investir davantage dans le *Gin Mill*. Si je servais des repas, ça attirerait du monde. Mais je n'ai pas encore de cuisine.

— C'est cher, une cuisine, non ?

— Oui. J'ai d'autres beaux projets, mais chacun présente des difficultés différentes.

— Quoi, par exemple ?

— Faire de la bière, répond-il du tac au tac. Et faire pousser du houblon. Il n'y a pas assez de houblon local sur le marché. Si je le vendais aux brasseurs artisanaux, ils seraient obligés de m'approvisionner en bières attractives pour les touristes.

Bières attractives. Voilà une chose à laquelle un alcoolique en rémission ne devrait jamais penser.

— Tu veux dire comme la Goldenpour ?

— Exactement. Si ces types rencontrent un problème ou si une autre bière devient célèbre sur internet, mon entreprise en souffrira. Je suis soumis à leurs aléas.

Ses bras se resserrent autour de moi.

— Enfin, tu n'es pas venu ici pour parler de la distribution de bière.

— Ça ne me dérange pas. La petite entreprise est une obsession familiale. On en parle en permanence autour de la table. C'est le genre de droit qui m'intéresse aussi. Mais pour l'instant, je suis réduite à assurer les actes notariés.

— Tu es marrante, Shipley, tu sais. Pour de nombreuses raisons.

Il m'adresse un grand sourire, puis il penche le menton vers la jonction entre mon cou et mon épaule et me mord délicatement. Avant même que la chair de poule ne me traverse le corps, il y passe la langue.

Je me demandais comment nous allions passer des bavardages anodins à la partie plus charnelle de la soirée, mais apparemment, il suffit qu'Alec concentre ses attentions sur mon cou. Mes tétons se dressent et tous mes sens s'enflamment. J'essaie de tourner la tête pour l'embrasser, mais il m'en empêche, serrant mon menton dans une main avant de poursuivre son voyage sensuel.

Sa bouche trouve mon menton, puis ma clavicule. Je n'ai pas le droit d'y contribuer, sauf à rester assise là et à éprouver les vagues de sensations qui se succèdent à mesure qu'il caresse mes zones les plus sensibles. J'ai une conscience aiguë de l'eau qui clapote autour de mes seins, ainsi que des muscles en acier de ses jambes sous les miennes. Je prends une profonde inspiration d'air humide et me laisse aller à la douceur de ses lèvres et de sa langue sur mon buste.

Décidément, j'ai bien fait de venir ce soir. *Merci, ma libido.*

Ses grandes mains entrent dans la danse. D'abord mon ventre. Mes hanches. Alec fait pivoter mon corps vers lui et finit par embrasser mes lèvres, au moment même où il pince mes tétons hypersensibles.

— Hmm, soupiré-je contre sa bouche.

Avec Alec, je me lâche et émets sans la moindre honte toutes sortes de gémissements érotiques. Je me sens libre de perdre la tête, parce que nous ne sommes pas un vrai couple. C'est libérateur.

Une histoire sans lendemain… Qui aurait cru ?

Alec n'est pas en reste. Il me prend la main et la pose sur sa verge rigide. Alors que mes doigts se referment autour, j'ai déjà envie de lui. Cela fait quelques jours que je reviens en pensée à cet incroyable moment, sur le siège avant du pick-up, quand je m'empalais sur lui. Il avait gémi avec un abandon absolu, comme s'il était l'homme le plus chanceux du monde.

Il y avait longtemps que je ne m'étais pas sentie aussi sexy grâce à quelqu'un.

Je le caresse en espérant faire avancer les choses.

Mais il interrompt notre baiser.

— Ne va pas imaginer que nous allons le faire à ta façon.

— Quoi ?

Je me suis laissé déconcentrer par mon rodéo sur ses cuisses, l'autre soir.

Enfin, sa bouche trouve la mienne, chaude et déterminée. Le baiser est agressif, mais il est bref.

— Tu n'auras pas droit à ma queue tant que tu ne seras pas allongée sur mon lit, me dit-il. Quand je serai parfaitement prêt.

Mon corps se contracte sous l'effet du désir.

— Alors, on ferait mieux de sortir rapidement de ce jacuzzi, lui dis-je.

Je n'ai pas envie d'attendre.

— Pas question, répond-il en souriant comme s'il pouvait entendre mes pensées. On ne fait que s'échauffer.

Il m'embrasse à nouveau, mais je suis fébrile. Je passe le pouce sur son gland tendu, espérant précipiter le rythme. En tout cas, à la fac, ça rendait les mecs complètement fous.

Ça fait vraiment longtemps que je n'ai pas eu à séduire un homme.

Alec avance les hanches pour améliorer son contact avec ma main aventureuse. Il faut croire que je fais des progrès. Lorsqu'il saisit mes genoux et m'écarte les jambes, je ne comprends pas où il veut en venir avant qu'il ne me fasse pivoter et que les jets commencent à frapper l'intérieur de ma cuisse.

Oh.

Ohhhhhh. Je décrète que j'adore l'hédonisme. Nos langues s'entremêlent alors que l'eau chaude me taquine entre les cuisses. C'est à la fois excitant et délicieux, comme si une sirène me faisait un cunni.

Mais au bout d'un moment, les baisers torrides et les attentions tactiles font monter en moi un besoin insoutenable. Je me retourne sur les genoux d'Alec et le chevauche, utilisant son sexe pour me caresser, lui montrer exactement ce dont j'ai besoin.

— Tu aimes vraiment la queue, à ce que je vois, murmure-t-il contre ma langue.

— La tienne.

Il sourit. Aucun homme ne peut résister à un compliment sur son matériel.

— Tu sais comment me parler.

Oui, en effet. Je me redresse sur les genoux et passe la main autour de son oreille pour y chuchoter :

— Baise-moi, Alec.

Plus tard, j'aurai un peu honte, certainement. Mais pour l'instant, j'obtiens l'effet escompté. Il appuie sur un bouton qui éteint le jacuzzi et nous sortons dans la nuit glaciale. Après avoir refermé le couvercle du spa, il me pousse vers la porte que j'ai ouverte en attendant.

Les gouttes ruissellent sur le sol et nous dérapons un peu comme des comiques du cinéma muet. Il prend le peignoir par terre et s'en sert pour nous sécher tous les deux, tout en m'embrassant.

Les pieds humides, nous nous heurtons à des meubles, puis à une porte, nous frayant un chemin vers sa chambre. L'arrière de mes genoux rencontre le lit et nous tombons sur la couette. Nos bouches fusionnent et nos mains vagabondent sur nos peaux moites et surchauffées.

Hourra ! crie mon corps. Nous ne sommes qu'impatience, nous ne sommes que mouvement jusqu'à ce qu'Alec me prive de son corps si chaud et si sexy, me laissant hébétée dans la lumière tamisée de sa chambre. J'entends un froissement et je lève les yeux pour le découvrir déroulant un préservatif sur son sexe en érection. Je suis hypnotisée.

— Tu aimes le lubrifiant ? demande-t-il.

— Oui.

Cela dit, je n'ai pas vraiment d'opinion tranchée sur la question. En revanche, j'ai une idée très précise du plaisir que je prends en ce moment. C'est comme si je me réveillais après avoir mangé le même sandwich au beurre de cacahuète tous les jours pendant un mois pour me rendre compte que la vie ressemble plus à un restaurant-grill au menu foisonnant.

Et j'ai envie de goûter à tout.

— Beaucoup ? demande-t-il alors que j'entends le déclic d'un bouchon.

— Quoi ? Si tu veux.

Dépêche-toi.

Alec est agenouillé au-dessus de moi, entièrement nu, ses longues jambes de part et d'autre de mes cuisses. Il a un beau corps, long et sec, aux muscles ondoyants. Il verse du lubrifiant sur son sexe et j'ai l'impression de jouer dans un film porno.

Mais l'instant d'après, il me renverse le flacon sur le ventre et je lâche un cri quand le liquide froid éclabousse ma peau.

— Eh ! m'exclamé-je.

Il rit en le refermant avant de ranger la bouteille.

— Je te taquine.

Je n'ai même pas le temps de répliquer qu'il se penche pour m'embrasser. Son corps est chaud et ferme, et j'enroule mes bras autour de lui, me laissant aller.

Alec gémit contre mes lèvres, sa peau contre la mienne. Son gland rencontre mon clitoris et le lubrifiant qu'il y a fait gicler en guise de plaisanterie rend nos peaux encore plus fluides.

— Oh, putain, souffle-t-il. Waouh !

C'est exactement ce que je pense, moi aussi, mais je suis incapable de parler. Je me trémousse, écartant les jambes dans une invitation silencieuse. S'il tarde encore à me prendre, je vais éclater.

Prenant appui sur un coude, il tend l'autre bras vers mon ventre. *Oui !* Mais au lieu de poursuivre son mouvement jusqu'au bout, il passe la paume sur l'épaisse couche de lubrifiant et remonte ensuite d'un seul geste, l'étalant sur ma poitrine avec un regard amusé.

— *Oh.*

C'est tellement agréable !

— Tu ressembles à un rêve érotique, murmure-t-il en me pinçant le mamelon. Toute glissante et impatiente.

— Alors, *continue.*

Mais il n'en fait rien. Pas tout de suite, du moins. D'abord, il prend un long moment pour contempler mon corps sous sa main, le visage enflammé par le désir.

Son désir pour *moi.*

Avec un petit grognement satisfait, il se penche enfin pour prendre possession de ma bouche dans un autre baiser fervent. Puis sa main baladeuse s'aventure sur ma peau lisse jusqu'à terminer sa course entre mes cuisses. Ses doigts épais me taquinent, décrivant des cercles langoureux. J'ai tellement envie de lui que ça me fait mal.

— Tu me rends fou, Shipley.

Je suis incapable de répondre, parce qu'enfin, il me comble de plaisir. C'est une invasion délicieuse et mes muscles se contractent autour de lui, comme pour l'empêcher de se retirer.

Il laisse échapper un gémissement joyeux et s'arrête pour m'embrasser à nouveau. J'aimerais que mon corps se détende, mais sa langue dans ma bouche alimente le feu en moi. Je ne peux pas rester patiente plus longtemps. Saisissant ses deux biceps, je cambre mon corps vers le sien.

— Tu es bien pressée, chuchote-t-il en me retenant les avant-bras, qu'il plaque au-dessus de ma tête avant de rouler les hanches.

Un plaisir à l'état brut me traverse. Tout n'est que pression, glissement et béatitude. Nous nous heurtons, nous perdons l'un dans l'autre jusqu'à ce que ni lui ni moi ne puissions encore tenir un instant de plus.

Alors, sans retenue, nous obtenons l'extase que nous désirions tous les deux.

CHAPITRE DOUZE

Alec

Quand May et moi en avons fini l'un avec l'autre, je suis épuisé de la meilleure des manières. *Voilà qui mériterait mes petits claquements de doigts et mon déhanché de la joie.*

Mon cerveau est en fusion.

Après le premier round, je cajole une May béate dans ma douche à l'italienne, enlevant tout le lubrifiant dont elle est enduite. Mais alors que nos doigts savonneux s'activent, je ne peux pas résister à l'envie de l'embrasser à nouveau.

Nous nous retrouvons sur le lit pour un deuxième round, avec May à genoux cette fois-ci. Elle se retient à la tête de lit pendant que je la prends par-derrière. Mes mains se referment sur ses seins et je jouis en l'écoutant gémir mon nom, les yeux sur le tatouage incroyable dans son dos.

Seigneur, je suis épuisé. Quand nous nous effondrons sur mon oreiller après une heure du matin, j'ai l'impression que je viens d'apprendre un secret. Ce secret, c'est May Shipley. Elle ne cesse de me surprendre. Et je suis certain qu'il y a encore plus à apprendre.

— Je ferais mieux d'y aller, dit-elle en bâillant.

— Il neige. Ce n'est peut-être pas prudent de conduire.

— J'ai des pneus à crampons d'acier. Mais je vais jeter un œil à ta terrasse et voir s'il y en a beaucoup.

May disparaît un instant, puis revient, les bras croisés pour se protéger du froid.

— Il n'y a que quelques centimètres. Pas de problème.

Étrangement, je suis déçu quand elle récupère ses vêtements sur ma chaise et enfile sa culotte. En temps normal, c'est moi qui mets subtilement les femmes à la porte pour qu'elles ne se fassent pas de fausses idées. Or là, ça me semble trop tôt.

Je prends la main de May et l'attire de nouveau à moi.

— Tu es sûre que c'est sans danger ?

— Et toi, tu es sûr de ne pas être sexiste ? Tu poserais la même question à un homme ?

J'y réfléchis.

— Bien sûr. Si je sortais avec un mec, je voudrais qu'il rentre chez lui en toute sécurité pour pouvoir revenir se faire prendre la fois d'après.

Elle rit, puis m'embrasse, et j'enroule mes bras autour de son corps encore en grande partie nu. J'ai chaud et sommeil. Si elle restait, je sais que je ne ressentirais aucune anxiété à l'idée de partager mon lit avec elle. Pour une raison quelconque, j'ai plus l'impression d'être en présence d'une amie que d'une simple relation.

— On recommencera. Tu sais que c'est inévitable. Donne-moi ton téléphone.

Elle l'attrape sur la table de nuit, mais ensuite, elle hésite.

— J'ai déjà ton numéro, dit-elle.

Je le prends quand même.

— Je change les paramètres pour que mes textos n'apparaissent pas sur l'écran de verrouillage, précisé-je.

— Pourquoi ?

— Parce que tu ne veux pas que mes textos apparaissent sur l'écran de verrouillage.

Je lui adresse un sourire enjôleur.

— *Oh*. Hmm, dit-elle en s'asseyant pour tenter d'attraper son soutien-gorge. Tu sais, j'ai eu plus de mal à venir ici que je le pensais. Ma famille m'a donné du fil à retordre.

Je ricane.

— Je n'en doute pas. Qu'est-ce que tu leur as dit ?

En même temps que je pose cette question, mes doigts effleurent sa taille lisse, explorant les entrelacs du pommier tatoué. Je ne peux pas me retenir de la toucher.

— Ce soir, tu es Selena de la fac de droit.

— Je suis… qui ?

Elle se retourne et s'allonge à nouveau à côté de moi, en lingerie.

— Je leur ai dit que je sortais avec Selena de la fac de droit. Elle n'existe pas. Je n'ai pas menti comme ça depuis que Tommy Sullivan m'a ramenée à la maison une heure après mon couvre-feu en première, quand j'ai dit que c'était parce qu'il avait un pneu crevé.

En riant, je me penche et lui embrasse le cou. Je ne peux pas résister à l'envie de poser ma bouche sur la sienne.

— *Selena*, hein ? J'espère que je suis au moins une fille sexy. Dans ce scénario, est-ce que Selena et toi, vous sortez ensemble ?

— Peut-être, je ne leur ai pas donné de détails. Je préfère leur laisser croire que Selena et moi regardons des films en nous faisant des tresses. Mais avec moi, on ne sait jamais. Ma famille pourrait bien s'imaginer que nous avons des relations lesbiennes perverses.

— Grrr, c'est exactement ce qui se passe dans certains de mes films préférés.

À présent, je joue avec les longs cheveux de May. Ils sont si doux entre mes doigts.

— Parle-moi de cette Selena. C'est une bombe ?

May pouffe.

— C'est le fantasme de qui, de toute façon ? Si c'est le tien, j'imagine que Selena fait du soixante de tour de taille et un triple bonnet D.

Ça me fait rire, parce qu'il y a toujours un fond de vérité avec les plaisanteries.

— D'accord. Ce n'est pas mon fantasme, c'est le tien. Qui est ta Selena ? Vas-y, raconte.

— Eh bien…

May réfléchit à la question.

— Avant tout, c'est une amie. Mieux, c'est ma colocataire. J'ai un truc pour les colocs.

— Ah oui ?

— Je crois. C'est une question d'intimité. On apprend d'abord à apprécier la compagnie de l'autre. On est comme un port dans la tempête, l'un pour l'autre, tu vois ? C'est une amitié fondée sur les ragots et les grignotages nocturnes.

— Des grignotages… mutuels ?

May me frappe le bras.

— Tu as dit que c'était mon fantasme. Alors, sois patient.

— Bon, d'accord.

J'embrasse son épaule en attendant la suite. May frissonne.

— C'est amusant.

— Continue. Je veux savoir comment ta Selena passe de colocataire à maîtresse lesbienne sexy.

— C'est simple, on vit dans un petit espace et la nudité est parfois présente. Je me rends déjà compte que j'aimerais bien faire un tour dans son lit. Mais c'est une hétéro et elle ne comprend pas, jusqu'à ce qu'elle se surprenne à me reluquer après une douche.

— Une douche que vous avez prise ensemble ? demandé-je, histoire de la taquiner.

May poursuit en m'ignorant.

— Son regard s'attarde de plus en plus souvent, à mesure que le temps passe. Et puis un jour, on rit de quelque chose et elle m'embrasse.

— Yes ! sifflé-je.

— C'est ma grande chance, alors je me lance. Je lui montre comme c'est bon d'embrasser une autre fille. Il n'y a pas de barbe qui frotte, par exemple. Elle est nerveuse, mais elle aime quand je déboutonne son chemisier pour jouer avec ses seins.

Ça y est, je bande à nouveau.

— Tu me tues, tu sais ?

— C'est toi qui me l'as demandé.

— Je sais. Continue.

Elle se redresse sur un coude.

— C'est pour ça que tu m'aimes bien, non ? Admets-le, ma vie sexuelle lesbienne t'excite.

— Ce serait si grave ?

Elle me répond avec un sourire malicieux.

— Alors… On s'embrasse et je touche ses seins avec mes mains douces. Elle adore mettre la langue.

Je ferme les yeux, vaincu par cette image torride.

— Et puis… je m'arrête.

— Quoi ? dis-je en ouvrant les yeux.

— Je lui donne un dernier baiser sur la joue, puis je la laisse sur sa faim. Je lui dis qu'elle ne doit pas avoir peur d'expérimenter des choses et je la borde dans son lit. Seule.

Le sourire de May est immense.

— Vraiment ? protesté-je. Tu vas finir sur un suspense ?

— Bon, d'accord. Ça se termine plutôt comme ça : je lui prépare un chocolat chaud dans la tasse que je lui ai offerte pour Noël. Parce que nous sommes d'abord amies, même si elle m'excite à mort.

— Ce n'est pas une fin, ça ! dis-je avec un gémissement. Une tasse de chocolat chaud ? Je suis dur comme la pierre et c'est tout ce que j'obtiens ?

— Eh bien, il y a des marshmallows dans le chocolat, ajoute-t-elle en souriant.

— Ah, je te déteste.

May se penche et m'embrasse sur la joue.

— J'y vais, maintenant. Sauf si tu veux un chocolat chaud.

— La prochaine fois.

Nous nous sourions comme deux imbéciles.

— Donne-moi encore ton téléphone.

— Pourquoi ? demande-t-elle en me le remettant.

— Je change mon nom en Selena.

Nous rions ensemble, puis je me lève et la raccompagne à la porte.

CHAPITRE TREIZE

Selena : Salut, bébé. J'adore les tresses que tu me fais. On pourrait recommencer un de ces quatre ?

May : Seulement si tu me laisses aussi vernir nos ongles de pieds.

Selena : Tu es hilarante. Mais je me suis tellement amusée dimanche soir que je te laisserai faire si tu insistes. Cela dit, tu as vu mes ongles de pieds ?

May : Tu marques un point. Une bataille de polochons, alors ?

Selena : Quand tu veux ! J'apporterai les oreillers et le chocolat chaud.

May : Tu en fais un poil trop, Selena.

Selena : Il faut ce qu'il faut. Tu sais quoi ? Je ne t'ai jamais raconté ma blague sur les champignons. Mais ce n'est drôle qu'en face à face.

May : Une excuse parfaite pour te revoir bientôt.

Selena : C'est ce que j'aime entendre.

May : Bonne nuit, Selena.

Selena : Bonne nuit, May.

CHAPITRE QUATORZE

Alex

Quand je revois May, cependant, ce n'est pas dans mon lit. C'est dans mon bar. Un mardi soir, je lève les yeux après avoir préparé une margarita et elle est là, assise à un mètre de moi sur un tabouret, ses yeux bruns pétillants.

— Tiens, tiens, bonsoir, toi, dis-je aussitôt d'une voix éraillée.

Je m'imagine déjà une autre soirée dans mon jacuzzi. Quelle chance.

— Bonsoir.

La voix grincheuse de son frère tue instantanément toutes mes attentes. Je n'avais pas vu mon Shipley préféré, un tabouret plus loin. *On laisse tomber la mission !* Heureusement que je ne l'ai pas embrassée d'entrée de jeu.

— Griff Shipley ! De tous les bars de toutes les villes du monde, il faut que ce soit dans le mien que tes pas te mènent… Qu'est-ce que tu bois ?

— Va pour une Goldenpour.

— Comme tout le monde.

Je prends un verre et l'incline sous le robinet.

— Et pour toi, ma jolie ? Un cocktail sans alcool ?

— Tu fais ta propre limonade, c'est bien ça ?

— Tout juste, Mademoiselle Shipley.

Son sourire signifie : *Tu y vas un peu trop fort, là.*

— Limonade et citron vert, ça me dit bien.

— C'est comme si c'était fait !

Je leur sers à boire avant de préparer d'autres boissons pour Becky.

— Qu'est-ce qui vous amène ici, tous les deux ? demandé-je une fois que j'ai quelques instants de répit.

— On était à une réunion, dit Griff.

Au début, je ne comprends pas, mais ensuite, May rosit jusqu'aux oreilles.

— Une réunion des AA ?

— Oui, dit-elle. Rien de tel que de sortir de là-bas pour venir directement dans un bar. Mais on a rendez-vous avec Audrey pour un film dans une demi-heure, alors on s'est arrêtés ici.

— Cool. Au fait, j'ai aussi des bières sans alcool. Tu en bois ? C'est de la Corker.

Griff ricane.

— Une fois, j'en ai rapporté un pack de six à la maison. Elle me disait que ça lui manquait de prendre une bonne mousse avec un hamburger. Alors, on en a goûté.

Il fait une grimace.

— C'était une marque différente, mais ça nous a dégoûtés des bières sans alcool.

— À ce point ?

C'est un problème, parce que je ne veux pas servir de bières imbuvables au *Gin Mill*. J'ouvre mon placard réfrigéré et j'en sors une bouteille.

— Essaie et dis-moi si c'est mauvais.

Je la pose sur le bar devant May et je fais sauter la capsule.

Quand on sert une bière sans alcool, c'est toujours en bouteille afin que le client soit certain de ce qu'il boit. Elle doit contenir moins d'un demi-degré d'alcool par volume. Je connais les bases et je sais comment en servir, seulement, je n'en ai jamais bu.

Elle prend la bouteille et avale une gorgée.

— Alors ?

— Tu veux goûter ? demande-t-elle.

Son sourire est un défi.

Aussitôt, je me remémore ce qui s'est passé la dernière fois qu'elle m'a proposé de goûter à sa boisson. Je ne me suis pas fait prier pour en prélever sur ses lèvres et nous avons fini par nous envoyer en l'air comme deux affamés dans mon pick-up.

Ah là là, ce souvenir. J'aimerais le revivre. Tout de suite, même.

May m'offre la bouteille avec une lueur coquine dans l'œil. Je la prends en songeant au goût de ses baisers, puis je porte le goulot à mes lèvres.

Elle me sourit et…

— Pouah, c'est infect, m'exclamé-je dès la seconde où j'ai dégluti. On dirait de l'eau aromatisée à la bière… Seigneur !

May se contente de ricaner.

Je persévère avec une seconde gorgée pour en avoir le cœur net. C'est trop effervescent pour la bière et ça laisse une sensation de soda en bouche. La saveur de la bière se développe rapidement, mais elle retombe en une fraction de seconde. Et puis, plus rien. Le néant gustatif.

— Pas terrible, hein ? s'esclaffe Griffin.

— Décevant, dis-je en remettant la bouteille à May. Je vais devoir trouver un meilleur fournisseur.

— Essaie toujours, lance Griff. Cette marque occupe une grande part du marché.

— Comment ça se fait ?

Je pense à toutes les bières délicieuses du Vermont.

— Personne n'est capable d'élaborer une bonne version sans alcool ?

Avec le pistolet à soda, je me verse un Coca histoire de chasser le goût horrible de ma bouche.

Griff hoche sa grande tête de montagnard.

— La bière sans alcool, c'est un peu compliqué.

— Vraiment ?

— Eh bien, oui, dit-il en se frottant la barbe. D'abord, ils brassent une bière normale et la font fermenter. Mais ensuite, ils extraient l'alcool en le faisant bouillir.

— Oh.

Ça ne doit pas être très bon pour le goût.

— Tous les arômes et les composés organiques délicats deviennent instables à température élevée. La cuisson fait perdre en goût et ressortir l'amertume.

Ah.

— C'est cohérent.

Si je suis diplômé dans l'art de la fête, Griff est un expert en chimie.

J'aurais dû deviner qu'il s'y connaissait. Cela dit, c'est intéressant pour moi.

— Ils doivent commencer par une bière vraiment fade. Et l'ébullition tue aussi la carbonatation naturelle, donc ils recarbonent directement à la bouteille ou en fût.

— Je comprends.

Je décide de chercher une meilleure bière sans alcool pour mon bar. Peut-être que Chelsea en connaît une que je pourrais proposer. Hors de question de servir de la mauvaise bière au *Gin Mill* si je peux l'éviter.

Enfin, à l'exception de quelques marques nationales très moyennes que je dois au moins proposer en bouteilles. Après tout, il en faut pour tous les goûts.

Griffin continue.

— Il y a plusieurs façons de régler le problème. Tu peux utiliser une chambre sous vide pour réduire la pression de l'air. Comme ça, l'alcool va bouillir…

— … à une température plus basse, terminé-je. Ça revient à essayer de faire cuire des pâtes dans les sources chaudes des High Sierras.

— Exactement, fait-il en souriant. Il y a deux autres méthodes à essayer. Tu pourrais commencer avec un type de levure qui produit très peu d'alcool, ce qui t'en ferait moins à éliminer plus tard.

— Ou les deux, dis-je lentement.

Enfin, cela ne doit pas être facile, sinon la Corker ne serait pas en vente dans une bonne brasserie du Vermont.

Je prépare dix autres verres pendant que Griff continue son discours, utilisant des mots comme « distillation sous vide » et « fermentation interrompue ». Maintenant, je pense que j'en sais plus sur le brassage de la bière sans alcool que quatre-vingt-dix-neuf pour cent de la population.

May m'adresse un petit sourire d'excuse, mais Griff ne me dérange pas. Pas aujourd'hui, en tout cas. J'aimerais qu'ils viennent ici tous les soirs si cela me permet de voir son joli visage. Ses cheveux descendent sur une épaule et, l'espace d'un instant, j'ai le fantasme de les enrouler autour de ma main pendant que nous ferions claquer ma tête de lit contre le mur.

À suivre.

— Dites, j'en ai une bien bonne, lancé-je.

C'est bizarre de passer après la leçon de chimie de Griffin pour raconter une blague de comptoir. Mais après tout, à chacun sa spécialité.

— Pourquoi pas ? répond May.

— Alors, un champignon entre dans un bar…

— Eh, Alec, m'interrompt Becky en emportant le plateau que je viens de lui préparer. J'ai choisi cette chanson juste pour toi.

J'entends alors *Black Velvet* d'Alannah Myles dans les haut-parleurs.

— Allez, vieux, fait Smitty en secouant la tête. C'est parti.

Black Velvet est un petit jeu que j'entretiens avec Becky. Elle s'est presque pissé dessus la première fois que j'ai chanté cette chanson en play-back. Maintenant, elle la passe chaque fois qu'un client a été grossier avec elle et qu'elle a besoin de se remonter le moral.

Bah, je ne peux tout de même pas décevoir ma serveuse préférée.

— Désolé, les amis. Ma blague devra attendre.

Je m'empare d'une bouteille de bière vide en guise de micro et je descends le long du bar dans un rythme langoureux et sensuel. J'entends le rire de May, mais je ne peux pas la regarder, sinon je risque de m'esclaffer et tout gâcher. Je connais les paroles par cœur. Je donne tout ce que j'ai, le goulot devant la bouche.

Ou plutôt, je fais semblant. À quoi bon posséder un bar si on ne peut pas s'amuser un peu au travail ?

Alors que la chanson monte en crescendo, je gémis les paroles de *Black Velvet* dans ma bouteille vide. Beaucoup de clients me regardent, surtout les femmes. Au milieu de la salle, Becky est pliée de rire. Heureusement, elle a eu le temps de vider son plateau.

Il faut savoir maintenir le moral de ses employés.

Griffin a l'air vaguement écœuré par mon petit spectacle, ce qui rend l'exercice encore plus amusant.

— Un autre ? proposé-je alors que la chanson suivante commence.

— Non, merci, rétorque-t-il. Je vais terminer ce verre et retourner auprès de ma femme.

— Comme tu voudras.

La chanson *Royals* de Lorde est la prochaine. Apparemment, Becky ne fait pas de quartiers ce soir.

Je m'éclipse dans la réserve pendant une seconde et je sors mon téléphone. J'envoie un message à May. *Viens chez moi plus tard.*

Le temps de changer le fût de Guinness, j'ai déjà reçu une réponse. *Je ne sais pas si je peux m'éclipser après le film.*

Quoi ? Vous êtes venus avec deux voitures différentes, non ? Dis-leur que tu dois t'arrêter pour faire le plein ou passer à la supérette de nuit. Voilà, l'affaire est dans le sac. Et... tu es dans mon lit.

Je glisse le téléphone dans ma poche et je retourne vers les robinets de bière. May est penchée sur son appareil et Griffin lui donne un coup de coude insistant.

— Qu'est-ce que tu fais ? Laisse-moi deviner... Selena, encore ?

May lève les yeux, visiblement coupable.

— Désolée.

— Quand vas-tu nous présenter cette fille, au fait ?

— Jamais, dit May en remettant son téléphone dans son sac.

— Pourquoi pas ?

Griffin vide sa bière.

— Parce que vous êtes trop curieux. Vous allez encore me juger.

— Mais non, dit-il en sortant son portefeuille. C'est *elle* que je jugerai.

Il a touché la corde sensible et je ne peux m'empêcher de rire. Sans retenue. Au moins, il *sait* qu'il n'est qu'un connard arrogant.

May est incapable de me regarder. Je sais qu'elle est en conflit avec le mensonge qu'elle doit sortir à sa famille, mais ce n'était pas mon idée, alors je n'ai pas à stresser à ce sujet.

Griff me tend sa carte de crédit, mais je la refuse.

— C'est pour moi.

— Mais non, enfin, c'est bon, insiste-t-il en posant la carte sur le bar.

Les deux Shipley me regardent comme si j'avais perdu la raison.

— Je ne vous vois pas assez souvent. Et maintenant, je sais absolument tout sur les enjeux de la fabrication de bière sans alcool, dis-je en faisant glisser la carte vers lui. Amusez-vous bien ce soir.

Ils disparaissent une minute plus tard.

Je continue le service au bar en me demandant comment va May cette semaine. Je lui ai envoyé des blagues stupides par texto et des photos de moi avec divers objets suggestifs. *Salut, beauté. Tu aimes ma banane ?* Question assortie de la photo d'une vraie banane. Ensuite, j'ai demandé à Benito d'en prendre une autre de moi, avec une aubergine devant mon entrejambe, à l'épicerie.

Personne ne m'a jamais pris pour un type sérieux, mais May semble apprécier le plaisantin en moi. Elle me dit que sa famille la traite encore comme un cas désespéré.

Je distribue des bières, je souris et je danse sur chaque morceau que Becky passe. Mais je jette aussi des coups d'œil furtifs vers mon téléphone dans l'espoir de recevoir un message de May. Elle ne m'a toujours pas dit un mot sur notre programme de ce soir.

— Alec !

Je lève les yeux pour découvrir Chelsea devant moi.

— Salut, beau gosse.

Pfff.

— Attends une seconde, d'accord ?

— Bien sûr.

Avec un grand sourire, elle s'assied sur le seul tabouret disponible et elle m'attend.

Merde.

Je rejoins Smitty au bout du bar et je pose une main sur son épaule.

— Mec, j'ai besoin d'un petit service.

— Tu veux que je ferme ce soir ?

Il se porte volontaire sans rechigner.

— Peut-être, mais je veux d'abord que tu me dises que tu ne peux pas.

— Bizarre. Enfin bon, marmonne-t-il.

Je prends un bocal de cerises juste devant lui et je retourne vers Chelsea.

— Quoi de neuf ?

Tout en parlant, j'ouvre le bocal et je réapprovisionne le stock, même s'il y a déjà bien assez de cerises comme ça.

— Tu es libre plus tard ? demande-t-elle.

— Non, je suis désolé. Je dois fermer ce soir et je suis un peu crevé.

Je me sens vraiment mal de lui mentir, mais j'espère être occupé ce soir.

De toute façon, je n'ai franchement pas envie de voir Chelsea en ce moment. Il y a une première fois à tout, j'imagine.

— Eh, Smitty ! s'écrie-t-elle. Tu veux bien fermer à la place d'Alec ?

— Impossible, répond-il brièvement par-dessus son épaule.

Ce n'est pas la première fois que je réalise que Smitty est un excellent menteur. Nous nous couvrons mutuellement de temps en temps.

Chelsea fait la moue, ce qui la fait paraître encore plus jeune que ses vingt-deux ans. *Elle est trop jeune pour toi,* suggère mon subconscient.

Apparemment, mon subconscient est un rabat-joie.

— Je ne te vois plus en ce moment, se plaint-elle. Et la semaine prochaine, je quitte la ville pour dix jours.

— Oh, où ça ?

Et pourquoi suis-je soudainement soulagé ?

— Une GCB ! En Floride.

— Waouh, tu vas t'éclater.

Dans le langage de Chelsea, une GCB est une Grande Convention de la Bière. Son père y participe tout seul la plupart du temps, mais ça me revient maintenant, elle m'a dit qu'il l'enverrait à la prochaine.

— Dix jours ? C'est une longue fiesta !

— La convention ne dure que quatre jours, mais je prends des vacances. Les filles et moi, on va sortir faire la fête à Miami Beach.

— Génial !

J'avoue que faire la queue et payer des verres hors de prix, ça m'aurait sûrement intéressé quand j'avais vingt-deux ans. Maintenant, je trouve que ça demande beaucoup d'efforts pour pas grand-chose.

Ce n'est pas la faute de Chelsea, c'est la mienne.

Mon téléphone vibre dans ma poche. Je meurs d'envie de le regarder, mais je ne peux pas. Au lieu de quoi, j'offre un verre à Chelsea et je lui parle jusqu'à ce qu'elle se lasse de moi.

À la seconde où elle part, je jette un œil au texto de May. *Le film est terminé*, dit-elle. *J'en ai pour une demi-heure.*

— Smitty ?

— Oui ?

— Tu veux bien fermer pour moi ?

— Ça marche, je dois juste annuler mes projets, dit-il en sortant son téléphone.

— Tu n'es pas obligé.

Bien sûr, j'espère qu'il le fera.

Il me sourit en effleurant son écran.

— C'est toi qui assures demain, du coup ?

— D'accord.

— Bon, très bien. Mais attention ! Il ne faut pas que Chelsea soit en colère contre toi.

— Je sais.

Merde. Malheureusement, ce n'est pas d'elle que j'ai envie en ce moment.

Ce dont j'ai envie est en route en ce moment même.

CHAPITRE QUINZE

May

Une semaine plus tard, à vingt-deux heures, j'arrête ma voiture à côté du *Gin Mill* et je me dirige vers le mur de briques. Une fois encore. Cette place de parking derrière la benne à ordures est devenue mon emplacement habituel pour mes aventures avec Alec, alias Selena de la fac de droit.

Ces derniers temps, Alec et moi sommes comme deux adolescents fougueux, nous éclipsant à la moindre occasion pour être ensemble. D'un côté, je n'apprécie pas le mensonge. D'un autre, l'attente de nos soirées fait des merveilles à mon moral pendant la journée.

Mon sourire est beaucoup moins forcé, ces jours-ci, même si ma famille ne sait pas exactement pourquoi.

Avant de quitter la voiture, je consulte mon téléphone. Il y a un texto de « Selena ». *1. Le nouveau code pour la porte est 6969. 2. Je veux que tu sois nue quand je monterai à l'étage. 3. Ne t'inquiète pas s'il y a un chat dans mon appartement. Il s'appelle Bukowski. C'est un petit con, mais il est inoffensif.*

Un chat ? Je n'aurais pas cru qu'Alec soit du genre à avoir un chat. Cela dit, cet homme regorge de surprises.

Je récupère mon sac à dos, à l'arrière, et je sors de ma voiture avant d'utiliser le nouveau code de l'entrée privative. Je gravis lentement l'escalier jusqu'à l'étage. L'ancien moulin a de hauts plafonds et compte de nombreuses marches entre chaque palier. Sans compter que nos soirées tardives commencent à me fatiguer.

Mais c'est une bonne chose. Je ne reste plus éveillée, à la maison, à me demander à quel moment j'ai fait fausse route. Même quand je ne suis pas avec Alec, je trouve plus facilement le sommeil maintenant.

Ce n'est pas un mythe, une vie sexuelle épanouie est clairement relaxante.

Avant d'arriver en haut, j'entends la porte s'ouvrir et se refermer en dessous. Puis des pas montent rapidement les marches. Je continue en silence, l'oreille tendue, et j'atteins le deuxième étage tandis qu'il se rapproche.

C'est Alec, je crois. Et il est pressé.

Je sors la clé qu'il m'a donnée, mais j'hésite. Il franchit à grandes enjambées la distance qui nous sépare.

Soudain, il apparaît, le visage rougi, l'expression déterminée. Il me voit devant son appartement, et sans dire un mot, il me rejoint, me pousse contre la porte et prend possession de ma bouche dans un baiser affamé.

Eh bien, bonsoir à toi aussi. Évidemment, je le lui rends avec autant d'empressement. Plus tôt dans la journée, les textos ont commencé : *Voilà ce que je fais quand tu n'es pas là.* Il y avait une photo du bas de ses abdominaux à peine couverts par le drap de lit, un bras musclé en dessous.

Dans nos échanges de messages explicites, nous avons dépassé depuis longtemps le stade des fruits et légumes.

Quel allumeur, ai-je répondu.

Sur la photo suivante, le drap était tendu sur son sexe et en voyant son érection, je me suis sentie mouiller, assise derrière mon bureau dans le cabinet juridique Kaplan et Shipley.

Et maintenant, je me retrouve coincée entre sa porte et ce même sexe. La langue d'Alec est dans ma bouche et sa main ouvre ma veste.

J'adore ça. Alec est tellement sexuel. *Voilà ma queue, qui te prouve combien j'ai envie de te la mettre.*

La franchise brute est vraiment la chose la plus sexy au monde. Qui l'eût cru ?

Mes mains se faufilent, en exploration, sous l'ourlet de sa chemise en flanelle. Sa peau est douce, mais ses muscles sont plus durs que j'en ai l'habitude. Toucher un homme est une expérience sensorielle radicalement différente des caresses avec une femme.

Pour certains, la bisexualité n'existe pas, or je suis la preuve vivante qu'ils se trompent. J'adore sentir les courbes d'une femme sous mes mains, mais il s'avère que j'aime autant me heurter au corps d'Alec, ferme comme le roc.

Ses baisers sont implacables et il ne semble pas pressé d'entrer dans l'appartement. Mais je commence à m'impatienter. J'enroule une jambe autour de la sienne, le rapprochant de mon sexe. Ma langue glisse dans sa bouche et je soupire. *Tout ça pourrait être à toi.*

La main d'Alec vient se poser sur mes fesses, me soulevant pour que je puisse refermer mes deux jambes autour de lui. Il semble envisager de baiser ici, dans le couloir. Mais ensuite, il gémit :

— Je te veux sur mon lit. Tout de suite.

Il me pose par terre et ramasse mon sac de sport et mes clés, là où je les ai laissés tomber. Il utilise mon double pour ouvrir la porte, puis me pousse à l'intérieur.

Je me dépêche de traverser l'appartement obscur en direction de sa chambre, Alec sur mes talons. J'entends mon sac toucher le sol, quelque part à proximité, puis ses mains s'aventurent sur mon corps. Il déboutonne mon chemisier avec ses doigts rapides, tandis que je défais la fermeture éclair de mon pantalon pour gagner du temps.

Il tire dessus et le vêtement tombe à mes pieds. Mon haut est le prochain sur la liste. Il le retire de mes épaules et le fait glisser le long de mes bras.

J'ai mis un soutien-gorge en dentelle juste pour lui, mais je sais qu'il ne va même pas y jeter un œil. En effet, il le dégrafe et je termine de l'enlever. Alec le lance à travers la pièce tout en me poussant vers le lit.

— Penche-toi, exige-t-il.

Je me plie au niveau de la taille, mes avant-bras sur le lit. Je suis déjà en feu. Je n'aurais jamais cru désirer aussi ardemment ces rencontres avec Alec. Avec Daniela, j'ai essayé de construire une relation fondée sur une base solide. Je souhaitais une vie commune.

Mais entre Alec et moi, c'est tout le contraire. Nous assumons une forme d'envie primitive très libératrice. Il n'y a qu'un seul objectif à cela : la satisfaction sexuelle.

Et j'adore ça !

Alec m'écarte les jambes avec une urgence qui frise la brutalité. Mais ensuite, il se met à genoux, et l'instant d'après, sa bouche est là, à me taquiner. Sa langue se pose sur mon clitoris et je lâche un cri de surprise.

— Touche-toi les seins, ordonne-t-il avant de reprendre ses jeux de langue.

Physiquement, il m'est impossible de lui obéir sans tomber la tête la première sur le matelas. Mais j'aime l'esprit érotique d'Alec. Il dirait n'importe quoi. Il ferait n'importe quoi. Il mettrait sa bouche *n'importe où*.

J'oscille contre sa langue affamée et je gémis. Il émet un petit grognement de plaisir, comme si j'étais la meilleure chose qu'il ait jamais goûtée. Il ne me faut pas longtemps pour y arriver. Mes mouvements deviennent saccadés et Alec se détache de moi en riant.

— Allonge-toi.

Tes désirs sont des ordres. Je grimpe sur le lit et m'étends contre ses oreillers. *Prends ça, Daniela.* Elle a un autocollant sur son pare-chocs, sur lequel il est écrit : *Je nique le patriarcat.* Ces derniers temps, il semblerait que je prenne cette expression au pied de la lettre.

Alec sourit en s'abaissant sur mon corps, son membre tentateur entre mes jambes. Nous nous embrassons jusqu'à ce que je le supplie de me soulager, par le langage de mon corps.

— May ?

— Oui ? dis-je en lui donnant un coup de langue dans le cou.

— Hmmf, glousse-t-il avant de reprendre : Attends une seconde. Il y a quelque chose que je dois te demander.

— Ça ne peut pas attendre ?

Je me cambre et me frotte contre lui telle une chatte en chaleur. Avec Alec, je n'ai jamais honte de mes désirs. Il m'encourage, au contraire, c'est ma pom-pom girl personnelle.

— Tu sais quand on a parlé de dépistage de MST et de stérilet ?

— Oui.

Ma voix est éraillée par le désir, et son érection est juste là. Je veux son sexe en moi, maintenant.

— Je me suis fait tester aussi. Je suis en parfaite santé.

Il prend mon menton dans sa main et me regarde avec grand sérieux.

— Un de ces jours, on pourra se passer de protection ?

Sa question éveille mon intérêt.

— C'est ce que tu veux ?

— Oui, tellement ! Je n'arrête pas d'y penser.

Il avance les hanches, sa verge glisse sur ma vulve et je vois presque des étoiles.

— Je veux dire, ça me convient très bien d'être exclusif. Je te protégerai toujours.

— Bien sûr.

J'en ai le souffle coupé. C'est une décision facile. Mon stérilet est efficace à 99,95 %. Ou quelque chose comme ça.

— On commence maintenant, si tu veux. Mais dépêche-toi.

Alec émet un gémissement de joie et d'excitation mêlées. Sa langue trouve la mienne et il me pénètre en gémissant.

— Oh, oui, souffle-t-il. Putain.

Ses hanches commencent à aller et venir. Alors qu'il recule, mon corps se contracte autour de lui. C'est tellement, tellement bon.

— Hmm, grogne-t-il dans mon cou. Tu es incroyable. Tellement…

Le reste de la phrase se perd dans un autre baiser torride.

Son rythme est lent, au départ. Comme s'il s'acclimatait. Mais comme chaque fois que nous sommes ensemble, j'ai envie de me lâcher. Et ce soir, Alec est impétueux. Bientôt, il halète contre ma bouche et me supplie.

— Jouis, ma belle.

Ses coups de reins, brefs et intenses, redoublent de vigueur.

— Je ne savais pas que ce serait aussi bon, me dit-il. Tu es tellement *mouillée*. Je ne vais pas tenir longtemps.

Je l'écoute à peine. Je suis éperdue dans le plaisir de notre corps à corps. Un mois plus tôt, ma rupture m'a semblé un véritable désastre, pourtant chaque fois qu'Alec me prend, j'en doute un peu plus. Parce que jamais de la vie personne ne m'a donné l'impression d'être aussi sexy et insouciante que je le suis en ce moment, et c'est ça, le vrai désastre.

— Waouh, May !

Le lit tremble et je me raccroche à lui à deux mains. Il laisse échapper une bouffée d'air chaud, frémissant au-dessus de moi.

Il n'en faut pas plus. *Alléluia* ! Mon corps chante alors que des vagues de plaisir l'emportent. Je me cramponne à ses épaules et gémis contre lui.

— Oui ! souffle-t-il pour m'encourager.

Alec sourit contre mes cheveux. En redescendant des sommets de l'extase, son corps s'affaisse un peu sur le mien.

— Bon sang, je suis tout mou. Tu es si bonne !

— J'en déduis que ça t'a plu sans préservatif.

Il embrasse mon oreille.

— C'était incroyable. Quand je me réveille chaque matin après avoir rêvé de toi, je bande.

C'est très flatteur. Décidément, nous vivons une aventure hors du commun, tous les deux.

— Je ne vais pas m'en plaindre.

Alec m'embrasse à nouveau. Dans le cou. Sur le menton.

— Tu es tellement belle, putain.

— J'ai surtout sommeil.

Je dis cela même si je n'ai aucune envie qu'il arrête. Je chéris ces moments, aussi difficile que ce soit de l'admettre à haute voix.

— Tu restes dormir ? me demande-t-il, enfouissant son nez contre ma joue.

— Si ça ne te dérange pas.

— Pas le moins du monde. Mais ne t'endors pas tout de suite, chuchote-t-il. Je t'ai apporté un drôle de petit cadeau.

— Mieux que celui que je viens de recevoir ?

— Non, répond-il en riant. Attends, je vais te montrer.

CHAPITRE SEIZE

Alec

En proie à un épuisement divin, je sors du lit et me dirige vers la cuisine. May me rend dingue chaque fois que nous sommes ensemble. Et entre chacune de ses visites, c'est à elle que je rêve.

Je ne me reconnais même pas en ce moment. Ce n'est pas mon genre d'être aussi obsédé.

Maintenant, elle va passer la nuit dans mon lit, ce que j'essaie toujours d'éviter avec mes relations éphémères. Nous allons dormir ensemble, dans les bras l'un de l'autre, puis faire l'amour, encore ensommeillés, quand son réveil sonnera à huit heures. Son odeur s'attardera sur mes draps et je m'en délecterai.

Cette fille m'est entrée dans la peau.

La lumière vive du réfrigérateur me fait plisser les yeux, mais je trouve ce que je cherche : trois bières sans alcool différentes. Je prends les bouteilles ainsi qu'un décapsuleur et j'emporte le tout au lit.

— Qu'est-ce que c'est ? demande-t-elle en bâillant.

— Un petit quelque chose. Je…

Le chat se faufile entre mes pieds avec un miaulement bruyant et je manque sauter au plafond. Mes bouteilles s'entrechoquent alors que je contourne l'animal en le maudissant.

May glousse.

— C'est quoi, ce chat, au fait ?

— Tu connais mon voisin Hamish ?

— Bien sûr. Tout le monde connaît Hamish.

Elle s'adosse contre la tête de lit, tirant la couette pour couvrir sa magnifique poitrine.

— Il est toujours à l'hôpital et son fils n'a pas voulu prendre le chat. Maintenant, je comprends pourquoi. Cette créature est diabolique.

— Qu'est-ce que tu m'apportes ?

— Je me les suis fait expédier pour que tu puisses les goûter. Il y a une brune, une *lager* et une *stout*, toutes sans alcool. Trois brasseries différentes, dans trois États différents. Ce truc est difficile à trouver.

— Eh bien, fait-elle en écarquillant les yeux. Tu n'avais pas à te donner autant de mal.

— Tu sais, je gère un bar. C'est utile pour moi de savoir qui fait la meilleure came.

Mais c'est une esquive. Bien sûr que j'ai commandé ça pour elle. Si elle est heureuse, je suis heureux. Pourtant, mon instinct me dit qu'elle ne veut pas que je fasse des efforts pour elle. Elle en a assez d'être le centre de toutes les attentions.

— Tiens.

Je lui tends une bouteille.

Pendant que je retire la capsule de la bière brune, elle lit une autre étiquette.

— Celle-là vient de l'État de Washington.

— Il paraît que c'est délicieux. Faisons un test de goût. Les dames d'abord.

Je lui tends la bouteille ouverte. Elle renifle le goulot.

— Bon arôme.

Puis elle le porte à ses lèvres gonflées par nos baisers et en prend une gorgée.

— Eh ! fait May en souriant. À côté de ça, la Corker, c'est de l'eau de vaisselle.

— Ah oui ?

Son sourire m'enthousiasme presque autant que le sexe. Bon, d'accord, c'est un mensonge. Rien ne peut surpasser ce que nous venons de vivre. Mais quand même. C'est un sourire splendide.

May fait claquer ses lèvres et prend une autre gorgée.

— C'est doux. Un bon goût de houblon. La sensation en bouche n'est pas aussi râpeuse que celle des bières qu'on trouve dans le commerce.

Un rire m'échappe.

— Tu parles comme un snob de la bière.

— On fait bien du cidre pour les snobs, dans la famille. Tiens, goûte.

Elle me tend la bouteille et je prends une gorgée. Je vois ce qu'elle veut dire à propos de la texture. Le goût est encore loin d'être aussi fantastique que celui de mes bières préférées, mais ce n'est franchement pas mauvais.

— Tu as raison. Elle est bonne. Comparons-la avec une autre.

May ouvre déjà la *lager*. Elle la hume, puis la boit.

— Mouais, pas mal non plus. Mais j'imagine que c'est plus difficile à réaliser. Une India Pale Ale repose entièrement sur sa saveur d'alcool, tu vois ? Même s'il y a du goût, il manque ce truc en plus.

Elle me la donne.

— Oui, dis-je après l'avoir goûté. Écartons cette marque.

— Ce n'est pas terrible, confirme-t-elle.

— Il en reste une.

J'ouvre la *stout* de Virginie et prends une gorgée.

— Pas mal du tout. Un peu comme la brune.

— Voyons ça.

May pose ses lèvres sur le goulot avant d'acquiescer.

Nous nous installons contre mes oreillers et nous alternons entre les deux bières que nous avons sélectionnées. C'est un moment agréable. Tout est si facile entre nous.

— Tu sais, dit-elle, certaines personnes aux AA estiment qu'il faudrait éviter les bières sans alcool.

— Pourquoi ?

Je jette un coup d'œil à l'étiquette. La bière contient moins d'un demi-degré d'alcool par volume.

— Il faudrait en boire plus de dix pour avoir l'équivalent d'une bière, non ? C'est possible d'avoir la tête qui tourne ?

Elle secoue la tête avec un sourire.

— Ce n'est pas ça. Ils disent que c'est une béquille. Comme si tu évitais le travail nécessaire à la guérison.

C'est ridicule.

— Ce n'est pas mon domaine de compétences, mais si tu t'étais mise au jogging, à mâcher du chewing-gum ou à tricoter, à la place, ça ne reviendrait pas au même ? Je ne crois pas à cet argument.

— Moi non plus. Ce qui compte, c'est de s'abstenir des boissons fortes. C'est déjà bien assez difficile.

— Aujourd'hui encore ?

Je pensais que tout allait bien pour elle. En tout cas, elle a *l'air* de garder le contrôle absolu.

Le visage de May s'assombrit.

— Si je ne parle pas des AA avec toi, c'est pour une bonne raison. Ça n'a rien de sexy.

— Eh bien… dis-je, un peu déboussolé. Moi, je trouve que tout ce que tu fais est sexy. Alors, raconte-moi tout. Tu vas à ces réunions, n'est-ce pas ? C'est comment ?

Elle tire le drap sur ses seins de rêve, comme pour se protéger.

— C'est important pour mon rétablissement d'être auprès d'autres personnes qui comprennent ce que je traverse. Mais ce n'est pas très joyeux.

— Il doit y avoir beaucoup de détresse.

Je suppose. L'alcoolisme déchire souvent les familles.

— Parfois, j'ai l'impression de ne pas être à ma place là-bas.

Elle prend une gorgée avant d'appuyer sa tête sur mon épaule.

— Tout le monde a perdu bien plus que moi.

— Mais tant mieux, tu ne voudrais pas être à leur place.

— Non. Bien sûr que non. Ce que je veux dire, c'est que les femmes qui ont été abusées sexuellement à l'âge de sept ans sont plus légitimes que moi à avoir du mal à s'adapter. Disons qu'elles ont de bonnes raisons de souffrir.

— Non, décrété-je. Personne ne peut décider ça à ta place.

Son doigt effleure ma poitrine.

— Je sais que je suis *censée* ressentir ça. Parfois, ça me semble vrai. J'ai une belle famille et de belles perspectives. Seulement, j'ai appris à m'abrutir avec l'alcool au lieu de me tourner vers eux pour obtenir de l'aide.

— Attends. Quand as-tu appris à t'abrutir avec de l'alcool ? demandé-je.

On ne parle jamais de ça. Je ne veux pas me montrer insistant, mais je tiens à elle et je suis curieux.

— Mon père est mort quand j'étais en deuxième année de fac. Je n'ai pas très bien géré la situation. En plus, en première année, Lark était partie pour un semestre à l'étranger et je n'avais personne à qui parler à cœur ouvert. J'étais tellement seule. Je me suis trouvé un petit ami qui aimait prendre le contrôle…

Elle soulève sa tête de mon épaule.

— Mais ce n'était pas toujours très positif.

— Il était trop autoritaire ?

Je pose la bouteille de bière sur la table de chevet et lui accorde toute mon attention.

— On peut dire ça, répond-elle d'une voix monocorde. Il m'a frappée un jour où je n'étais pas d'accord avec lui.

— *Tsss.*

Je secoue la tête, consterné. Qui pourrait bien frapper May Shipley ? Ce serait comme donner des coups de pied à un chiot.

— *Je t'en prie*, dis-moi qu'il est sorti de ta vie.

J'ai le poing serré, comme si je pouvais frapper le gars en cet instant.

— Définitivement. Je ne l'ai pas revu depuis la remise de diplômes. Il a déménagé en Californie, à ce que je sais.

Bon débarras. Mais maintenant, je suis aux prises avec l'image mentale de May recroquevillée devant un connard. Dans un élan de tendresse, je la hisse sur mon corps où, au moins, je sais qu'elle se sentira bien.

— Je n'ai vraiment commencé à boire qu'à partir du semestre où Lark est partie. Je me sentais seule et il n'arrêtait pas de me dire que j'étais une incapable. Avec l'alcool, la vie me paraissait plus supportable. Et puis, il me traitait mieux quand j'étais ivre que sobre.

Maintenant, mon sang est en train de bouillir.

— Ensuite, il a obtenu son diplôme. Ça m'a sauvée. Il a trouvé un poste dans une autre ville et il a rompu avec moi. Alors, tu vois, ce n'est pas moi qui me suis sentie forte un matin, prête à en finir avec ces conneries. Ça s'est arrangé tout seul. Enfin, à ce moment-là, j'avais compris que c'était très agréable de se sentir engourdie. Alors, j'ai continué à boire en dernière année.

— Qu'en a pensé Lark ?

Je me demande pourquoi personne n'a remarqué le problème de May.

— Eh bien…

Elle hésite.

— C'était à la fac. Il y avait toujours des soirées. Lark se saoulait avec moi. Mais sa motivation était différente. Elle se défoulait, c'est tout.

Moi, je buvais même les soirs où j'étais seule chez moi. Seulement, je le lui cachais.

— Hmm.

Je caresse ses cheveux sans rien dire, parce que je ne sais pas vraiment ce que ça fait. J'aime la bière, mais je n'en ai pas besoin pour venir à bout de ma journée.

Une joue contre ma peau, elle soupire.

— Désolée. C'est une longue histoire.

— J'aime écouter tes histoires. Est-ce que quelqu'un d'autre dans ta famille a des problèmes avec l'alcool ?

— Non. Ils ne comprennent pas. Et le plus drôle, c'est que je ne les comprends pas non plus. Comment peuvent-ils l'apprécier modérément, alors que pour moi, c'est une vraie compulsion ?

— C'est toujours le cas ?

May fait une grimace.

— Je n'aime pas te donner la liste de tous mes défauts, tu sais ? Tu fais comme si j'étais joyeuse et drôle, et j'y crois presque.

— Mais c'est la vérité.

Je passe la main sur le pommier tatoué sur sa peau.

— On s'amuse bien, tous les deux.

À son visage, je vois bien que May ne me croit pas.

Le chat heurte quelque chose, sous le lit, et je sursaute. Puis j'entends un miaulement.

— Bon Dieu, j'oublie toujours qu'il est là.

— Est-ce qu'Hamish va s'en sortir ?

Je lui caresse à nouveau les cheveux avant de répondre.

— J'espère bien. Il le faut. Il prend sa retraite. Ce n'est vraiment pas juste de tomber malade à ce point juste avant la retraite.

Mais la vérité, c'est qu'il avait l'air au fond du gouffre la dernière fois que je l'ai vu.

— Il y a eu des complications après son opération, alors il est en maison de repos. Il ne voulait pas en parler et j'ai respecté son besoin. Je lui rends seulement visite pour lui apporter des muffins.

— Des muffins ?

— Oui, il adore ceux au pavot et au citron. Et il m'a demandé de garder Bukowski un moment. Tu sais ce qu'il m'a dit ? Tiens-toi bien. *Je sais combien tu aimes la chatte, Alec.*

May pouffe contre mon torse.

— En fait, son propre fils ne voulait pas prendre le chat. Ça craint, si tu veux mon avis.

Je commence à avoir sommeil.

— On va boire la troisième ou je la jette ?

— J'ai fini, me dit-elle en bâillant. Tu peux prendre une bière normale même si je suis là, tu sais. Je ne vais pas paniquer et te l'arracher des mains.

— Il y a déjà beaucoup de bière dans ma vie.

— Ne te tracasse pas pour moi.

Elle dit toujours ça. Pourtant, je prends peu à peu conscience que j'aime faire des efforts pour cette fille.

Mon téléphone vibre sur la table de chevet, annonçant un texto. J'essaie de l'ignorer, mais il vibre à nouveau.

— Désolé. Je dois vérifier. Smitty n'est pas très fiable en ce moment.

— Encore ? Il exagère.

C'est vrai. En effet, le nom de Smitty figure à l'écran, mais je découvre aussi une enfilade de messages de la part de Chelsea.

D'ailleurs, celui de Smitty m'annonce : *Chelsea est ici et elle te cherche.*

Oh, pitié. J'avais le pressentiment qu'elle viendrait ce soir. C'est pour ça que j'ai changé la combinaison de la porte, en bas.

Elle dit qu'elle voit ton pick-up sur le parking mais que tu ne réponds pas à tes textos.

— Putain, marmonné-je.

Je lui ai dit que tu ne te sentais pas très bien et que tu devais dormir.

Merci, je réponds.

— Un problème ? demande May.

— Non, tout va bien.

Je me force à poser mon téléphone.

— Tout le monde te veut, commente-t-elle.

Ce n'est pas la première fois que j'ai l'impression que May lit en moi comme dans un livre ouvert. Je devrais me sentir bizarre, mais ce n'est pas le cas.

— Il y a toujours quelqu'un qui a envie de faire la fête, c'est tout.

— Une fête dans ton lit ? demande-t-elle en haussant les sourcils.

— Parfois.

Je ne peux pas en dire plus sur le sujet.

— Mais Selena ne veut faire la fête qu'avec toi, en ce moment.

Je suis obligé de plaisanter, parce que je pense que May me laisserait tomber si elle savait que je m'attache trop.

Elle ricane.

— Selena. Où est-ce que je suis allée chercher ça ?

— Comment va-t-elle, d'ailleurs ? Tu as réussi à coucher avec elle ? Ou vous en êtes toujours à boire du chocolat chaud et à vous faire les yeux doux par-dessus la table ?

— Oh, j'en ai fait ma chienne maintenant, répond May, m'arrachant un grand éclat de rire. Selena a découvert les gloires du sexe lesbien.

— Tiens donc, dis-je en me rapprochant d'elle. Raconte-moi tout.

Les yeux de May étincellent avec humour alors qu'elle se pelotonne contre mon corps.

— Elle fait une fixette sur les seins, maintenant. Elle touche toujours les miens. Et quand elle est seule, elle joue avec les siens. Comme les hommes s'imaginent que les femmes aiment faire.

— Continue, dis-je en riant.

— Elle adore les jeux de rôle, alors je lui ai acheté un uniforme d'infirmière.

Mes abdominaux frémissent quand je ris à nouveau.

— Et des batailles de polochons ?

C'est une activité qui figure en bonne place dans le porno lesbien.

— Oh, bien sûr. On adore se rouler dans des nuages de plumes. Et on se fait des tresses avant de se rendre compte qu'on adorerait un bon soixante-neuf.

— Alors, Selena a les cheveux longs ? Je crois que j'ai vu cette vidéo.

Je porte le goulot à mes lèvres et elle me décoche un coup de coude.

— Mais non, idiot. On se tresse les poils pubiens.

Je manque m'étrangler avec la dernière gorgée de bière.

— Tu es marrante, dis-je en toussotant.

— Quoi, tu sais bien que les vraies lesbiennes peuvent se faire des tresses avec les poils de leurs aisselles. Et même des jambes.

— Et là, qui renforce les clichés ? Il n'y a pas que moi.

Je reviens au sujet qui nous occupe :

— Mais raconte-moi ton fantasme. Pas le mien. Où te mène ta relation avec Selena ?

May soupire.

— C'est ça le problème. Je ne sais plus.

— Des ennuis au paradis ? Ce n'est pas ton genre, peut-être.

— Je le croyais.

Elle passe un bras autour de ma taille et me caresse le ventre.

— Je pensais pouvoir trouver quelqu'un qui désire les mêmes choses que moi. Ça me semblait plus facile avec les femmes. Comme s'il suffisait de pouvoir partager nos chaussures pour voir la vie de la même façon. En réalité, ce n'est pas vrai. Et je n'ai plus envie d'essayer.

— Ça, dis-je en caressant son bras lisse, c'est la colère qui parle. Au bout d'un moment, tu ne ressentiras plus la même chose.

— Peut-être, fait-elle en m'embrassant la main. Je pense que les relations, ce n'est pas pour moi. Quand c'est ce que je cherche, ça m'explose au visage. J'avais des projets pour Daniela et moi. Elle me laissait penser qu'elle était partante, et puis tout à coup, elle n'a plus voulu.

— Quel genre de projets ?

— Je voulais me marier un jour. Et ça ne lui plaisait pas.

— Hmm. Ce n'est pas la seule.

Moi non plus, je n'ai jamais éprouvé l'envie de me marier.

— Bon, mais elle savait aussi que je voulais adopter un bébé en Chine. Et elle me disait que c'était ce dont elle avait envie, elle aussi. Mais je crois qu'elle acquiesçait seulement pour me faire taire.

— Pourquoi la Chine ?

May hausse les épaules.

— C'est un peu plus facile que d'adopter ailleurs. Pendant mes études de droit, j'ai fait un stage en droit de la famille et j'ai travaillé sur les adoptions. Il y a des sites web qui présentent des photos de bébés.

Elle écarte son visage de mon torse.

— Il y a de vrais bébés, en ce moment même, qui ont besoin d'un foyer. Enfin, les lesbiennes peuvent avoir des enfants de manière naturelle, mais l'adoption me semble tellement appropriée.

— Eh bien…

Je me racle la gorge, parce que je suis complètement dépassé maintenant.

— Daniela n'était pas la fille qu'il te fallait, mais ça ne veut pas dire que tu ne peux pas y arriver un jour.

— Je sais. Et j'ai le temps. Mais elle m'a échaudée. Chaque fois que je veux quelque chose, ça retombe en poussières dans mes mains.

— Malheureusement, je connais ce sentiment.

Le *Gin Mill* me semble une entreprise si dangereuse, ces derniers temps. Au moindre faux pas, tout ce pour quoi j'ai travaillé risquerait de disparaître.

— On ferait mieux de dormir, chuchote May. Je vais me préparer.

— Ça me va.

Elle se lève pour se brosser les dents et j'en fais de même. Une fois que toutes les lumières sont éteintes, nous retournons au lit.

Sans un mot, je rapproche May de mon corps jusqu'à ce que nous soyons blottis l'un contre l'autre. Jusqu'à présent, j'étais incapable de bien dormir avec une femme dans mon lit. J'avais toujours peur d'envoyer le mauvais signal. Et j'avais l'impression de devoir jouer les hôtes en permanence, toujours sur le pont au lieu de me détendre, tout simplement.

Mais avec May, c'est différent. Elle m'écoute comme une véritable amie, et quand on n'enflamme pas les draps, je me surprends à lui dire ce qui me passe par la tête. Elle traverse une période difficile, et quand elle se pelotonne à côté de moi la nuit, j'aime écouter sa respiration régulière. J'ai l'impression d'être son refuge, et pas uniquement un divertissement.

Ça me semble ridicule. Elle n'a pas besoin de toit. Ce qu'il lui faut, c'est un ami. Et je suis très heureux d'être cette personne. Qu'elle gémisse dans mes bras ou qu'elle se détende contre mon torse, je me sens proche d'elle.

C'est agréable. Inattendu, mais étrangement satisfaisant. Comme si May Shipley soulageait une démangeaison que j'ignorais ressentir.

CHAPITRE DIX-SEPT

Selena : Une petite blague ?

May : Avec plaisir.

Selena : Un vampire entre dans un bar avec un tampon à la main. Vous avez de l'eau chaude ? C'est pour une infusion.

May : Alors là, je suis sans voix.

Selena : Pas mal, hein ?

May : :)

Selena : J'ai une question à propos d'un e-mail que je viens de recevoir. J'ai vraiment été invité à une baby shower ? Ce doit être une erreur.

May : Selena ! Tu devrais être ravie. Les filles adorent ce genre de fêtes.

Selena : Tu as une vision étriquée de ma féminité si tu pars du principe que je m'intéresse à la reproduction féminine cis.

May : Oups, tu as raison. C'est ma faute.

Selena : Non, sérieusement. L'invitation est une erreur, n'est-ce pas ? Qui m'inviterait à une baby shower ?

May : Tu es invité parce que : A) ta sœur l'organise, et B) c'est une Jack et Jill.

Selena : ???

May : Une baby shower à la fois pour les hommes et les femmes.

Selena : C'est n'importe quoi. Sauf si shower, ça veut dire douche, dans ce cas, vive la mixité. Grrr. J'adore.

May : Personne ne sera nu, je le crains, mais il y aura de la bouffe.

Beaucoup de bouffe. Et de l'alcool, je parie. Même si on ne m'a pas donné de détails.

Selena : Il faut que je vienne ?

May : Sous la douche ? Grrr…

Selena : Oh, bébé. Malheureusement je parle de la baby shower. Tu y seras, n'est-ce pas ?

May : Oui. Mais je garderai tous mes vêtements.

Selena : Dommage.

May : Évidemment tu es le bienvenu. Tu devrais venir, j'y tiens.

Selena : Tant que je ne parle à personne de nos activités clandestines.

May : Crois-moi, tu ne seras pas tenté de le faire. Dans les baby showers, tout le monde fouine dans la vie personnelle des autres. C'est un peu comme un mariage sous stéroïdes.

Selena : La dernière fois que je suis allé à un mariage, je t'ai proposé une danse.

May : J'ai remarqué. Je me suis dit que c'était parce que je te faisais pitié. Daniela s'est comportée comme une vraie garce ce soir-là.

Selena : Quand on danse, toi et moi, ce n'est jamais par pitié.

May : C'est vrai maintenant.

Selena : D'accord. Au mariage, je t'ai demandé de danser pour une autre raison.

May : Parce que je portais la même robe que quatre autres femmes et que tu t'es emmêlé les pinceaux ?

Selena : Non. Ça m'a permis de couper l'herbe sous le pied du petit ami de ma sœur que je n'aime pas.

May : C'est un très bon danseur, tu sais. Top niveau, vraiment.

Selena : Donc tu dis que c'est toi que j'ai punie en te proposant cette danse, en fin de compte ?

May : :)

Selena : Excuse-moi.

May : C'est du passé. Mais tu te rends compte que tu viens de dire que tu n'aimes pas le petit ami de ta sœur. Tu voulais dire que tu ne l'aimais pas, à l'époque. Ça va mieux, maintenant, non ?

Selena : Il a mis ma sœur enceinte.

May : Et elle m'a l'air très heureuse. C'est aussi un bon père qui laisse tomber sa carrière dans quelques mois pour rester avec elles.

Selena : Aucune importance, puisqu'il a mis ma sœur enceinte. Je ne m'en remettrai jamais.

May : Jamais ?

Selena : Non, certainement pas.

May : Tu es très rancunier.

Selena : C'est dans l'ADN des mecs.

May : Qu'y a-t-il d'autre dans ton ADN ?

Selena : Ça.

[Photo suggestive d'Alec qui baisse sa braguette.]

May : C'est trop cruel. Je ne peux pas venir te voir ce soir. Mais maintenant, j'en ai envie.

Selena : Tu ne peux pas ? *Ouin*

May : Désolée.

Selena : *moue boudeuse*

May : Je ne peux pas disparaître tous les soirs. En plus, je suis trop crevée.

Selena : Un crayon entre dans un bar. Le barman lui dit : « Bah alors, c'est quoi cette petite mine ? »

May : Bonne nuit, Selena.

Selena : Bonne nuit, poupée.

CHAPITRE DIX-HUIT

Alec

Quand j'ouvre la porte d'entrée de la maison de ma sœur, la première chose que je vois, c'est un gigantesque bouquet de ballons brillants roses et bleus. *Pfff.* Je n'en reviens pas d'abandonner une partie de mon service du samedi pour assister à une foutue *baby shower*.

C'est donc ça, vieillir ?

En m'essuyant les pieds sur le paillasson, je balaie la scène du regard. Le salon de Zara grouille d'invités, familiers pour la plupart. Chacun a une pince à linge rose ou bleue sur la poitrine, comme s'il s'agissait d'un nouvel accessoire à la mode.

Aussitôt, une question me vient : *Dans combien de temps est-ce que je pourrai partir ?*

Mais alors que j'observe la pièce, ma conscience s'attache à un petit groupe près de la cheminée de Zara. Je n'aperçois que l'arrière de la tête de May. Mais c'est suffisant, semble-t-il. Mon envie de partir s'évanouit aussi sec. Quand les personnes qui me cachent la vue se déplacent, je constate qu'elle porte une robe en laine qui épouse à merveille les courbes de son corps. Soudain, je regrette d'avoir insisté pour assurer la fermeture au bar ce soir. J'aimerais mieux passer la nuit avec May.

Mais ce n'est pas seulement une question d'attirance. Elle ne m'a même pas repéré, pourtant je ressens un lien différent de ce dont j'ai l'habitude. Comme si elle était à moi, et moi à elle.

Je n'ai jamais *eu* qui que ce soit auparavant. Peut-être est-ce le sujet de toutes les chansons qui passent à la radio.

L'ennui, c'est que je ne sais pas comment l'exprimer. Et je ne pense pas que May veuille l'entendre maintenant. Ainsi, quand je sors mon téléphone et lui envoie un texto, c'est pour lui dire quelque chose d'ordinaire. *Selena te trouve superbe ce soir. Tu mérites au moins trois claquements de doigts.*

Après avoir envoyé le message, je me force à détourner le regard et je vais saluer le couple de futurs parents. Audrey a le ventre rond et elle rayonne de bonheur. J'embrasse sa joue creusée par une jolie fossette et je serre la main de Griffin.

— Tu as l'air particulièrement détendu pour un type qui ne va pas beaucoup dormir l'année prochaine.

— Je ne dors déjà pas beaucoup, souligne-t-il. Quand on a des vaches, il faut se lever tôt.

— C'est vrai.

Je tends à sa jolie épouse le sac cadeau que j'ai apporté.

— Ooh ! fait-elle. Qu'est-ce que tu offres au bébé ?

— Des vêtements. Honnêtement, je n'en ai aucune idée. C'est ma mère qui a choisi.

Ils éclatent de rire.

— Le franc-parler d'Alec, dit Audrey en s'essuyant les yeux. Légendaire, selon Zara.

— C'est le plus beau compliment que Zara puisse me faire.

Ma remarque les fait rire à nouveau. Même si c'est vrai. Je suis trop franc, c'est une erreur. Mon rôle dans notre famille est celui de l'enfant du milieu un peu négligé. Le franc-parler ne m'a jamais fait peur, parce que personne ne prêtait attention à moi de toute façon.

En parlant de ma famille, je regarde ma sœur qui dispose des plateaux bien garnis sur sa table, dans la pièce voisine. *Ah, enfin, les choses sérieuses.*

— On dirait que ma sœur a cuisiné. Je vous apporte quelque chose ?

— Je vais nous préparer une assiette, dit Griff à sa femme.

Puis il me suit dans la salle à manger, où je salue Zara, coiffée avec une queue de cheval. Je prends une mini-quiche dans une assiette et la mets dans ma bouche.

— Alec ! Tu es venu !

— J'ai entendu dire qu'il y avait de quoi manger, dis-je tout en mâchant.

— Très classe, ronchonne-t-elle.

— Comme toujours. Comment se fait-il que tout le monde porte l'un de ces...

D'un geste, je désigne un bocal de ces étranges pinces à linge.

— Sauf toi, Z.

— Oh, j'ai déjà perdu la mienne. C'est un jeu. Si quelqu'un te surprend en train de dire le mot *bébé*, il te chipe ta pince. Celui qui en a collectionné le plus l'emporte.

— C'est tout ? C'est facile. Je n'utilise jamais ce mot.

Elle sourit en prenant une pince bleue, qu'elle appose ensuite sur la poche de ma chemise.

— Bien sûr que si. Eh bébé, tu veux monter voir mon jacuzzi ?

Touché, d'autant plus que Griffin esquisse un sourire.

— Bonne chance, fait Zara en me tapotant l'épaule. Le grand prix est une semaine de café gratuit au *Busy Bean*.

— Ça me motive à fond !

Ma sœur me fait payer mon café, tout comme je fais payer leurs bières à mes frères et sœurs. Quand on a quatre frères et sœurs, on ne peut pas se permettre de tout offrir.

— Prends une assiette, tu veux bien ? grommelle-t-elle lorsque je pique une saucisse feuilletée. Tu mets des miettes sur ma table.

Elle fourre une assiette entre mes mains et je la remplis allègrement.

Tout en grignotant, je retourne dans le salon bondé. Par automatisme, mes yeux cherchent à nouveau May. Je suis intensément conscient de sa présence, et c'est tout nouveau pour moi. J'ai toujours aimé les femmes, mais mon intérêt retombe généralement une fois que je les ai mises dans mon lit.

Pour l'instant, je veux savoir de quoi May et Lark discutent, et où elles sont allées dîner tout à l'heure. Je veux en savoir plus sur May, au-delà de son corps nu.

Bien que cet aspect-là soit plutôt génial.

Elle doit sentir que je la regarde, car elle tourne brusquement la tête. *Grillé.* Je lui fais un clin d'œil. Elle me renvoie un sourire discret et détourne les yeux, s'efforçant de ne pas attirer l'attention.

Pour la première fois, ça m'agace de devoir faire profil bas. Cette maison est remplie de couples. Je sais que May et moi ne sommes pas ensemble au sens propre du terme, mais ça ne veut pas dire que je doive me sentir comme un pervers, à la reluquer depuis l'autre côté de la pièce.

Mon subconscient me taraude. *Elle ne veut peut-être pas que les gens sachent qu'elle s'encanaille avec un Rossi.*

Mon subconscient est un vrai con.

Mon Dieu, je suis d'humeur pitoyable. Je vais serrer encore quelques mains, puis je chercherai à m'éclipser.

— C'est l'heure de jouer au « biberon pour bébé » ! annonce Audrey alors que Zara dépose un plateau à côté d'elle.

— Tu viens de dire le mot en *b*, souligne Griffin.

— Oh, zut !

Elle lève les yeux au ciel et, de bonne grâce, décroche la pince de son pull pour la remettre à Griffin.

— Ça n'aura pas duré longtemps. Bon, les amis. Il suffit de faire correspondre les bières dans ces biberons à leurs noms.

Elle retire le torchon qui dissimulait le contenu du plateau et je découvre huit biberons, chacun rempli d'un liquide différent.

Quelle drôle de fête !

— Le gagnant choisira sa bière en premier, annonce Audrey.

C'est logique, même si, de là où je me trouve, je peux voir que la table des boissons est déjà bien chargée.

— Alec, c'est un jeu que tu peux gagner, dit ma sœur en me remettant une demi-feuille de papier, sur laquelle sont inscrits huit noms de bières.

— Tu l'as dit. Un jeu d'enfant.

Je prends un stylo et louche sur les biberons. La numéro cinq est clairement de la Coors Light. Cette couleur terne est caractéristique…

— Un en-cas ?

La voix de May est douce et je sens sa présence comme une brise chaude.

— De la bouffe ? Toujours, lui dis-je avec un sourire.

Elle tient un plateau.

— Tu aimes ça ? demande-t-elle en me montrant son contenu.

— Bien sûr, poupée. Mais si tu essaies de me faire dire le mot interdit, tu peux rêver.

— Bon sang, grommelle-t-elle en attrapant un petit pot pour bébé. Tu ne peux pas être plus naïf ?

— On me sous-estime toujours, dis-je en remplissant ma liste de bières.

— Pas moi, dit-elle dans un souffle. Je connais l'étendue précise de tes compétences.

J'éclate de rire si brusquement que quelques têtes se tournent pour savoir ce qui est si drôle.

May fixe ses pieds, un sourire aux lèvres.

— J'ai reçu ton message. Merci.

— Ce n'est rien, dis-je en notant les noms de deux autres bières. Cette robe te va bien. Je pourrai te l'enlever plus tard ?

— Tu n'as pas dit que tu devais assurer la fermeture de ton bar ?

— Je ferais tout pour toi, dis-je à mi-voix.

Je ne devrais pas, mais c'est plus fort que moi.

Elle a l'air hésitante.

— J'ai déjà proposé d'aider Griff et Audrey à rapporter leurs cadeaux chez eux, dit-elle en regardant sa propre liste. Je peux tricher et pomper sur toi ? Je suis désavantagée dans ce jeu. Laquelle est la *stout* et laquelle est l'*ale* brune ?

— C'est facile, murmuré-je.

Elle est assez proche pour que son parfum me rende fou.

— La *stout* est plus épaisse et sa surface est bien bombée, un peu comme tu sais quoi.

Elle ricane.

— Il existe même des blagues cochonnes sur la bière ? J'aurais dû m'en douter.

— Tu as inversé la bière de froment et la *lager*.

— Merde. Merci.

Après cela, May s'éloigne de moi et la soirée cesse de m'intéresser. Je grignote encore quelques petits fours de ma sœur, essayant de ne pas consulter l'heure. Si je ne peux pas discuter avec May, je n'ai vraiment pas envie de m'attarder ici.

— Prochain jeu, messieurs !

Cette fois, c'est Zachariah qui fait signe aux invités.

— Le lancer de coussins.

Tout le monde glousse et je comprends pourquoi. Les coussins ont une forme très particulière, avec des yeux globuleux et une queue. Ce sont des *spermatozoïdes*. Et la cible est un trou !

— Je ne m'attendais pas à des jeux cochons lors d'une *baby shower*, dis-je en faisant la queue derrière Griffin. C'est tout à fait mon genre. Je parie que tu ne peux pas me battre.

C'est hilarant d'asticoter l'ex-star de football américain.

— Laisse tomber, dit-il. À l'évidence, mes nageurs sont très doués.

— Et pas les miens ?

De l'autre côté de la pièce, May me fait les gros yeux. *Ne parle pas de ta queue avec mon frère*, semble-t-elle me dire.

C'est vrai. Mauvaise idée.

Heureusement, je suis un expert de ce sport viril consistant à lancer des coussins rembourrés. Mon premier lancer est impeccable, trois sur trois. Quand l'un des coussins de Griffin dérive sur le côté, je ricane, ce qui me vaut un regard assassin.

— Toute ta vie a conduit à ce grand moment, me dit Zara. Tu es étrangement doué à ce jeu.

— Ce doit être héréditaire. Cinq enfants dans notre famille.

Ma sœur lève les yeux, amusée, et Griffin m'ignore. Comme toujours.

Mon deuxième lancer est tout aussi bon, trois spermatozoïdes vont s'engouffrer dans le trou.

— Je suis tellement excité en ce moment, dis-je avec humour. Qu'est-ce qu'on gagne ? Oh, non, sûrement un bé...

Je rectifie juste à temps :

— ... un petit enfant.

Plusieurs femmes pestent, car elles ont bien cru pouvoir me piquer ma pince à linge bleue.

Je m'écarte pour laisser les autres tenter leur chance.

— Zach, appelle-moi s'il y a de la concurrence.

— Ça marche !

May a disparu et je reste planté à côté de l'autre Shipley.

— Comment vont les affaires ? me demande Griffin.

C'est l'éternel sujet de conversation. Est-ce que tout le monde attend de me voir échouer ?

— Je ne me plains pas.

— Giltmaker veut que j'investisse dans leur nouvelle entreprise, annonce-t-il. L'ouverture d'une brasserie.

Oh, putain.

— Tu plaisantes.

— D'après Lyle, si j'investis une part, ils proposeront exclusivement du cidre Shipley.

Quelque chose me noue les tripes quand j'entends ça. Parce que maintenant, je comprends comment tout va se passer. Griffin ne peut pas se permettre de refuser une telle opportunité. Évidemment qu'il va rouler pour l'une des brasseries les plus en vue du Vermont.

Moi, je ne suis qu'un intermédiaire qu'ils peuvent se permettre d'écraser. Je suis foutu. Les grands noms continuent à engranger de l'argent, pendant que les petits se contentent de courir à leurs pieds en espérant recueillir des miettes.

— Tu vas le faire ? demandé-je, même si je connais déjà la réponse.

— Oui. Je n'ai pas tant de liquide que ça, en ce moment, mais je peux certainement rassembler l'argent.

— C'est bien. Bonne chance, dis-je d'une voix étranglée. Excuse-moi.

Trop interloqué pour parler, je file à l'anglaise. Ou du moins, j'essaie. La maison de Zara est plus encombrée que je ne l'aurais cru possible. Ruth Shipley emmène Audrey dans le bureau pour ouvrir des cadeaux et je n'arrive pas à retrouver May.

Enfin, je la repère près de la table des boissons. Rien de grave, sauf qu'un idiot en pull de Noël est avec elle. Il affiche un grand sourire, que May lui rend poliment.

Et moi qui pensais avoir atteint ma limite pour la soirée.

Monsieur Pull Rouge fait ce geste consistant à toucher le poignet de l'autre tout en parlant. Rien qu'un léger contact, pour lui faire savoir qu'il l'aime bien. L'instant d'après, c'est sa paume qui effleure son coude. *Mes mains sont disponibles pour toucher ton corps*, voilà ce que ça signifie.

Ça craint. Je le sais, parce que je l'ai fait un million de fois.

Et maintenant, je bous intérieurement. Benito est policier, alors je sais que l'assassinat de Monsieur Pull Rouge serait un très mauvais choix de vie. Je l'envisage néanmoins.

Je ne dois pas être très subtil, car May me lance un regard bizarre.

Peut-être parce que je serre les poings sans m'en rendre compte.

L'homme au pull écoute attentivement l'histoire qu'elle lui raconte. Il la regarde comme si aucune autre fille n'existait sur la planète. Il se penche, même, pour mieux l'entendre.

Moi, bien sûr, je suis le seul homme de la soirée dont elle ne veut *pas* approcher. Et c'est pour cela que je me sens irritable en ce moment. Suis-je si minable qu'elle préfère me garder secret ?

Les Shipley ne font pas équipe avec les Rossi, ai-je dit un jour à ma sœur, quand elle avait le cœur brisé. *C'est comme ça, c'est tout.*

J'ai l'impression d'être le dindon de la farce. Ce n'est pas comme si j'avais oublié les règles. May et moi, nous ne sommes pas censés être un vrai couple. Mais rester là, à regarder un autre mec lui toucher le bras en douce, ça me perturbe. Oui, ça me pose problème.

Je me rends compte que je suis en train de tomber amoureux.

Merde.

Au moment où cette pensée s'installe dans ma tête de mule, le crétin en pull rouge se penche en avant et l'étreint. Et May passe les bras autour de son cou et ferme les yeux.

Et ça me brise. Cette étreinte devrait être la mienne.

Un homme à terre ! Je suis officiellement foutu. Je suis devenu l'un de ces gars dont je me moquais, du genre à préférer rester à la maison à câliner leur copine sur le canapé plutôt que de passer une soirée entre mecs. Je suis mordu, apparemment. Et ça me rend heureux.

C'est donc ce que vivent la moitié des gens.

Avant que je ne m'en rende compte, j'ai déjà traversé la pièce pour taper sur l'épaule de May.

— Besoin de quelque chose ? demandé-je, les dents serrées. Un soda ? Je vais me chercher quelque chose.

May et l'homme au pull se séparent, puis ils me regardent tous les deux comme si j'étais fou. Nous avons aussi quelques spectateurs.

— Je n'ai besoin de rien pour l'instant, dit May en me regardant froidement.

— Bon, fait l'inconnu d'une voix traînante. C'était un plaisir de te voir, May. Je vais juste…

Je n'entends pas le reste de sa phrase lorsqu'il s'éloigne et sort de la pièce.

— Qu'est-ce que c'était, ça ? fait May dans un sifflement.

— Quoi donc ?

Elle écarquille les yeux.

— Ce truc d'homme des cavernes.

— Je viens de te proposer un verre. C'est tout.

Elle cligne des paupières.

— Tu es jaloux ?

— Peut-être un peu.

Carrément, tu veux dire !

— C'est un problème ? ajouté-je.

— On pourrait ne pas en parler ici ?

— Pourquoi pas maintenant ?

Je sais que je ne suis pas l'homme idéal, mais je n'ai pas non plus le virus Ebola.

Nous restons là, pendant une longue minute, à nous dévisager. Nous ne nous arrêtons que lorsqu'un petit projectile s'écrase contre mes jambes. Ce n'est autre que ma nièce, Nicole.

Je me penche pour la prendre et j'aperçois Zara qui arrive en courant.

— Elle ne veut pas aller au lit.

— Une histoire ! réclame Nicole.

— Je vais te lire une histoire, dis-je immédiatement.

Je devrais aller retrouver mon bar, mais Zara a l'air épuisée et May darde sur moi un regard noir. Il faut croire que Nicole m'aime plus que les autres femmes présentes dans la pièce en ce moment.

— Tu veux bien ? fait Zara en soupirant. Je t'offre des cafés gratuits demain.

— Ça marche.

— Ac ! exige la petite reine du soir. À moi, dit-elle en retirant la pince à linge de la poche de ma chemise.

— D'accord, *bébé*, lui dis-je avant d'embrasser sa petite joue toute douce.

L'expression de May s'adoucit enfin. C'est mieux que le regard qu'elle me lançait il y a encore une minute.

En même temps, qu'est-ce que j'en sais ? Parce que cela enfreindrait une règle que je ne comprends plus.

J'emmène Nicole hors de la pièce et nous montons à l'étage.

CHAPITRE DIX-NEUF

May

Je regarde Alec s'en aller, ses grandes jambes avalant les marches deux par deux, et je me sens à la fois agacée à cause de lui et déçue qu'il soit parti.

Il semblerait que ce soit le thème de la soirée. Dès qu'il a franchi la porte, j'ai senti sa chaleur affluer. Et j'ai *adoré* ça. Je trouve flatteurs le regard d'Alec sur moi et son comportement.

Mais ce n'est pas réel.

Quand il me regarde, c'est son plan cul qu'il voit. Il ne voit pas les autres parties de ma personne, plus complexes. Il a raté les années d'ivresse et de déni. Et il n'a pas idée de la peur qui me taraude, à propos de mon travail et de ma vie en général.

De ma sobriété, aussi, qui semble parfois aussi solide qu'un spaghetti.

Je ne comprends pas pourquoi il est devenu si bizarre avec le gars qui me parlait, très gentil malgré son goût douteux en matière de pulls. Ce n'est pas comme si cela m'arrivait en permanence.

Dès le début, Alec a été très clair sur les conditions de notre petit accord temporaire. Les relations, ce n'est *pas son truc*, m'a-t-il dit. Il est allergique à l'engagement.

Je suis parfaitement d'accord avec cela. Mais s'il provoque une scène, ça ne me va pas.

Lark s'approche.

— Bon, je ne voudrais pas être indiscrète.

— Mais elle va l'être quand même, ajoute son fiancé Zach avant de rire.

— Alec n'a pas eu l'air d'apprécier que le type en pull te drague. Comment ça se fait ?

— Je ne sais pas trop.

Dans une certaine mesure, c'est vrai.

— Comment connais-tu l'agent Sympa ? demande Lark en pouffant. Il avait l'air très tactile avec toi. Apparemment, tu lui plais.

— Mais non, pas du tout. C'est juste qu'il m'a aidée une fois.

— Je crois qu'il aimerait t'aider un peu plus, observe Zach.

— C'est clair, s'exclame Lark en tapant dans la main de son petit ami. Dis-nous comment tu le connais. Vas-y, raconte.

— Eh bien…

Je ne suis pas certaine qu'elle appréciera cette histoire.

— Il y a environ un an et demi, j'ai traversé une mauvaise passe.

Comme je l'avais prédit, Lark blêmit aussitôt. Il y a un an et demi, elle se battait pour sa survie à l'étranger. Il lui a fallu beaucoup de temps pour surmonter cela. J'essaie de ne pas l'évoquer, parce que je ne veux pas déclencher son syndrome post-traumatique.

Mais en l'occurrence, il s'agit de mes soucis, pas des siens.

— Je buvais beaucoup et ma famille a fini par comprendre. Ils m'en ont parlé ouvertement. C'était affreux. Un soir, ils se sont réunis autour de moi pour lancer une sorte d'intervention d'urgence.

Zach fait la grimace. Il habitait sous notre toit, il se rappelle certaine-ment les cris.

— De toute façon, je n'aimais pas ce qu'ils avaient à dire et je n'étais pas prête à admettre que j'avais un problème. Alors, ce soir-là, je suis sortie, j'ai pris le pick-up de Griff et j'ai quitté notre propriété. J'étais ivre.

— Oh, *ma chérie*, dit Lark.

— Attends, cette histoire ne se termine pas si mal. J'étais assez perturbée à l'époque. Je n'avais même pas de destination en tête.

Mais j'avais besoin de m'éloigner de ma famille, même si je savais qu'ils avaient raison. J'étais furieuse, c'est tout. L'alcool était ma seule perspective réjouissante et je ne voulais pas qu'ils me l'enlèvent.

Alors j'étais là, en larmes au volant du pick-up de mon frère, roulant à vive allure. Je savais que je ne devais pas conduire, mais je n'étais pas d'humeur à m'en soucier, et de toute façon, il n'y a jamais personne sur notre chemin de terre.

La seule personne que je risquais de blesser, c'était moi. Malheureusement, j'en avais presque envie.

— J'ai conduit lentement et je ne suis pas allée très loin avant de voir les gyrophares de la police.

— C'est l'agent Sympa qui t'a arrêtée ? devine Lark.

— Oui.

Ça ne relevait pas de sa juridiction, mais je l'ignorais.

— J'étais ivre et je pleurais, mais il a été tellement *gentil* avec moi. J'ai toujours du mal à y croire. Il aurait pu me jeter à l'arrière de sa voiture de patrouille, mais au lieu de ça, il m'a demandé : « Quelqu'un vous a fait du mal ? Êtes-vous en danger ? »

Une question toute simple, mais ça m'a ouvert les yeux.

— Alors bien sûr, je lui ai dit que personne n'essayait de me faire du mal. Et il m'a dit : « Il y a deux possibilités : je peux vous faire passer un test d'alcoolémie et vous risquez une amende pour conduite en état d'ivresse. Ou je peux vous donner une chance de renverser la situation. Vous êtes en colère et vous conduisez le véhicule de Griffin. Comment voulez-vous que cela se termine ? Je vois beaucoup de conclusions malheureuses dans mon métier. Évitez d'en faire partie. »

— Oh, waouh, fait Lark.

— Oui. C'est à ce moment-là que tout s'est mis en place pour moi. Quand il m'a ramenée à la maison dans sa voiture et que ma mère est sortie en courant, j'avais décidé que c'était terminé. Je suis entrée et je leur ai dit qu'ils avaient raison, que je devais arrêter, mais que j'avais peur.

— Ça alors, fait Lark en haletant. Tu ne m'avais jamais dit ça.

— Parce que c'est tellement amusant d'en parler, souligné-je. Tout à l'heure, j'ai pu dire à l'agent Nelligan que je n'ai pas bu un seul verre depuis cette nuit-là.

Lark s'essuie les yeux. Elle aussi a la larme facile. Nous avons ce point commun. Mais les miens sont secs parce que j'ai déjà raconté cette histoire aux Alcooliques Anonymes des centaines de fois.

— Bon, et c'est maintenant que tu m'expliques pourquoi Alec s'est mis en colère, dit-elle.

— Une autre fois, d'accord ? Il n'y a pas de grande histoire.

Ma meilleure amie lève les yeux au plafond.

— Si, il y a forcément quelque chose. On se revoit au café, alors ?

— Ça marche.

— Je suis libre demain, ajoute-t-elle.

— Certains travaillent, tu sais. Au fait, comment se passe l'organisation du mariage ?

Chaque fois que je parle à Lark, je m'assure de lui poser des questions. Afin de montrer mon enthousiasme.

— Super, répond Zach. On a trouvé un groupe pour la musique. Et la mère de Lark fait venir un quatuor à cordes de Boston parce qu'elle estime que personne ne sait jouer du violon dans le Vermont.

Ses yeux se plissent quand il sourit et Lark tourne sa tête vers lui comme un tournesol vers le soleil, lui souriant en retour.

Ils sont tellement mignons que j'ai souvent l'impression de tenir la chandelle. Je sais que c'est dans ma tête, mais c'est plus fort que moi.

— Nous aurons l'occasion de goûter les plats le mois prochain, dit Lark. L'auberge nous installera dans la salle de bal et nous apportera des mini-portions de tout, pour que nous puissions choisir le menu. Tu veux venir ?

— Pourquoi pas ?

J'ai répondu trop vite. *Y a-t-il aussi une dégustation de vin ?* s'enquiert mon addiction, soudain intéressée. Je ne sais pas pourquoi cette idée me donne envie de faire de l'urticaire. Je dîne tout le temps avec Lark et Zach. Nous avons mangé des burritos ensemble il y a tout juste deux heures. Je n'ai aucune raison de ne pas survivre à un repas avec eux dans la salle de bal où ils ont l'intention de déclarer leurs vœux sacrés d'amour éternel.

No problemo.

— On y va ? demande Zach en embrassant Lark sur le crâne.

— D'accord, dit-elle en exerçant une petite pression sur sa main.

Je peux presque voir la bulle de pensée suspendue au-dessus de leurs deux têtes. *Rentrons à la maison, mettons de la musique d'ambiance et allumons des bougies pour célébrer notre vie parfaite.*

— Bonne nuit, lancé-je en feignant l'enthousiasme.

Elle me donne une petite bourrade dans les côtes.

— On se voit au café. À bientôt.

— Oui, madame.

Ils s'en vont et je lâche une longue expiration. Je n'ai pas vraiment envie de parler d'Alec à Lark. Parce qu'elle va penser que c'est important. Et j'ai pris grand soin d'éviter d'en faire tout un plat, ces derniers temps.

— Besoin de quelque chose ? me demande Zara en mettant un peu d'ordre dans son salon.

Ses mains sont pleines d'assiettes et de tasses en papier abandonnées.

— Laisse-moi en prendre quelques-unes… J'ai une question à te poser, lui dis-je en la déchargeant de son fardeau.

— Merci ! Comment ça va, ces jours-ci, au fait ?

Elle récupère quelques bouteilles de bière sur un buffet et décolle un morceau de maïs du carrelage.

— Ça va. Enfin, je me sens un peu oppressée.

Je suis Zara à travers la salle à manger jusque dans la cuisine.

— J'ai entendu dire que tu avais perdu tes locataires de la maison d'à côté et que tu en cherchais d'autres.

— C'était vrai jusqu'à il y a environ trois semaines, répond-elle en riant. Mais je l'ai louée.

— Oh, non !

Je jette les assiettes en carton dans la poubelle.

— J'arrive trop tard ? De quelques semaines ?

— Peut-être pas.

Elle appuie une hanche contre le plan de travail.

— La personne qui vient de s'installer ici, c'est Kieran.

— Kieran ? dis-je en clignant des yeux. Mon cousin ?

Zara hoche la tête.

— Il ne paie pas le prix fort, mais Dave n'a pas vraiment besoin d'argent, et j'étais heureuse d'avoir une connaissance à côté de chez moi. On aimerait voyager cet été et Kieran va surveiller la maison pour nous.

— Oh, dis-je, découragée.

— Mais tu sais quoi ? Il cherche des colocs. Il en a déjà un, mais c'est une maison à trois chambres. Alors, vous pourriez trouver un accord tous les deux.

— Peut-être, dis-je lentement. Sauf que, si je cherche un nouvel endroit, c'est surtout pour éviter ma famille.

— N'en dis pas plus, fait Zara en gloussant. J'ai quatre frères. Je comprends très bien qu'on puisse avoir besoin d'intimité.

— N'est-ce pas ?

Comme le sac poubelle est plein, je le retire et le noue.

— Je jette ça où ? Je vais l'emporter dehors.

— Tu n'as pas à…

— Ce n'est vraiment pas grand-chose.

— Tu es un amour. Les bennes sont juste devant la porte de la cuisine.

Quand je sors, l'air froid me fait du bien. Je jette le sac dans la poubelle de Zara et je prends une grande bouffée d'air froid.

— Salut, fait brusquement une voix dans le noir.

— Seigneur ! m'exclamé-je en sursautant, alors que mon cousin Kieran écrase une cigarette sous sa chaussure, à environ trois mètres de là. Tu m'as fait une peur bleue. Et tu ne devrais pas fumer.

— Je sais. Tu as raison sur toute la ligne.

Il met les mains dans ses poches.

— Quoi de neuf ? demande-t-il.

— Tes oreilles ont dû siffler il y a une minute. Je viens de demander à Zara où elle en était avec la location de sa maison d'à côté. J'ai besoin de prendre mes distances avec la famille. Mais tu as loué une *maison* entière ?

— C'est ça, répond Kieran en désignant la demeure en bardeaux blancs de style colonial juste devant nous. Désolé de t'avoir prise de vitesse.

— Tu peux le dire. Ils me rendent folle à la maison.

Il sourit et je lui trouve une forte ressemblance avec ma tante Sally. Kieran tient de son côté de la famille.

— Tu as commencé à chercher quelque chose ?

Je secoue la tête.

— Le marché est difficile dans le coin ?

— Pour toi, je ne pense pas. Mais moi, j'ai deux emplois à temps partiel et une voiture qui doit être remplacée. Je ne peux pas payer autant qu'une avocate comme toi.

— Tu surestimes mon immense fortune.

Il sourit.

— Zara m'a proposé un accord. J'ai un colocataire, mais il pourrait ne pas rester longtemps. Si tu ne trouves rien, viens me voir. Mais bon…

Il s'éclaircit la voix.

— Tu tiens à ta vie privée, dis-je dans le silence.

Kieran me regarde d'un air penaud.

— Je n'en ai jamais eu.

— Tu m'étonnes.

Nous sombrons dans le silence. Et maintenant que j'y pense, je ne peux pas habiter avec Kieran. Mes frères et mon cousin Kyle passent tous leurs dimanches devant le match de football. La maison deviendrait simplement une annexe de la ferme de Tuxbury.

— Je n'envahirai pas ta garçonnière, dis-je avec un soupir. J'ai compris.

— Enfin, si tu es *vraiment* coincée, dit-il pour essayer d'être gentil.

— Non. Je n'ai aucune raison de déménager, si ce n'est que je n'ai plus envie d'avoir seize ans.

— C'est une assez bonne raison, souligne-t-il avant de se frotter les mains. On rentre ?

Comme j'en suis à me frictionner les bras, je le précède bien volontiers.

— Tu es bientôt prête à partir ? me demande Griffin une fois que je le rejoins.

La foule s'est amenuisée et Audrey bâille à s'en décrocher la mâchoire sur le canapé de Zara.

— Oui. Je vais juste dire au revoir à quelques personnes.

— Moi aussi.

Et par *quelques personnes*, je veux dire Alec. Tandis que Griffin s'éloigne dans la cuisine pour aller remercier Zara, je monte l'escalier à sa recherche. Le premier étage est obscur, à l'exception de la lueur d'une lampe, dans une pièce au bout du couloir. Je n'entends que le faible murmure d'une voix étouffée alors que je m'approche tranquillement.

Alec est assis dans un fauteuil à bascule.

— Bonne nuit, petite lune, dit-il, racontant une histoire à la fillette somnolente sur ses genoux.

À bien y regarder, elle dort à poings fermés. Ses paupières sont closes au-dessus de ses joues potelées et elle a son pouce dans la bouche.

Tout en se balançant doucement sur le fauteuil, Alec termine les deux dernières pages de sa voix grave. J'ai l'impression d'être un voyeur bien étrange, fascinée par ce fêtard qui, pourtant, sait endormir un bébé avant l'heure du coucher. Je ne vois pas ça tous les jours.

Ils sont si mignons que c'est presque douloureux de les voir tous les deux ensemble. La confiance avec laquelle elle est détendue contre son bras me fait monter les larmes aux yeux.

C'est tellement gênant d'avoir la larme facile.

Les yeux d'Alec se tourne vers la porte alors qu'il ferme le livre. Il sait que je suis là, mais ne dit rien pour des raisons évidentes. Il pose le livre sur une pile à côté du fauteuil et se lève lentement. Le bébé toujours endormi dans ses bras, il se dirige à pas de loup vers le berceau.

Une fois de plus, son regard glisse furtivement vers moi et il m'adresse un petit sourire. *Souhaite-moi bonne chance !* semble-t-il vouloir dire avant de déposer sa nièce sur le lit.

Elle s'étire et se roule en boule lorsqu'elle entre en contact avec le matelas, et je vois les muscles d'Alec se crisper dans l'attente de ce qui pourrait se passer.

Mais rien ne se produit. Nicole dort comme un loir. Alec attrape la couverture et la remonte délicatement sur son petit corps. Puis il recule prudemment, comme un soldat s'éloignant d'un engin explosif.

Je suis toute remuée à l'intérieur, et je ne sais même pas pourquoi.

Alec éteint la lampe et sort sur la pointe des pieds, me rejoignant dans le couloir sombre où je l'attends.

— Salut… chuchoté-je. Tu es particulièrement doué…

Le reste du compliment ne franchit pas mes lèvres, car Alec me plaque contre le mur, faisant courir ses longs doigts sur les côtés de ma robe en laine, sa bouche sur la mienne.

Waouh. Il y a de l'avidité dans son baiser et j'ai déjà oublié mon agacement. Je pose mes paumes sur ses larges épaules et je ressens un petit frisson d'excitation. Les baisers d'Alec n'hésitent jamais. Ils flambent toujours avec intensité quand il me donne cent pour cent de lui-même.

Mon fêtard préféré ne fait jamais rien à moitié, comme j'ai eu l'occasion de m'en rendre compte.

Deux minutes plus tard, j'ai oublié mon propre nom. Il n'existe au monde que les baisers d'Alec et la chaleur qui émane de lui.

— May ? fait-il entre deux baisers.

— Hmm ? dis-je contre sa bouche.

Il recule la tête de quelques centimètres pour reprendre la parole.

— Je suis désolé d'avoir été grognon, en bas.

Il me faut une seconde pour me souvenir de ce qui s'est passé, même si cela m'a déplu sur le moment. Oh, c'est vrai. Le gars près du saladier de punch.

— Tu lui as fait peur, dis-je dans un souffle. Tout le monde nous a regardés.

Le front d'Alec se plisse.

— Tu vois, c'est ça le problème. Pourquoi cet inconnu a le droit d'être près de toi à une fête et pas moi ?

— Tu sais très bien pourquoi, chuchoté-je.

— Non, je ne crois pas. Nous sommes un couple qui fait semblant de ne pas l'être.

— Nous ne sommes pas un couple, dis-je rapidement. Ce n'est que du sexe.

Le regard d'Alec me paraît las. Puis il s'avance entre mes jambes et baisse la tête jusqu'à embrasser le côté de mon cou.

Quand il suçote tout doucement la peau sensible qui s'y trouve, un frisson me traverse.

— Alors, si ce n'est que du sexe, me chuchote-t-il à l'oreille, allons nous envoyer en l'air. Quand je t'aurai fait crier, tu pourras me dire que je suis le seul à pouvoir te faire ça.

Il a raison. Et si notre couple n'était pas la pire idée du monde entier, je l'admettrais volontiers.

L'ennui, c'est que nous *sommes* une très mauvaise idée. Il n'y a pas à tergiverser. Alors même que j'y réfléchis, Alec se penche et m'embrasse à nouveau. Mais je suis incapable de me détendre. Un instant plus tard, mon anxiété s'avère utile, car j'entends des bruits de pas dans les marches. Je pose deux mains sur le torse d'Alec et je le repousse. C'est un signal tacite pour l'arrêter.

Il le fait immédiatement. Je comprends qu'il a entendu les pas, lui aussi. Il s'écarte, mettant une distance plus désinvolte entre nous. L'expression de son visage est telle que je ne l'avais jamais vue auparavant. Il est *blessé*.

Une seconde plus tard, Audrey apparaît sur le palier.

— Tout va bien ? chuchote-t-elle.

— Oui ! dis-je à mi-voix, feignant la nonchalance.

Je me sens comme une traîtresse quand j'ajoute :

— J'écoute pour m'assurer que le bébé est endormi.

— Oh, fait Audrey, attendrie.

Elle passe devant nous sur la pointe des pieds pour aller jeter un coup d'œil à travers la porte ouverte de la chambre de Nicole.

Alec fourre les mains dans ses poches et se retourne avant de dévaler l'escalier.

— Griff nous attend, m'annonce Audrey. Prête à rentrer à la maison ?

— Oui, dis-je dans un souffle.

Quand nous descendons, je cherche Alec du regard. Je ne veux pas laisser la situation dans le flou. Mais je ne le trouve ni dans la cuisine ni dans la salle à manger, pas plus que dans le salon à présent désert.

Mon frère et Audrey remercient Zara pour la fête et ses efforts en cuisine. Pour aider au mieux, je propose d'emporter quelques cadeaux à l'extérieur.

— Oh, la vache ! m'exclamé-je en découvrant la table lourdement chargée.

Je ne sais même pas si tout cela va rentrer dans le pick-up de mon frère. J'empile deux ou trois paquets et les emmène au-dehors. Après les avoir déposés sur la banquette arrière, j'avise quelqu'un en face, adossé contre son véhicule sous le lampadaire.

C'est Alec. Son téléphone pend au bout de sa main et il a la tête basse, comme si elle était trop lourde.

Sans y penser, je traverse la rue pour le rejoindre.

— Eh, tout va bien ?

— Non.

Il lève les yeux et nous établissons un contact visuel. En quelque sorte, parce que j'ai l'impression de regarder un inconnu.

— Hamish n'a pas survécu.

Des larmes brillent dans les yeux d'Alec.

— Oh, non. Je suis désolée.

Je fais un pas en avant, mais il lève la main pour m'arrêter.

— Je dois y aller.

Il se retourne et ouvre la portière de son pick-up.

— Attends…

— Merci, mais… fait-il en montant. S'il n'y a que du sexe entre nous, ça ne te concerne pas, d'accord ?

Sur ce, il claque la portière et démarre le moteur.

Il n'a pas été tendre, bien sûr. Mais son ami vient de mourir.

D'autant plus qu'il a raison. Il n'y a pas cinq minutes, je lui ai fait comprendre qu'il n'était qu'un jouet sexuel pour moi. Pourtant, ce n'est pas vrai. C'est aussi mon ami.

Alec jette un œil par-dessus son épaule et je me rends compte qu'il attend que je m'éloigne de son véhicule pour pouvoir partir sans danger.

C'est ce que je fais. Même si j'ai tout gâché ce soir, je peux au moins lui rendre ce service.

Je regarde ses feux arrière rouges alors qu'il contourne le square et prend la direction du *Gin Mill*.

CHAPITRE VINGT

May

Deux jours plus tard, peu avant midi, je me gare à l'emplacement habituel, sur le côté du bâtiment d'Alec. Comme si c'était possible, je me sens encore plus coupable que je ne l'ai été ces dernières quarante-huit heures. Si je me gare toujours ici, c'est parce que je me cache. Je ne veux pas que l'on nous voie ensemble.

Pour ma défense, il ne m'est jamais venu à l'esprit qu'Alec puisse penser que je fais cela pour ne pas être vue avec lui. C'est un gars génial. Le meilleur, même. Je suis fière d'être son amie. Mais je préfère ne pas crier sur tous les toits l'autre aspect de notre relation. Ma famille se demanderait pourquoi je me suis lancée dans une relation sexuelle avec un tombeur notoire, patron de bar qui plus est. Ils croiraient qu'il s'agit d'un comportement autodestructeur.

Et ils auraient peut-être raison.

Mais ce n'est pas le seul problème. Ça me fait bizarre de m'engager avec un homme alors que j'ai répété toute l'année que je ne me voyais qu'avec des femmes à l'avenir.

Sans compter que je suis la reine des erreurs.

Mais si ce n'est qu'une aventure passagère entre Alec et moi, j'aime mieux éviter que l'on discute de mes préférences en dents de scie, lors des dîners du jeudi soir, comme on parlerait de la météo. La tête brûlée de la famille, incapable de garder une petite amie et qui n'a aucune idée de ce qu'elle veut dans la vie.

C'est une conversation houleuse dont je me passerais bien.

Je descends de la voiture, un sac à la main. Hier, dimanche, j'ai tricoté jusqu'à en avoir mal aux mains. Puis j'ai passé la soirée à rattacher les différents éléments du pull d'Alec, cousant les manches avec le corps. À deux heures du matin, j'ai terminé mon tricot par le col roulé.

En claquant la portière de ma voiture, je lève les yeux vers les fenêtres de son appartement. J'espère qu'il est là.

— Salut.

Je manque bondir en entendant sa voix. Faisant volte-face, je le vois émerger des arbres avec deux gros sacs poubelle. Il va les jeter dans la benne à ordures.

— Salut, dis-je d'une voix haut perchée. Tu m'as fait peur.

— Je vois ça, dit-il en refermant le couvercle.

— Qu'est-ce que tu fais ?

Il lève le menton vers la lisière du bois.

— Je suis passé à l'atelier d'Hamish pour faire un peu de ménage. Avant la veillée funèbre.

— Oh.

Je tourne la tête vers l'autre bâtiment du vieux moulin, mais d'ici, on ne le voit pas. Il y a une parcelle de terrain boisé entre les deux propriétés.

— J'ai pensé que son atelier serait l'endroit idéal pour une réception. C'est un bel espace ouvert. On avait prévu une fête pour sa retraite. Mais maintenant, ce sera…

— Ses funérailles, chuchoté-je.

Alec tressaille.

— Oui. Et les gens seront nombreux à lui rendre hommage. Hamish a beaucoup d'amis.

Il a les mains dans ses poches, visiblement abattu.

J'aimerais l'embrasser, mais je dois d'abord lui présenter mes excuses.

— A-t-il de la famille ?

— Un fils. Tad, dit Alec avec une grimace. Il me laisse tout organiser.

— Il est peut-être trop désemparé pour le faire lui-même…

— Ou paresseux et un peu con, grommelle Alec en secouant la tête. Enfin, bref, je suis de mauvais poil. Excuse-moi.

— Ne t'excuse pas. C'est à moi de le faire, je suis venue pour ça.

Alec penche la tête en me dévisageant.

— Non, c'est bon, poupée. Tout va bien.

Je sais que c'est faux.

— Je t'apporte quelque chose. Je peux entrer une seconde ? À moins que tu retournes chez Hamish ?

— J'allais déjeuner. C'est ta pause ?

— Oui.

— Alors, monte.

Alec sort ses clés et se dirige vers l'entrée de son appartement.

— On va manger.

— Tu n'as pas à m'offrir le déjeuner, dis-je en lui emboîtant le pas.

— Attends de connaître le menu avant de dire ça. Roderick, le boulanger, fait des essais de pizzas.

— Des pizzas !

Maintenant, je meurs de faim.

— Oui. Zara et Audrey cherchent à développer leur carte du déjeuner.

Je suis Alec au trot dans les escaliers. C'est la première fois que je viens ici en plein jour. Même la cage d'escalier est belle, la lumière du jour filtrant au travers d'une lucarne sur le toit, faisant étinceler les briques en orange.

Il déverrouille la porte, puis il hésite.

— Méfie-toi du chat. Il m'a bien griffé hier.

Dès qu'Alec ouvre la porte, j'entends un sifflement.

— C'est *ma* maison, enfoiré. Recule.

Aïe.

— Il ne s'habitue pas à ta présence ?

— Aucun progrès, dit Alec en fronçant les sourcils. Et quand j'essaie de demander à Tad ce qu'il compte en faire, il ne me répond pas.

Lorsque je m'avance dans la pièce spacieuse, le chat se cache sous la table basse. Je ne sais pas qui a l'air le plus malheureux aujourd'hui, Alec ou Bukowski.

Je pose mon cabas sur le canapé pendant qu'Alec se dirige vers la partie cuisine de son loft et se lave les mains. Puis il appuie sur quelques boutons de sa cuisinière.

— Je peux t'aider ?

Je n'avais pas l'intention de m'incruster pour le déjeuner.

— Non. Je dois juste les faire réchauffer pendant quelques minutes. Roderick m'a donné des instructions précises, répond Alec en brandissant un mot. Ça prendra huit minutes. Et il veut savoir ce qu'on pense des différentes garnitures. Il y a un questionnaire. Tu vas devoir être attentive, Shipley.

— Okidoki.

Je me promène dans le salon et choisis un endroit pour m'asseoir, au centre du grand tapis. Sa couleur lie de vin est somptueuse sur le parquet.

Je me retrouve ainsi au même niveau que le chat, qui me regarde avec suspicion. Glissant la main dans la poche de ma veste, je produis un long fil de laine. Comme ça ne suffit pas pour faire jouer le chat, je prends un stylo-bille sur la table basse et je l'attache au fil.

De l'autre côté de la pièce, Alec est appuyé contre l'îlot de la cuisine, les bras croisés sur son torse imposant. Il m'observe d'un œil attendri.

À moins de deux mètres du chat le plus grincheux du monde, je jette mon stylo sur le tapis comme un appât de pêche, gardant la ficelle entre mes doigts. Puis je le ramène lentement vers moi.

Bukowski ne bouge pas. J'évite son regard, parce qu'il considérerait cela comme un défi. Je reste assise sur le tapis, où la lumière du soleil hivernal forme des motifs rectangulaires plus clairs à travers les belles fenêtres anciennes d'Alec. Je lance à nouveau le stylo et le fais glisser lentement.

— C'est tellement paisible ici, dis-je à voix basse. Tu as beaucoup de chance, Bukowski.

Il n'y a aucun mouvement sous la table basse.

— Je sais bien que tu ne me crois pas, continué-je. Alors, je vais devoir te l'expliquer. Tu sais, Alec est vraiment un bon gars. Le *meilleur*. Il est drôle et il ne porte pas de jugements. Il aime sa famille. Il est gentil avec les bisexuelles déboussolées et alcooliques. Et avec les vieux ébénistes hippies. Et même, ajouté-je en toussotant, avec les chats diaboliques.

Je regarde Alec, qui me répond par un petit sourire triste.

— C'est un bon danseur et il prend soin de ses amis. Alors, je te donne un petit conseil.

Je jette à nouveau le stylo et le chat frappe le capuchon avec sa patte. Il a envie de jouer. Mais il a peur de se lancer. Ce chat et moi, nous avons beaucoup en commun.

— Si tu te comportes comme un enfoiré parce que tu as des problèmes, ne commets pas la même erreur que moi, d'accord ? Essaie de ne pas t'en prendre au beau gosse avec les pizzas. Parce qu'il mérite mieux.

Alec baisse la tête vers ses chaussures.

Au même moment, Bukowski attaque le stylo en bondissant comme seuls les chats savent le faire. Je l'ai pêché comme un poisson. Nous jouons pendant qu'Alec met les pizzas au four et les fait chauffer. Quand la minuterie retentit, j'ai Bukowski dans la poche. Il se laisse caresser la tête, puis il se frotte contre mon élégant pantalon anthracite.

Comme quoi, une fille de la campagne a beau s'habiller en avocate, elle n'en reste pas moins une fille de la campagne.

— Désolé d'interrompre ce bel échange de tendresse, mais le déjeuner est prêt.

Époussetant mon pantalon pour en retirer au mieux les poils de chat, je me lève et m'assieds à côté d'Alec sur un tabouret de bar.

— Tu as l'air crevé.

Il a des cernes sous les yeux.

— Enfin, crevé, mais toujours aussi séduisant.

— J'ai beaucoup de choses en tête et un tas de choses à faire, répond-il avec un sourire chagriné.

— Quelqu'un t'aide à organiser cette veillée ?

Il hausse les épaules et je comprends que non.

— Tu veux bien que je t'aide ?

— Tu n'es pas obligée, dit-il en vérifiant la température d'une part de pizza.

Il nous en a servi trois parts différentes.

— Ce n'était pas la question. Est-ce que tu veux bien que je t'aide ? Dans la famille, on est très doués pour organiser des fêtes.

— D'accord, dit-il en me regardant. Merci.

— De rien. Bon alors, quelle part faut-il tester ?

Je prends la première, parsemée d'olives et d'oignons.

Alec reprend les notes de Roderick.

— Celle-là, c'est la provençale. Avec des échalotes, des olives et du jus de citron. Arrosée d'un filet de vinaigre balsamique.

— La classe !

Je prends une bouchée et gémis de délice.

— Waouh, dis-je, la bouche pleine.

— N'est-ce pas ?

À son tour, il mord dans sa part.

— Il faut absolument des pizzas comme celle-là dans le quartier. On est censés noter tout ce qu'on aime, explique-t-il en faisant glisser le papier vers moi.

Sous « provençale », j'écris : « Incroyable ! Encore, s'il vous plaît. »

C'est sans doute inutile, parce que je note exactement le même commentaire dithyrambique pour la saucisse-pomme et la poire-balsamique.

— On ne fait pas de très bons critiques gastronomiques, observe Alec.

— J'aime trop ces pizzas pour les critiquer.

— Je savais que tu me plaisais, me dit Alec avec un sourire chaleureux qui me donne des papillons dans le ventre.

Malgré cela, je me sens toujours un peu gênée avec lui. D'habitude, nous sommes très à l'aise l'un avec l'autre. Mais depuis qu'il a essayé de changer les règles du jeu, j'ai plus de mal à appréhender la situation.

Maintenant, j'aimerais avoir un verre de vin pour accompagner cette pizza. Juste un petit quelque chose qui aplanisse les difficultés de ma journée. Enfin, on ne peut pas toujours avoir ce qu'on veut. Et je lui dois toujours des excuses.

— Au fait, Alec ? dis-je en m'essuyant les doigts sur ma serviette. L'autre soir, quand je t'ai dit que c'était seulement du sexe ?

Son visage s'assombrit aussitôt.

— Eh bien, j'avais tort. On ne ferait peut-être pas un bon couple, mais tu es un ami formidable.

Il ricane.

— Les mecs *adorent* entendre ce genre de choses.

— J'imagine. Mais tu dois comprendre que je ne suis pas dans de bonnes dispositions pour entamer une relation. Je sors d'une rupture.

Alec pose son menton légèrement barbu sur sa main et me fixe des yeux, déversant toute son âme dans ce regard.

— Ce serait plus facile si tu me disais que je ne suis pas celui que tu veux. Parce que tu m'as dit toi-même que Daniela ne t'avait pas vraiment brisé le cœur.

Oh, merde.

— N'empêche, ça fait mal.

— Pas quand tu m'embrasses, répond-il.

Il marque un point, mais il y a aussi d'autres problèmes.

— Tu veux entendre une blague ? Elle n'est pas très drôle.

— Quoi ? fait-il en posant sa part de pizza pour m'écouter.

— Une alcoolique entre dans un bar.

Il soupire.

— Tu as raison. C'est une terrible entrée en matière.

— C'est nous deux, dis-je en nous désignant. *Nous* sommes la pire des idées.

— Non, pas du tout, chuchote-t-il. Enfin, tu ne devrais pas sortir avec quelqu'un qui abuse de l'alcool, mais tu te débrouilles tellement bien. Et il n'y a pas d'alcool dans cet appartement, au fait. Je ne stocke plus de bière dans mon frigo depuis que tu viens de temps en temps. Je ne voudrais pas que tu y penses quand tu te cherches un soda.

J'ouvre la bouche, mais je la referme. Il a raison et tort à la fois. En silence, je montre du doigt l'espace au-dessus de ses placards de cuisine.

Il tourne la tête pour regarder et repère les trois bouteilles de vin sur une étagère, près du plafond.

— Oh, putain. Je n'y ai pas touché depuis si longtemps que j'avais oublié qu'elles étaient là. Je suis vraiment désolé.

— Il ne faut pas, dis-je avec un soupir. Je ne m'attends pas à ce que tu sécurises toute ta vie pour moi. Aussi difficile que ce soit, je dois te dire qu'il y a une personne folle ici, ajouté-je en me désignant.

— Toujours est-il que je ne suis pas prête. La sobriété, c'est la décision la plus importante dans ma vie en ce moment. Et je ne peux pas prendre de risques. Je me suis lancée dans une relation avec Daniela parce que j'essayais de me prouver que j'étais responsable de ma propre histoire. Et regarde comment ça a tourné.

Il fait une grimace.

— Je ne suis pas Daniela.

— Non, c'est vrai. Mais je suis toujours *moi*. Et je ne me fais pas suffisamment confiance en ce moment pour faire les bons choix. Je compte ces fichues bouteilles chaque fois que je franchis ta porte.

Ma voix se brise sur le dernier mot, parce que je me déteste. Je ne parle jamais au présent de mes problèmes d'alcool avec Alec. Quand je les évoque, c'est toujours au passé. C'est la vanité qui parle. Je veux l'induire en erreur en lui faisant croire que tout cela est derrière moi.

Mais la vérité, c'est que je me bats encore, et je me battrai toujours, sans doute. Mais il ne le voit pas. Pour lui, je suis May la fille sympa avec qui la baise est facile.

En cet instant, il me dévisage tristement.

— Je tiens à toi, dit-il. C'est tout ce que je peux dire. Je te trouve géniale et j'aimerais que ce soit plus facile.

— Moi aussi, murmuré-je.

Je me laisse glisser au bas de mon tabouret et je le prends dans mes bras. Waouh ! Un câlin d'Alec, c'est la meilleure chose au monde. Il m'enlace à son tour et pose son menton sur mon épaule. Il ne me fait aucune plaisanterie, aucune proposition. Simplement, il me serre fort.

Naturellement, mes yeux me piquent. *Fermez-la, les émotions !*

— Eh, dis-je à son dos. Je t'ai préparé quelque chose. J'espère que tu ne trouveras pas ça trop moche.

Je me dégage de son étreinte addictive. Puis je détale vers le canapé et je prends le sac que j'ai apporté.

— Tiens.

Je le lui tends et il le prend, écartant le papier de soie pour sortir le pull que je lui ai tricoté.

— Ça alors. C'est *toi* qui as fait ça ?

Il l'applique contre son torse et passe une main sur les mailles fines.

— Oui. C'est du mérinos. Malheureusement, ça se nettoie uniquement à sec. Tu peux le laver à la main, mais il faudrait lui redonner soigneusement sa forme.

En toute objectivité, c'est l'une de mes plus belles réussites. Le pull est uni, avec une large bande intriquée au centre, flanquée de quelques lignes étroites de chaque côté.

— Il est magnifique.

Il ouvre son sweatshirt à capuche et l'enlève pour enfiler le pull par-dessus sa tête. Je retiens mon souffle pendant qu'il le tire sur ses larges épaules.

— C'est parfait ! m'écrié-je. Je suis tellement soulagée.

— On ne m'avait encore jamais rien tricoté, dit-il en passant le bout de ses doigts sur les mailles.

— C'est laborieux. On peut exécuter un bonnet ou une écharpe en un jour ou deux, mais un pull, c'est un véritable engagement.

Il lève vers moi ses grands yeux bruns.

— Merci.

— Ça m'a fait plaisir. Et je ne t'ai jamais préparé cette tarte que je t'avais promise.

— Ça demande beaucoup plus de travail qu'une tarte.

Il passe la main sur son torse somptueux.

— Oui et non. Je tricote pendant les réunions des AA. En fait, je m'y suis mise sérieusement quand j'ai commencé à emmener Jude à ses réunions des Narcotiques Anonymes. Je pensais que j'y allais juste pour aider un ami.

Un rire gêné m'échappe.

Alec ouvre de grands yeux, mais il se contente de m'écouter.

— Presque tout ce que disaient les gens dans les réunions de Jude faisait écho à des pensées que j'avais déjà eues. Mais il m'a fallu encore neuf mois environ pour admettre qu'ils me parlaient aussi. Maintenant, à moi seule, je fais vivre deux magasins de laine. Quatre réunions par semaine, si tu fais le calcul, ça fait beaucoup. J'ai arrêté le tricot quand Daniela s'est moquée de moi. Alors maintenant, j'ai recommencé. C'est grâce à toi, quand tu m'as rappelé de vérifier chaque pièce de notre appartement...

Ma gorge se noue. J'aime tellement Alec. Je suis vraiment troublée.

— Je devrais peut-être ouvrir un magasin de laine, dit-il en plaisantant. Est-ce que je me trompe de métier ?

— Je suis convaincue que tu es dans la bonne branche.

Seulement, ce n'est pas la bonne pour moi. Je n'ai pas besoin d'ajouter cette dernière phrase, parce qu'il a compris le message.

— Bon, parle-moi de cette veillée. Quand aura-t-elle lieu ?

Je débarrasse nos assiettes du déjeuner et je fais la vaisselle pendant qu'il me raconte ses projets.

Quand je m'en vais, un peu plus tard, je ne l'embrasse pas pour lui dire au revoir. Et il ne m'impose rien.

C'est peut-être comme ça que notre aventure se termine. Et c'est sans doute mieux ainsi.

CHAPITRE VINGT-ET-UN

Alec

— Alerte, dit mon frère Benito. Intruse à deux heures.

Je lève les yeux de la pile de verres que je dépose sur la table au moment où Chelsea m'aborde.

— Salut, toi, fait-elle en chouinant. Ça fait longtemps qu'on ne s'est pas vus ! Tu es un fantôme, en ce moment, Alec !

Elle me colle un gros baiser sur la bouche.

Oh, oh. Je recule doucement en essayant de sourire. Mais bon sang, c'est une veillée funèbre, et je n'arrive pas à trouver l'énergie nécessaire.

— Eh, salut. Comment vas-tu ? C'était bien…

Ça fait tellement longtemps que j'ai failli oublier la destination de son voyage.

— La Floride ? dis-je à la dernière seconde.

— C'était super ! s'extasie-t-elle. Mais tu m'as manqué.

Mon frère parvient très maladroitement à réprimer un ricanement moqueur.

— Toi aussi, tu m'as manqué.

Bien sûr, c'est un mensonge.

— Bienvenue dans l'hiver. L'avantage, c'est que toutes les pistes de ski sont ouvertes.

— Si on allait faire du snowboard ? propose-t-elle immédiatement. Et dans la soirée, je pourrais te rejoindre…

— Je suis occupé ce soir, dis-je en désignant les dizaines d'invités qui remplissent l'atelier d'Hamish. Et puis, je dois faire la fermeture au bar. J'ai déjà dû supplier Smitty d'assurer un autre service.

C'est vrai, naturellement, mais je suis content d'avoir une excuse. Chelsea n'a pas vraiment de place dans ma vie en ce moment.

— Dommage, dit-elle en rejetant en arrière sa queue de cheval. Il faudra qu'on se rattrape un de ces quatre.

— Absolument, acquiescé-je.

Je dois surtout rompre avec elle, mais ce n'est pas le genre de conversation qui convient en de telles circonstances.

— À plus tard, beau gosse, dit-elle en me serrant dans ses bras, dans une étreinte presque sexuelle tant elle se moule contre moi.

Bon sang ! L'instant d'après, elle a filé.

— Eh bien, s'exclame Benito. Elle est à fond, cette fille.

— Épargne-moi tes commentaires.

— Je vais prendre une bière. Tu en veux une ?

— Non. Je ne suis pas d'humeur.

Benito écarquille les yeux.

— Vite, appelons les secours.

— Très drôle.

Je balaie la foule du regard. La fête d'Hamish bat son plein. Dommage qu'il ne soit pas là pour en profiter.

— Tout va bien ?

— Oui, enfin, ça reste des funérailles.

Benito me dévisage en penchant la tête.

— J'ai compris. Mais c'est toi qui as fait un discours, il y a cinq minutes, pour dire qu'Hamish aurait aimé que tout le monde profite de cette fête.

— Oui, dis-je avec un soupir.

En effet, j'ai encouragé les invités à ne pas se laisser abattre.

— C'est juste que… la vie est courte, tu sais ? Il voulait aller au Costa Rica.

— Ça craint. Enfin, il a fait ce qu'il aimait.

D'un grand geste, Benito désigne l'exposition des œuvres d'Hamish que j'ai disposées au préalable.

— C'est vrai. Tu as raison.

Je voudrais mettre un terme à cette conversation. Hamish aimait son métier, certes, mais il me semblait aussi très solitaire.

À moins que je ne fasse que projeter ma vie sur la sienne. Ces trois derniers soirs, j'ai travaillé main dans la main avec May, qui m'a aidé à préparer cet événement. Apparemment, dans son cœur, je suis relégué au statut d'ami.

En ce moment, elle est de l'autre côté de la salle bondée, où elle aide quelques amis d'Hamish à installer leurs instruments pour une jam-session de musique bluegrass. Malgré la vingtaine de pas qui nous séparent, je ressens encore l'attirance. Elle subjugue les trois musiciens d'un certain âge, visiblement. Ils la dévorent des yeux comme si c'était la huitième merveille du monde et je ne peux pas le leur reprocher.

Ce soir, nous sommes censés célébrer la vie d'Hamish. Mais je préférerais mille fois traverser cette salle, prendre May par la main, l'entraîner à l'extérieur et fêter ce moment en l'embrassant jusqu'à ce qu'elle réalise que nous sommes parfaits l'un pour l'autre.

— Tu as du beau monde, dis donc, me souffle Benito. Regarde.

— Du beau monde ?

Il me décoche un coup de coude et je comprends ce qu'il veut dire. Lyle, le propriétaire de la brasserie Giltmaker, se trouve dans le coin à discuter avec l'oncle Otto.

— Oh, putain. Je ne savais pas qu'Hamish et lui étaient copains. Hamish m'a déjà parlé de lui, cela dit. La Goldenpour était sa bière préférée.

— C'est la bière préférée de beaucoup de gens, souligne mon frère.

— Oui, pourtant j'ai demandé à Chelsea si elle pouvait m'obtenir un fût supplémentaire pour la veillée. Sans ristourne, naturellement, je ne demandais pas un don. Mais Lyle a refusé.

— Alors, qu'est-ce qu'il fait ici ? s'étonne Benito. Pas très sympa.

— Tu l'as dit. Bon sang, c'est moi qui ai fourni toute la bière et le vin pour la veillée.

Sans parler des tasses, des serviettes et des nombreuses heures de mon temps. Ma sœur et Audrey ont préparé un tas d'amuse-gueule. Et Griffin a fait don d'un tonneau de cidre Shipley.

— Tu sais que le fils d'Hamish m'a laissé tout organiser ? Il n'a rien apporté à part son auguste personne.

Je ne me suis pas privé pour l'ignorer royalement toute la soirée.

— Tu le lui as demandé au moins ?

— Non, grommelé-je.

Il a raison. Si Tad n'a pas mis la main à la pâte, c'est entièrement ma faute.

— Je suis de la pire humeur de toute l'histoire des mauvaises humeurs !

Mon frère sourit.

— Encore pire que Zara et son syndrome prémenstruel ? Ou qu'Otto quand les Patriots perdent au football ?

— À peu près. Allez, prends un verre, dis-je avec une bourrade amicale. Profites-en. J'ai des gens à remercier, de toute façon.

Benito s'éloigne, et une minute plus tard, je le vois discuter avec Jill, une ancienne camarade de classe. Pour les frères Rossi, toutes les occasions sont bonnes pour se trouver des filles. Il n'y a pas à dire, c'est vraiment la grande classe.

Le groupe commence à jouer et je jette un regard circulaire à la recherche de May. Plus tard, j'ai l'intention de la retrouver seul à seule. C'est bizarre entre nous depuis notre petite discussion chez moi. Mais je sais que nous pouvons retrouver notre relation d'avant, quand je n'avais pas encore essayé de changer les règles. Je lui dirai que j'accepte que nous nous en tenions au sexe, mais ensuite, je ferai tout pour lui montrer que nous pouvons être tellement plus.

Je sais être très persuasif.

Malheureusement, je ne la vois nulle part. Il n'y a que son frère. Et comme je dois le remercier pour le cidre, je me dirige vers lui. Hamish avait beaucoup d'amis et l'atelier est bondé. Le temps que j'approche de Griffin, il est accompagné par Lyle, de chez Giltmaker, et mon oncle Otto.

Une intuition me pousse à continuer. Je crois que c'est à cause de Lyle qui gesticule, désignant le coin de la grande salle.

— Tad souhaite vendre rapidement, dit-il. Alors, je vais devoir mettre les bouchées doubles pour obtenir les permis.

Tout mon corps se refroidit.

— On placerait les cuves d'un côté et le bar de dégustation de l'autre. Mais il faut vérifier les règles concernant l'expansion à côté de la rivière. Je ne sais pas si nous avons le droit de couper des arbres pour agrandir le parking.

— C'est un bâtiment classé historique, précise Griffin. Il faut préserver une majeure partie des lieux en l'état.

— Je ferai venir un architecte la semaine prochaine, répond Lyle. Je vais voir ce qu'il me dit. Ce ne sera peut-être pas un luxe de raser ce coin-là.

Cette fois, c'en est trop.

— Excusez-moi. Vous parlez de ce bâtiment ?

Trois têtes pivotent dans ma direction. Mon oncle pince les lèvres. Je suis certain qu'il n'aime pas l'intonation de ma voix. Mais je m'en fiche !

— C'est une conversation privée, dit Lyle.

Ce connard est méfiant, à ce que je vois. J'ai envie de le frapper.

— C'est mon neveu, explique Otto. Alec Rossi.

— Le propriétaire du bar, commente Lyle.

Je jure devant Dieu que ce fumier me regarde de haut.

Au cas où ce ne serait pas clair, je précise :

— Le bar d'à côté.

— Enchanté de faire votre connaissance.

À sa voix, je sens bien qu'il n'est pas enchanté du tout.

— Tad ne m'a pas dit qu'il était pressé de vendre, dis-je en espérant que quelqu'un m'éclairera.

— Pourtant, ça se pourrait, répond Otto d'un ton nonchalant.

— Vous savez qu'Hamish n'est même pas encore enterré, n'est-ce pas ? demandé-je. Vous pensez pouvoir retenir vos bulldozers jusqu'à ce que le père Peters jette la première poignée de terre ?

— Alec, fait Griffin Shipley en riant. C'est un peu…

— Un peu quoi ? aboyé-je. Un peu vrai ?

Tout le monde croit que Griffin est animé par de nobles sentiments. Mais moi, je connais la vérité. Son père a viré le mien et je ne l'ai plus jamais revu. Cela ne devrait pas être très surprenant que son fils soit le même genre d'homme d'affaires aux dents longues.

— Merci d'avoir donné du cidre ce soir, dis-je de mauvaise grâce. Je suis sûr qu'Hamish aurait apprécié le geste.

Sur ce, je tourne les talons et je m'éloigne, les poings serrés. Leurs regards me suivent dans la salle, je le sens. La colère qui gronde en moi est trop virulente pour que je la contienne. Alors, je me fraye un chemin dans la foule jusqu'à l'extérieur, où l'air de décembre est vivifiant. Je laisse la porte se refermer et je hurle : « Fait chier ! » à pleins poumons.

Je ne me sens même pas mieux après ça.

Je devais acheter ce local un jour. Depuis la mort d'Hamish, j'ai compris que ça ne se ferait peut-être pas. Je n'ai pas de véritable contrat écrit et je n'ai aucun plan de financement.

Dans la vie, je suis abonné aux déceptions, mais si Giltmaker ouvre sa succursale à côté du *Gin Mill*, j'ai un problème monumental. Les touristes de la bière auront tous l'eau à la bouche à la perspective d'assister à la préparation des cuvées.

Et Otto le soutient ! Il va me regarder échouer sans broncher, et même avec un certain plaisir.

La porte s'ouvre et May apparaît.

— Eh ! Tu vas bien ? Je t'ai vu sortir en courant.

— Ça va, dis-je entre mes dents serrées.

En réalité, ça ne va pas bien du tout. Mais ce n'est pas la faute de May.

— Viens ici, tu veux bien ?

J'ouvre les bras. Elle n'hésite qu'une fraction de seconde, mais c'est assez long pour me déprimer encore plus. Enfin, elle s'approche et je l'étreins. Son corps est chaud, plein de vie entre mes bras. Je pose mon menton sur son épaule et je soupire.

— Je suis censé être toujours partant pour m'amuser. Mais ce soir, j'ai le moral en berne, tu sais.

— Tu n'as pas envie de claquer des doigts et de te déhancher ? chuchote-t-elle.

— Pas du tout.

Pourtant, un tourbillon d'émotions fait rage dans ma poitrine comprimée. Quand je sens son cœur battre contre le mien, la mort de mon ami et la bande d'hommes d'affaires plus intelligents que moi, en passe de me broyer sous leurs pneus en route vers la domination du monde, me paraissent un peu moins graves. Je hume le parfum féminin de May.

— Viens chez moi ce soir, dis-je avec un soupir.

Elle recule un peu.

— Alec, je ne peux pas. Je travaille demain matin. Et la soirée se termine tard.

— C'est vrai que tu es ici avec ta famille, ajouté-je avec amertume, la colère prenant le dessus. Ton frère risquerait de se demander ce que tu fiches avec moi.

— Alec.

Elle laisse échapper un infime soupir.

— Quoi ? Je ne comprends pas. Quel mal y a-t-il à ce que toi et moi, nous passions du temps ensemble ?

— Aucun. Mais je ne veux pas encore devoir de nouvelles explications à ma famille.

En temps normal, j'encaisserais sa réponse sans sourciller. Mais ce soir, ça me fait mal.

Ma réaction doit se voir, car May penche la tête et me dévisage attentivement.

— Oh, Alec. Qu'est-ce que je vais faire de toi ?

Elle se dresse sur la pointe des pieds et m'embrasse.

C'est un baiser qui contient toutes les promesses que May ne peut pas me faire. Il est tendre, langoureux. Même si ses paroles me déçoivent, les baisers de May ne sont jamais ambivalents. Sa bouche si douce accueille ma langue intrusive et caressante. Je la repousse contre les briques pour lui faire savoir à quel point j'ai besoin d'elle en ce moment. *Viens chez moi*, lui disent mes baisers. *Tu verras, ça en vaudra la peine.*

Jusqu'à ce que la porte s'ouvre.

Je m'écarte, mais pas avant d'avoir terminé le baiser que je donnais à May.

Enfin, je lève les yeux pour découvrir Chelsea, debout, cigarette et briquet à la main, bouche bée.

— D'accord, j'en déduis que tu n'es *pas* libre ce soir…

— Euh…

Je suis à court de mots.

— Je ferais mieux d'y aller, dit May en me contournant.

— *Non.*

Je lui attrape la main et la serre. Je n'avais pas encore fini de lui parler.

Les yeux de Chelsea s'arrondissent et je me rends compte qu'elle est encore plus gênée de me voir tenir la main de May que l'embrasser dans un coin du parking.

— Je vois, chuchote-t-elle.

Puis elle se retourne et s'éloigne.

— Et merde !

Je me pince l'arête du nez. Un mal de crâne couve derrière mes orbites.

— On a passé quelques nuits ensemble, à l'occasion.

— Tu ne me dois aucune explication, s'empresse de répondre May.

— Je le sais bien, mais… dis-je dans un gémissement. Elle et moi, nous ne sommes pas très proches. Je ne savais pas qu'elle le prendrait aussi mal.

— Oh, je t'en prie.

May me regarde comme si j'étais le plus débile du monde.

— Tu ne dois pas être conscient de ton propre pouvoir. C'est bien trop facile de s'attacher à un gars comme toi.

— Un gars comme moi, répété-je lentement.

Putain, je ne sais pas ce que ça veut dire. Cela n'a aucun sens.

— Alors comment se fait-il que toi, tu sois immunisée ?

— Je ne suis pas immunisée, seulement…

Elle n'a pas l'occasion de terminer sa phrase, car ma serveuse, Becky, sort en trombe du chemin à travers bois.

— Alec ! crie-t-elle.

— Quoi encore ?

Son expression hagarde est terrifiante.

— Smitty a fait une overdose dans la réserve !

— Il a *quoi* ?

— Il y a une aiguille et il ne respire plus.

CHAPITRE VINGT-DEUX

May

— Va à l'intérieur et appelle Benito.

Alec désigne la porte de l'atelier d'Hamish.

— Il a du Narcan dans sa voiture. Et appelle les urgences si personne ne l'a fait.

Dès qu'il a terminé sa phrase, Alec détale comme un boulet de canon vers son bar. Je lui emboîte le pas. Il fait nuit noire et la lune ne s'est pas encore levée. Après dix pas entre les arbres, je distingue à peine le chemin. Seul le reflet des étoiles sur la neige m'éclaire la voie.

Alec est rapide. Je suis à vingt mètres derrière lui quand il disparaît à l'intérieur du *Gin Mill*. Quand j'ouvre la porte, quelques secondes plus tard, c'est le chaos. De nombreux clients sont alignés devant le bar, à essayer de jeter un œil dans la réserve. D'autres s'agitent en se demandant ce qui se passe.

Connor, l'Écossais à temps partiel, est derrière le bar, où il s'efforce de tenir tout le monde à distance.

— Reculez un peu, dit-il. Laissez de la place. Les ambulanciers devront passer.

J'entends le hurlement lointain d'une sirène. Mais avant qu'elle ne s'intensifie, Benito Rossi franchit la porte derrière moi, une poche orange à la main.

— Attention, dis-je à quelques clients ahuris. Écartez-vous.

Je précède Benito et pousse les gens hors de son chemin avant de soulever la planche au bout du bar.

— Merci, fait Benito dans un souffle.

Je le suis jusqu'à la réserve. Là, il s'agenouille à côté de Smitty, étendu sur le sol en béton, le visage livide et bien trop serein.

Le poing serré, Benito frictionne de haut en bas le sternum de Smitty avec les jointures de ses doigts.

— Eh ! lui crie-t-il au visage. Réveille-toi, mec. Allez !

Alec ne prend pas autant de gants. Il gifle Smitty sans ménagement.

— Réveille-toi, connard ! Ne t'avise pas de mourir là…

Ben pose la main sur son frère pour le faire reculer. Puis il s'attaque aux voies respiratoires de Smitty, plaçant une main sous le cou de l'homme inconscient avant de lui pincer les narines et de lui souffler dans la bouche. Il recommence la manœuvre.

— Donne-lui ce putain de truc ! s'exclame Alec. Qu'est-ce que tu attends ?

Sans lui prêter attention, Ben envoie une nouvelle bouffée d'air dans la trachée de Smitty, puis il ouvre la pochette orange et assemble un petit objet en plastique.

C'est alors que j'aperçois la seringue. Elle est là, sur le sol, juste à côté de la main d'Alec. Elle est posée sur le béton, son extrémité pointue orientée vers lui.

Je prends conscience que je tremble. J'ai les genoux crispés et mon cœur s'emballe. *Attention à cette aiguille.* Sa vue me terrorise. Je m'éloigne un peu plus dans la pièce et je jette la seringue loin d'Alec. Elle rebondit sur une caisse de bouteilles de bière sans même qu'il s'en rende compte.

Je ne sais pas pourquoi je tremble ni pourquoi cette aiguille me fait aussi peur. C'est la première fois que je vois quelqu'un à l'article de la mort par sa propre faute.

Smitty était en plein service, et maintenant, il est étendu par terre et ne respire plus.

Benito lui vaporise une substance dans les narines avant de faire rouler Smitty sur le côté. Le serveur émet un affreux gargouillis.

— Respire, ordonne Benito en lui donnant une tape dans le dos.

Deux ambulanciers arrivent au même instant et nous sommes trop nombreux dans la réserve. Je m'écarte du chemin et me retrouve derrière le bar, où Connor tente vaillamment de faire tourner l'établissement d'Alec, alors qu'à quelques mètres de là, on lutte pour la survie d'un homme.

— Tu pourrais me remplir trois verres de glaçons ? demande-t-il.

Je mets un instant pour me rendre compte que la question m'est adressée.

— Quels verres ? dis-je d'une voix rauque.

— À whisky, juste là, fait-il en désignant le bac à glace.

Je repère aussitôt les verres entreposés à côté.

Les mains tremblantes, je les plonge dans le bac et les fais glisser vers Connor.

Devant moi, une jeune femme avec une casquette de baseball vissée sur la tête s'accoude au bar.

— Excusez-moi, je peux avoir trois Goldenpour ?

Je jette un œil vers Connor, qui verse de la vodka sur les glaçons, dans les verres que je viens de lui donner. Avec son autre main, il agite un cocktail.

— La Goldenpour est épuisée, dit-il. Je vous suggère la Sip of Sunshine.

— D'accord, dit la femme en se tournant vers moi.

Je prends un verre de pinte et le place sous le robinet de Sip of Sunshine avant de tirer le manche. Inclinant le verre pour éviter un excès de mousse, je regarde le liquide couleur miel rouler sur le côté et dans le fond. Je hume les délicieux arômes de levure et l'eau me vient à la bouche. Il m'en suffirait d'une seule pour calmer mes mains tremblantes.

Mais la cliente attend. Je lui tends le verre et j'en remplis deux autres successivement.

— Merci, chérie, me lance Connor. Ça fera douze dollars, dit-il à la jeune femme.

Puis il m'explique :

— J'ai promis à tout le monde des bières à quatre dollars s'ils acceptaient d'être patients.

— Je peux avoir une Heady Topper ? demande quelqu'un d'autre. Et un verre de cabernet.

— La Heady est servie en cannette et le vin coûte six dollars, dit Connor.

Je récupère la bière dans le placard réfrigéré, puis je cherche les verres à pied. J'en prends un sur l'étagère et retire le bouchon en caoutchouc de la bouteille de cabernet. Il vient de Californie. Le parfum fruité de prune me monte aux narines tandis que je verse une dose généreuse.

Mon Dieu, ce que je ne ferais pas pour un verre de ce nectar. Mais avec détermination, je remets le bouchon en caoutchouc dans le goulot et je tends le verre. *Ce n'est pas juste !* proteste mon addiction. *Pourquoi ce type y a-t-il droit et pas moi ? Ça m'énerve !*

Parce que tu ne sais pas t'arrêter à un verre, me rappelé-je. De toute façon, rien dans ce monde n'est jamais juste. La justice, ça n'existe pas. Il n'y a que de la chance et de la malchance.

Et ce soir, je ne suis pas la plus malchanceuse dans ce bar. Je jette un coup d'œil vers la réserve. Personne n'en est encore ressorti.

Quand je me retourne, je découvre plusieurs autres clients qui attendent devant le bar.

— Eh, lance une femme. J'adorerais une Goldenpour quand vous aurez le temps.

— La Goldenpour est épuisée, dis-je en tendant la main vers un verre. Mais vous devriez essayer la Sip of Sunshine.

Je sers d'innombrables boissons. Elles se mélangent toutes dans ma tête. Je prends l'argent et je rends la monnaie en pilote automatique. Levant les yeux vers le client suivant, je découvre mon frère, Griffin.

— Qu'est-ce que tu fous ? me demande-t-il. Je t'ai cherchée partout. Tu sers de *l'alcool* ?

À l'entendre, on croirait que je suis en train de fabriquer une bombe artisanale ou de préparer de la méthamphétamine.

— Je suis là pour *aider*. Le barman d'Alec, il…

Je déglutis en revoyant l'aiguille et les lèvres bleues.

— Il y a eu une urgence.

En guise de preuve, les deux ambulanciers choisissent ce moment pour sortir de la réserve. Seuls. Ils emportent leur brancard et leur matériel, apparemment intacts. Je me plaque contre le bar pour les laisser passer derrière moi.

Est-ce que Smitty est *mort* ? À nouveau, je suis toute tremblante.

— Tu ne peux quand même pas servir à boire aux gens, insiste mon frère. C'est n'importe quoi.

— Oh, la ferme, d'accord ? répliqué-je avec virulence. Tu ne peux pas rester en dehors de ça pour une fois ?

Apparemment, non. Griffin se rue déjà vers la réserve.

— Alec !

Il passe sous le bar, prêt à aller le chercher. Mais au même instant, Alec apparaît dans l'embrasure de la porte.

— Quoi ?

— May ne peut pas être ta barmaid de remplacement. Tu ne peux tout de même pas lui demander de faire ça !

Le visage de mon frère est rouge de colère.

Alec ne semble pas se rendre compte que Griff est à deux doigts d'exploser.

— May, viens voir ici, s'il te plaît. Griffin, sens-toi libre de donner un coup de main.

Il disparaît sans attendre.

— C'est quoi ce bordel ? marmonne mon frère.

— Excusez-moi, je peux avoir une Sip of Sunshine ? demande un client.

— C'est quatre dollars, dis-je à mon frère maussade avant de m'éloigner.

Quand je jette un coup d'œil dans la réserve, il n'y a pas de cadavre. D'ailleurs, il n'y a personne. Comme la porte de service est ouverte, je sors à l'extérieur. Benito et Alec sont là, visiblement tendus. Smitty est assis sur une caisse en bois, adossé au bâtiment, les joues à peine plus colorées.

— Tu ne devrais pas être à l'hôpital ? m'exclamé-je.

— *Non*, répond Smitty en s'essuyant le front.

— Ils voulaient lui faire payer des milliers de dollars rien que pour le surveiller pendant la nuit, dit Alec.

— Quelle escroquerie, marmonne le barman.

— Il le sait parce que, apparemment, ce n'est *pas* la première fois, fait Alec, encore sous le choc, l'inquiétude dans le regard.

— Ce n'est pas si grave, proteste Smitty.

Mais Alec sait à quoi s'en tenir. Je ne l'ai jamais vu aussi furieux.

— Tu peux le répéter, mais ça ne change rien.

Smitty hausse les épaules.

— Je t'interdis formellement d'apporter de la drogue dans mon bar. Plus jamais.

— Il y a toujours ma voiture, répond Smitty. Je m'éclipserai.

Alec serre les poings comme s'il était sur le point de frapper l'homme dont il vient pourtant d'aider à sauver la vie.

— Tu pourrais faire semblant de t'en soucier pendant cinq minutes au moins ? Je veux que tu ailles mieux.

— Non, tu veux juste me juger. Je suis le même barman qu'hier. Tais-toi sinon je vais encore vomir. Tu ne veux pas perdre ton personnel.

Alec se tourne vers moi pour la première fois depuis que je suis arrivée. Il me fait signe et je le suis dans la réserve.

— Alors, lui dis-je. Tu vas bien ?

Il secoue la tête.

— Je ne savais pas qu'il en prenait, chuchote-t-il. Et il n'est pas prêt pour un traitement. Il veut que je fasse semblant que ce n'est pas grave. Je ne sais plus quoi faire, putain. Dis-moi comment je suis censé réagir à ça.

— Tu as le droit de ressentir n'importe quoi, chuchoté-je.

— Mais ce serait mal de le virer, non ?

Alec me sonde de ses grands yeux bruns.

— Je n'en reviens pas que mon employé se shoote au travail. C'est de la folie.

— Rien ne te demande de le tolérer. Pas de drogue au travail, c'est une règle assez simple. S'il est en retard ou s'il ne travaille pas, ce sont des raisons suffisantes pour virer quelqu'un.

Mon cerveau d'avocate est vraiment utile ce soir.

— Je *déteste* ça, siffle-t-il.

La colère sur ses traits me donne la nausée. J'ai déjà vu cette colère chez mes proches. Ils voulaient seulement que je me libère de ma dépendance.

— Alec, je ne sais pas quoi te dire. Moi aussi, ça me fait horreur. Je n'ai pas de vision magique sur l'esprit de tous les drogués.

Il lève les bras avec impuissance.

— Tu crois que c'est pour *ça* que je te le demande ?

— Évidemment, dis-je, le souffle court. Sinon pourquoi ?

Il a les yeux exorbités.

— Parce que je me fie à ton jugement.

Tu ne le ferais pas si tu me connaissais mieux.

— Comment ça va se terminer ? chuchote-t-il.

Tu vas me quitter pour quelqu'un comme Chelsea. Une créature douce, belle et qui n'est pas compliquée. Mais ce n'est pas ce qu'il me demande.

— Aucune idée. L'héroïne n'est pas mon domaine de compétence. Dieu merci.

— S'il n'est pas soigné, ça va se reproduire, n'est-ce pas ?

Oui.

— Je ne sais pas quoi te dire, Alec. Si tous les drogués étaient virés, il y aurait une pénurie nationale de main-d'œuvre.

Et voilà, mes mains tremblent à nouveau. Pour une fois, ce n'est pas mon mélodrame personnel, et pourtant je suis quand même impliquée.

C'est le moment que choisit mon frère pour passer la tête dans la réserve.

— Alec, ton bar a besoin de toi. Je dois ramener Audrey et May à la maison.

— May n'a pas besoin de chauffeur. Sa voiture est juste dehors, rétorque Alec.

Il me lance un regard impuissant et j'éprouve un élan d'amour envers lui. Le propriétaire de bar, si insouciant d'habitude, semble au point mort, en pleine tourmente.

— Allez, viens, May, dit vivement mon frère.

Il me parle comme si j'étais du bétail récalcitrant.

— Vas-y, toi, grommelé-je. Je vais aider Alec à faire le ménage après la veillée.

— Il est tard, proteste-t-il.

Son visage est plein de questions. Par exemple, pourquoi je suis si proche d'Alec et qu'est-ce qui se passe ici ce soir.

— Qu'attends-tu de moi ? demandé-je. C'est quoi, au juste, le problème ?

Debout entre Alec et moi, il ne semble pas comprendre pourquoi nous sommes ensemble dans une réserve obscure. Mais, Bon Dieu ! Ce ne sont pas ses affaires.

— Sois prudente en rentrant, dit-il enfin avant de se tourner pour partir.

— Tu peux y aller, tu sais, fait Alec un instant plus tard. Entretiens l'illusion qu'on ne se connaît pas très bien, tous les deux.

Pourtant, c'est la vérité, et c'est justement là tout le problème. Alec ne voit que May la bonne vivante. En réalité, je ressemble bien plus à Smitty qu'il ne le pense, et je ne veux pas qu'il découvre cet aspect de ma personne.

— Je peux t'aider à boucler la réception d'à côté. Je sais que tu passes une soirée difficile.

Quelqu'un ricane, à la porte de derrière toujours ouverte. C'est Smitty. Il s'est levé et se penche maintenant dans l'embrasure.

— Une soirée difficile ? Ou une nuit blanche ? Je parie qu'Alec ne t'a pas dit pourquoi tu es son dernier trophée en date.

— Mon *quoi* ?

Alec lui lance un regard plus tranchant que du verre taillé.

— Ne joue pas au con avec moi.

— Bien sûr, je n'ai le droit de rien dire parce que je ne suis qu'un sale junkie. Et toi, tu es monsieur le propriétaire d'une grosse entreprise. Mais n'est-ce pas toi qui as dit : Ce serait marrant si je me vengeais de Griff Shipley en couchant avec sa sœur ?

— Je n'ai *jamais* dit ça ! s'écrie Alec. Ce n'est pas comme ça que la conversation s'est déroulée.

— En tout cas, ça t'a bien fait marrer, reprend Smitty avec un sourire malicieux. Tu détestes les Shipley. Tout le monde le sait.

— Va te faire foutre ! Putain, mais c'est quoi, ton problème ? Rentre chez toi.

Pourtant, Alec ne conteste pas ce que son barman vient de dire. Et quand il se retourne pour me regarder, ça se voit sur son visage. Ils ont bel et bien eu cette conversation. Sous une forme ou une autre, en tout cas.

Et soudain, je ressens le besoin de m'éloigner de lui. Je passe devant Alec, écartant Smitty du chemin. Il empeste le vomi. C'est une odeur que je connais trop bien, datant de mes jours les plus sombres.

— May ! lance Alec. Tu ne dois pas écouter ses conneries.

Mais je ne m'arrête pas. J'ai eu un trop-plein de vérités pour la soirée. Heureusement, ma voiture n'est pas loin, sur ma place de parking secrète, de l'autre côté de la benne à ordures.

Soixante secondes plus tard, je prends la route, bouleversée au plus haut point. Parce qu'Alec n'a pas nié que Smitty et lui avaient eu cette discussion à mon sujet.

Les larmes obscurcissent ma vision et je les chasse en clignant rageusement des paupières. *Il ne s'agit que de sexe.* Je l'ai dit moi-même. Alors, pourquoi suis-je étonnée qu'Alec m'ait traitée comme une conquête parmi d'autres ?

La route sombre s'étend devant moi. Il neige un peu, si bien que les phares éclairent plus les flocons que la chaussée. Quand la bretelle de l'autoroute apparaît, je ne l'emprunte pas, optant pour les routes de traverse. J'ai besoin de réfléchir.

Mais ça me fait mal au cerveau. Tout ce qu'Alec a dit et fait ces deux derniers mois s'emmêle dans ma tête. Nous avons passé de bons moments. Il ne faisait pas semblant. J'en ai l'intime conviction.

Enfin, en suis-je vraiment certaine ? Daniela me trompait et je ne l'ai pas remarqué.

Alec a-t-il couché avec moi uniquement pour énerver mon frère ? Peut-être. Il semble tellement impatient de faire savoir au monde entier que nous sommes ensemble.

Ça me dégoûte. Mais je sais pertinemment que Zara a été blessée par Griff et que ça n'a pas plu à Alec. Zut. Toute la ville était au courant. Je comprends son intérêt à régler leurs comptes.

De ce point de vue, tout ce qui s'est passé entre Alec et moi semble un peu différent. La façon dont il s'est proposé avec tant d'enthousiasme pour m'accompagner à la fac de droit. Et après, quand il a continué à me suivre en me couvrant d'attentions.

Je n'ai jamais été la fille cool et amusante qu'il me donnait l'impression d'être. C'est une évidence.

Pourtant, parfois, il me regarde... comme s'il avait hâte de m'embrasser à nouveau. Est-ce réel ou bidon ?

De toute manière, quelle importance ? Nous ne sommes pas censés être en couple. Alors, pourquoi suis-je si triste en ce moment ?

Je négocie chaque virage de la route avec soin. Et il me vient à l'esprit que je pourrais acheter une bouteille de vin, quelque part sur le chemin du retour. Personne n'en saurait rien. Ce soir, quelqu'un a failli mourir sous mes yeux et j'ai découvert que le garçon que j'aime un peu trop n'est vraisemblablement avec moi que pour emmerder mon frère.

Ça mérite bien un verre, non ?

Les hommes sont pitoyables. J'aimerais appeler Lark et lui raconter tout cela. Mais elle n'est pas d'accord sur ce point, et d'ailleurs, elle est probablement en train de faire l'amour avec le sien en ce moment même.

Si je ne peux pas avoir Lark, alors je veux un verre. On en revient toujours à cela. Un verre, ce serait un tel soulagement en ce moment. Ça ne paraît presque rien, vraiment. Pourquoi en serais-je privée ?

La route est obscure et déserte. Il n'y a pas de magasins sur ce tronçon, et rien qui soit ouvert à vingt-deux heures un dimanche soir. Pas même une station-service.

La ligne de démarcation entre ma sobriété et ma rechute pourrait se résumer à cela : difficile de retomber dans son addiction en pleine commune rurale.

Mon téléphone vibre dans la poche de ma veste.

Alec, certainement. Il me dira de ne pas écouter Smitty. Il me dira qu'il aurait couché avec moi de toute façon, même s'il ne voulait pas se venger de mon frère. Peut-être même est-ce la vérité.

Seulement, je ne le croirai plus jamais vraiment.

Tu détestes les Shipley. Tout le monde le sait.

Le téléphone continue à se manifester au fond de ma poche. J'en ai encore pour une vingtaine de minutes sur cette route. Je roule à soixante-cinq kilomètres-heure, car il neige et que je ne vois pas très bien au-delà des phares.

Le suspense me tue. Est-ce ainsi que notre histoire s'achève ? Parce qu'un barman en colère et en manque décide de cracher son venin partout autour de lui ?

Je mets la main dans ma poche et sors le téléphone. Bien sûr, il y a une rafale de textos de « Selena ».

Il m'en veut et il raconte des conneries.

Il a dit un jour que je devrais coucher avec toi pour énerver Griff. J'en ai peut-être ri.

Je ne m'en souviens même pas. Mais ce n'est pas ce qui s'est passé.

Tu ne veux pas l'entendre, pourtant c'est vrai…

Les trois prochains mots me coupent le souffle.

Je t'aime.

Je fixe ce message un peu trop longtemps. Quand je lève à nouveau les yeux vers la route, il est trop tard pour réagir à la biche qui se trouve dans ma voie. Et comme je tiens mon téléphone, je n'ai qu'une seule main sur le volant.

L'embardée est ma seule option. Malgré mes pneus cloutés, je dérape sur la fine couche de neige fraîchement tombée. La biche n'est pas touchée.

Mais un tronc d'arbre se précipite sur moi dans la lumière de mes phares.

Mon cri résonne dans la voiture avant le crissement retentissant et le bruit de verre brisé.

CHAPITRE VINGT-TROIS

Alec

Je ne me couche pas avant trois heures du matin. Ensuite, je reste allongé, immobile, à penser à May.

Elle n'a jamais répondu à mes textos. Elle doit être furieuse contre moi. Et je ne sais pas si elle me pardonnera, ni si elle ressentira un jour pour moi ce que je ressens pour elle.

Étendu dans le noir, je me sens perdu dans un lit trop grand sans elle. Je ne suis pas coupable d'avoir couché avec elle pour me venger de Griff. La blague de Smitty, avant notre soirée à la fac de droit, m'a certainement fait rire. Mais à partir du moment où May et moi avons commencé à sortir ensemble, je n'ai plus jamais pensé à son abruti de frère.

Et pourtant, je suis toujours coupable de tant de choses. J'ai ri à la blague de Smitty. Et je n'ai jamais remarqué la spirale infernale dans laquelle il était entraîné. Même Zara a remarqué son comportement bizarre, le soir où elle m'a remplacé. *Smitty n'arrête pas de disparaître pendant les pauses*, m'a-t-elle dit par texto. *À quoi il joue ?*

Bonne question. J'ai toujours cru qu'il s'éclipsait derrière pour fumer une clope. Mais à bien y penser, je ne l'ai jamais vu avec une cigarette. Je pensais sans doute qu'il était au téléphone.

Je ne m'intéressais pas suffisamment à lui pour le remarquer.

Si May était là en ce moment, je me blottirais contre elle, je la serrerais dans mes bras pendant son sommeil et j'écouterais le doux bruit de sa respiration. Peut-être alors pourrais-je avoir un peu de paix. Mais elle n'est pas là, parce qu'elle a compris à quoi s'en tenir.

Ce n'est pas parce que je suis enfin prêt à tomber amoureux d'une fille qu'elle doit être assez bête pour tomber amoureuse de moi en retour.

Mon réveil se déclenche à dix heures du matin. Croyez-moi, si vous êtes gérant d'un bar, et surtout si vous avez fait le ménage après une longue veillée jusqu'à trois heures du matin, dix heures, c'est l'équivalent de l'aube.

Dans la vingtaine, mon mantra était : *Je dormirai quand je serai mort*. À trente-deux ans, ce n'est plus aussi drôle. Je me sens à moitié mort en ce moment même.

Mais c'est peut-être seulement le chagrin qui parle.

Quand le camion de livraison de bière se présente, j'ouvre la porte du local de stockage pour que Kevin puisse apporter les fûts.

— Nous vous avons apporté un Long Trail supplémentaire, dans le doute, puisque vous n'avez pas répondu à l'e-mail de Chelsea.

— Chelsea m'a envoyé un e-mail ?

J'ai été trop occupé avec la veillée funèbre et l'accident de Smitty pour ouvrir ma boîte de réception.

Kevin a l'air gêné.

— Vous n'aurez pas de Goldenpour cette semaine.

— Attendez. Quoi ? Je n'en ai pas reçu la semaine dernière.

— C'est bien ça. Pas de fûts pour le *Gin Mill*. Alors, je vous ai apporté un Long Trail parce que vous ne nous avez pas dit ce que vous vouliez à la place.

— Où est Chelsea ? demandé-je en jetant un coup d'œil à la ronde.

Elle est toujours là pendant ma livraison de bière. Sauf que la veille au soir…

Oh, non !

— Elle est dans le camion, dit Kevin.

Merde de merde de merde. Je passe devant le livreur sans un mot de plus et je me dirige tout droit vers le camion. En effet, Chelsea est assise à l'intérieur, concentrée sur son téléphone. Je lève la main et ouvre la portière.

— Je peux te dire un mot, s'il te plaît ?

Elle me jette un regard méfiant, puis elle descend d'un bond.

— Besoin de quelque chose ? demande-t-elle.

— Écoute.

Je prends le temps de la regarder. Elle porte une parka rose vif et un jean moulant. Elle a l'air d'avoir douze ans et je ne sais pas pourquoi je n'ai pas remarqué plus tôt le gouffre béant que représente notre différence d'âge.

— Je sais que je n'ai pas été très dispo ces derniers temps, commencé-je.

Chelsea renifle avec dédain.

— Tu m'as snobée. Alors, tu vas devoir faire mieux que ça. Assume que tu craques pour la sœur Shipley. Vas-y, dis-le. Ne sois pas un connard.

Elle a beau être jeune, elle est plus perspicace que moi.

— Eh bien, avec May c'est un peu différent.

En disant cela, je me rends compte que ce n'est pas seulement une excuse. May m'a surpris et je ne m'y attendais pas vraiment.

— C'est bon, fait-elle. Tu tiens à quelqu'un, pour une fois, et ça t'a mis dans tous tes états.

— Attends un peu.

C'est presque de la diffamation.

— Je tiens à un tas de gens, en permanence.

Je ne prends pas mon pied en les jetant comme de vieilles chaussettes. Ce n'est clairement pas mon genre.

— Excuse-moi de ne pas avoir été plus franc avec toi, mais je n'ai pas réalisé mes sentiments avant qu'ils ne me sautent aux yeux.

— Bon, toutes mes félicitations. Alors, pourquoi avons-nous cette conversation gênante ?

J'ai failli oublier.

— Parce qu'il ne faut pas mélanger vie privée et vie professionnelle. Je n'aurais pas dû t'éviter. Ce n'était pas cool. Mais tu n'as pas à me couper les vivres non plus.

Chelsea cligne des yeux, interdite.

— Waouh, je vois. D'accord, j'ai été vexée que tu ne sois plus intéressé, mais tu crois que j'ai coupé ta réserve de bière parce que tu m'as jetée de ton lit ?

— Tu sais, j'ai sept employés. Ils dépendent aussi du *Gin Mill*. Il n'y a pas que moi.

Chelsea recule d'un pas.

— Belle plaidoirie, enfoiré. Mais ce n'est pas ma faute si tu n'as plus de Goldenpour.

— Vraiment ?

— Loin de là. Ce sont eux qui te la refusent.

— Qui ça ?

— Giltmaker. La brasserie.

— Pourquoi ? Parce que je leur ai mal parlé hier soir ? Ont-ils arrêté de fournir les autres aussi ?

Lentement, Chelsea secoue la tête.

— Uniquement toi. Et je ne sais pas ce que tu as fait hier soir, mais l'ordre est tombé il y a une semaine.

Putain !

— As-tu la moindre idée du pourquoi ?

— Aucune. C'est une demande vraiment inhabituelle. Tu ferais mieux de leur demander des explications.

J'essaie de comprendre. Et malheureusement, j'ai une théorie. Ce n'est pas joli. Cela implique mon oncle Otto, ce vieux bouc. J'inspire profondément pour essayer d'atténuer la colère dans ma poitrine.

Peine perdue.

Chelsea darde toujours sur moi ses beaux yeux bleus.

— J'espère que tu trouveras la solution, Alec. Je t'ai toujours apprécié. Un peu trop, peut-être.

Et merde.

— Moi aussi, tu sais. Je t'apprécie toujours. Tu mérites des claquements de doigts et un petit déhanché.

— Oh, je t'en prie, fait-elle en levant les yeux au ciel. Bon, essaie de comprendre ce que tu as fait pour énerver Giltmaker. Bonne chance.

— Merci. Et, euh, je suis encore désolé pour…

Elle agite la main dans un geste évasif.

— Je suis une grande fille, Alec.

Sur ce, elle remonte dans le camion sans un mot de plus.

Pfff ! Si ce n'est pas une belle journée de merde qui commence… Et il n'est que dix heures et demie. Je vais demander des comptes à Otto. Mais pas avant d'avoir pris une tasse de café et mangé quelque chose. D'un pas traînant, je traverse le parking jusqu'au *Busy Bean*. Je n'ai pas mon portefeuille, mais c'est vendredi, le matin d'Audrey. Elle m'accorde toujours une petite ardoise.

Oh, non. Ma sœur est derrière le comptoir, la mine fermée. Peut-être est-ce un trait de famille.

— Salut, Z. Je peux avoir un grand café et ce qui sent si bon dans ta cuisine ?

— C'est le bretzel. Avec du fromage fouetté et du saumon, ou nature ?

— La totale.

Zara me verse mon café.

— Roddy ! lance-t-elle par-dessus son épaule. Tu pourrais faire un bretzel pour Alec ?

— À vos ordres, chef !

Zara sourit.

— J'adore ce type.

— Un vrai lèche-bottes, oui !

Je porte immédiatement la tasse à mes lèvres pour une bonne gorgée.

— Où est ton acolyte aujourd'hui ?

Je dois encore annoncer à Zara que j'ai oublié mon portefeuille à l'étage. Je ne dirai pas un mot avant d'avoir mis la main sur ce bretzel.

Zara plisse les yeux.

— À l'hôpital de Montpelier. D'ailleurs, je suis étonnée que tu n'y sois pas, toi aussi.

— Quoi ?

Je n'y comprends rien.

— Est-ce qu'Audrey va bien ?

— Oui, répond Zara avec circonspection. Il paraît même que tout le monde va bien.

— Alors, rien de grave ?

Il me manque encore quelques données, visiblement.

Ma sœur me lance un coup d'œil étrange.

— Alec, c'est May qui a passé la nuit à l'hôpital. Elle a bousillé sa voiture hier soir en rentrant chez elle dans la neige.

— Quoi ?

Je suis vaguement conscient du bruit de ma tasse qui heurte le comptoir un peu trop fort. Et de la brûlure du café qui éclabousse ma main.

Zara s'empare d'une pile de serviettes et les applique sur ma peau, puis elle récupère la tasse.

— Je suis vraiment désolée, dit-elle rapidement. Je pensais que tu étais déjà au courant.

— Comment voudrais-tu que je le sache ? m'écrié-je. Elle a eu un accident de voiture ?

— Il y avait une biche. Elle a donné un coup de volant et elle a heurté un arbre.

Putain de merde.

Putain de merde !

Je me retourne et détale vers la porte.

— Alec ! lance ma sœur. Tu ne devrais pas y aller… Oh, et puis zut.

C'est tout ce que j'entends en sortant du café, pressant le pas en direction de mon pick-up. Mais je n'ai pas la clé. Ni mon permis de conduire. Je dois remonter en trombe à l'appartement. Quand j'ouvre la porte à la volée, j'ai complètement oublié ce satané chat. Nous nous retrouvons l'un en face de l'autre lorsque je déboule dans la chambre.

Assis par terre, il me souffle dessus. Et quand je vois avec quoi il joue, je deviens fou.

Mon pull. Dans sa gueule diabolique, il a le pull que May m'a tricoté tout spécialement.

— Petit con ! crié-je en le ramassant.

Bukowski lâche le pull pour lever la patte, m'éraflant le dos de la main.

— Tu me le paieras ! Attends que je revienne.

Je fourre le pull sous mon bras, trop énervé pour penser à le ranger bien à l'abri. Le col s'effiloche. Il a bousillé mon cadeau. Je ne suis pas superstitieux, mais je me sens mal en voyant les dégâts.

C'est la première fois de toute ma vie que j'ai envie de pleurer pour un vêtement.

Bien sûr, je me retiens. Je saisis mes clés et mon portefeuille avant de repartir aussi vite.

CHAPITRE VINGT-QUATRE

May

— Tu devrais boire un peu d'eau, suggère ma mère en me tendant le verre de l'hôpital avec une paille. Peut-être que l'ibuprofène fera effet plus rapidement.

J'obéis, choisissant l'option de la moindre résistance.

Si je trouvais ma famille intrusive jusqu'à présent, ce n'était rien en comparaison avec la frénésie qui semble s'être emparée d'eux. Note à moi-même : *Si tu ne veux pas attirer l'attention, évite de t'encastrer contre un tronc.*

On dirait presque une veillée mortuaire. Ma mère, ma sœur – qui est rentrée de la fac pour les vacances de Noël –, mes frères, mon grand-père et Audrey sont tous entassés dans cette chambre d'hôpital avec moi. Sans aucune raison. D'ailleurs, nous attendons qu'un médecin vienne signer mon autorisation de sortie.

— Vous pouvez rentrer chez vous, leur dis-je. Il n'y a plus rien à voir ici.

— Je veux entendre ce que le médecin dira à propos de ta main, répond Griffin.

Il veut bien faire, me rappelé-je. J'aime ma famille. Seulement, parfois, j'ai envie de les frapper, juste un peu.

La porte s'ouvre et nous tournons la tête comme un seul homme.

Pitié, faites que ce soit le médecin, prié-je intérieurement. J'ai envie de rentrer chez moi.

— Oh, mon Dieu ! s'exclame Lark. Ma chérie !

Et merde.

— Ça va, ça va. Mais j'espère que la coiffeuse-maquilleuse que tu as trouvée pour ton mariage est une superstar. Sinon le photographe a intérêt à être doué avec Photoshop.

J'ai des hématomes terrifiants au visage, causés par l'airbag de ma voiture. Quand ma mère est arrivée à quatre heures du matin, j'ai tenté une blague :

— Tu devrais voir la tronche de mes adversaires !

Mais quand elle a vu mon visage, elle a éclaté en sanglots. Je me suis sentie mal. C'est un sentiment récurrent, en ce moment.

— Que s'est-il passé ? demande Lark en contournant le lit vers le seul endroit libre.

— Une biche sur la route, expliqué-je, omettant d'évoquer le téléphone que j'avais à la main.

Le plus humiliant, c'est que la police a demandé un test d'alcoolémie. Naturellement, il s'est avéré négatif. Mais j'étais quand même mortifiée. J'ai pris le volant alors que je n'aurais pas dû, un jour, et la honte ne disparaît jamais. Même sans alcool dans le sang, j'y pense tout le temps.

Ma famille soupçonnait le pire, elle aussi. Au petit matin, quand Griffin et Audrey sont arrivés avec ma mère, il m'a demandé très gentiment si l'accident avait été causé par un état d'ébriété.

— Non. Juste par connerie, lui ai-je assuré. Mais merci d'avoir douté de moi.

Aussitôt, je m'en suis voulu. Il avait quitté son lit à trois heures et demie du matin, avec sa femme enceinte, parce que je lisais des textos en conduisant.

J'en ai tellement marre de ma vie mélodramatique. Mais l'étreinte timide de Lark me fait quand même du bien.

— Où as-tu mal ? demande-t-elle. En dehors de ton visage.

— Oh, à mes côtes. Mon cou. Un peu partout, en fait. Et puis, il y a ça.

Je retire ma main droite de sous le drap et je lui montre le plâtre à mon poignet. Quand la voiture s'est écrasée, ma main a cogné le tableau de bord et je me suis fêlé un métacarpien. J'ai la radiographie pour le prouver.

— Oh, non ! Il n'est pas cassé, j'espère ?

— Fêlé, dit mon grand-père. J'ai eu la même chose, une fois, quand une vache m'a piétiné. C'était ma faute si je me mettais en travers de son chemin.

— Fêlé et cassé, c'est un peu la même chose, non ? demande ma petite sœur.

Daphné a l'art de toujours souligner le pire dans chaque situation.

On ne s'entend pas très bien.

— Ça risque de freiner tes projets de tricot pour Noël, dit Lark en embrassant le bout de mes doigts, qui dépassent du plâtre.

Je souris pour la première fois de la matinée, car c'est la seule à faire de l'humour au lieu de me regarder comme si j'étais en phase terminale.

— Waouh ! lance une voix masculine.

Huit têtes pivotent à nouveau vers la porte. Cette fois, c'est notre ami Jude.

— Salut, Bourriquet, lui dis-je.

— Alors, Winnie l'Ourson ? J'ai entendu dire que tu t'étais cassé une patte !

Un sourire taquin lui fend le visage.

— Je peux te raccompagner chez toi, te dorloter et de donner de la soupe à la petite cuillère toutes les deux heures, si tu veux.

Tout le monde rit, sauf moi. Ce serait trop douloureux à cause de mes côtes. Quand Jude s'est cassé le bras il y a deux ans, je me suis bien occupée de lui sur le canapé familial.

J'ai beaucoup de personnes épatantes dans ma vie. Je jure que je les apprécierais toutes un peu plus si seulement je pouvais sortir de cette chambre, quitter cette blouse d'hôpital et rentrer chez moi.

Dans le couloir, j'entends des pas qui dérapent. Puis quelque chose entre en collision avec le cadre de la porte.

— Merde. *Aïe.*

Mon cœur s'emballe lorsque le visage d'Alec passe dans l'embrasure. Quand il me voit — et mes bleus impressionnants —, ses yeux deviennent rouges. Il lâche une sorte de gémissement, presque un cri de stupeur, et plaque la main sur sa bouche.

Le moment risque de devenir très gênant et je n'ai personne d'autre à accuser que moi-même.

— Je suis *vraiment* désolé, fait-il d'une voix éraillée.

Son regard est fixé sur moi. Il entre dans la pièce comme s'il n'y avait personne d'autre.

— C'est le gérant de ce foutu *speakeasy*, s'exclame mon grand-père. C'est la nouvelle mode, en ville, cet endroit-là.

Alec ne l'entend même pas.

— Je savais que tu conduisais et j'ai quand même envoyé ces messages. Je voulais avoir le dernier mot.

— Attends, commence Griffin. C'est *Selena* qui lui a envoyé des textos…

— Tu as *lu* mes messages ? m'écrié-je.

— C'est parti, marmonne Audrey.

— Selena est un mec ! couine Daphné. Je rêve !

Griffin est atterré.

— Oh, nooon. Selena n'est même pas réelle ?

— Évidemment, lui souffle Audrey.

Alec n'entend rien de tout cela. Il prend ma main valide sur la couverture et pousse un autre soupir abattu.

— Je suis *vraiment* désolé. J'ai tout fait de travers. Absolument tout.

— Mais non, pas du tout, tenté-je de dire.

Pourtant, j'ai la gorge nouée. Et le visage d'Alec est empreint de remords. Il s'assied au bord du lit. Son autre main s'attarde devant mon visage, mais il ne sait pas où me toucher. Décidément, je dois avoir l'air à l'article de la mort.

Enfin, des larmes perlent au coin de ses yeux.

— Bon, et si on leur laissait un peu d'espace ? suggère Audrey.

— Bonne idée, convient ma mère.

— Hors de question, grogne Griff. S'il n'y a pas de Selena, ça signifie qu'Alec est… ?

Il gémit.

— Oh non, ça craint.

Audrey l'entraîne vers la porte.

— Tu te plaindras dans le couloir.

Tout le monde s'en va, sauf Alec qui reste à mon chevet, les yeux humides.

— Je te présente toutes mes excuses, dit-il dans un murmure rauque. Tu étais en colère et je n'ai pas bien géré la situation. Je n'aurais jamais dû envoyer ces messages.

— Oui, eh bien… Ce n'est pas illégal d'*envoyer* un texto à quelqu'un qui conduit. Personne ne m'a obligée à les lire. Et je suis désolée d'être partie en trombe.

— Écoute, dit-il en s'essuyant les yeux. À propos de ce que Smitty a dit… Ce n'est absolument pas vrai. Je ne suis pas sorti avec toi pour rendre Griffin jaloux. Ce n'est qu'un mensonge.

Je plonge le regard dans ses grands yeux bruns et je vois bien qu'il est sincère. C'est moi, la menteuse dans cette chambre, pas lui.

— Je comprends. Il m'a fait douter de toi seulement une minute. Parce que nous sommes un couple tellement bizarre.

— Je sais, fait-il en déposant un baiser sur ma main valide. Très bizarre. Mais je m'en fiche. Tu t'es fait une place dans ma vie et ça m'a fait peur.

Cela devrait me réjouir, mais je suis refroidie intérieurement, car je sais combien il serait facile pour moi de tout foutre en l'air.

— Tu ne fais pas partie de mon plan de vie, tu sais. Je ne suis pas censée finir avec un mec, encore moins avec un gérant de bar.

Il secoue la tête.

— Tu dis ça, mais nous sommes rarement au bar, tous les deux. Alors, explique-moi encore une fois, d'accord ? Je ne suis pas très intelligent, tu dois y aller doucement. Fais-moi comprendre pourquoi je devrais trouver un autre travail pour pouvoir être avec toi.

Cette idée m'épouvante.

— Ce n'est pas ce que je te demande.

— Je n'ai pas dit ça, mais j'ai besoin de comprendre. Je veux dire… Tu n'es pas obligée de venir dans mon bar, tout comme je ne te rends jamais visite à ton cabinet juridique. Si j'avais une allergie aux dossiers, mettons, tu les laisserais au bureau, n'est-ce pas ?

— L'alcoolisme n'est pas une allergie.

— Je le sais bien. C'est une *métaphore.*

Il m'adresse un sourire hésitant et l'amour dans son regard me fait mal au cœur.

— Je ne parle jamais de mon problème d'alcool avec toi.

— Peut-être que tu devrais, dit-il simplement.

— Je ne *veux* pas.

Rien que d'y penser, j'en suis toute retournée.

— Avec toi, j'aime faire comme si je n'étais pas du tout comme Smitty. Mais je lui ressemble beaucoup. Tu ne le vois pas, c'est tout.

Son sourire s'efface, comme je m'y attendais.

— Non, tu n'es pas comme lui.

— Pas en ce moment, concédé-je. Je m'en sors bien. Mais que se passerait-il si tu rentrais du travail un soir et que j'étais ivre morte sur le canapé ? Si tu me disais que j'ai besoin d'aide et que je ne veuille pas t'écouter ?

Sa bouche s'ouvre puis se referme.

— Je ne sais pas ce que je ferais. Mais ça ne veut pas dire que je ne pourrais pas le comprendre. Ni que je n'ai pas envie de le faire. Je n'ai pas une réputation de gars sérieux, May. Mais je le suis quand il s'agit de t'aimer.

Tu dis ça maintenant…

Je m'éclaircis la voix.

— Je sais que tu es sincère. Mais je n'ai pas été très honnête avec toi. Je buvais pour me sentir engourdie. C'est fini, maintenant, mais j'en ai toujours envie. Tous les jours.

Il tressaille et ça me fait mal de le voir. Mais il est temps qu'il sache la vérité.

— Il y a un an, je me suis lancée dans une relation avec Daniela parce que je voulais prouver que j'étais capable de continuer ma vie…

— Mais je ne suis *pas* Daniela, dit Alec en me caressant la main.

— Non, c'est vrai. Or moi, je suis toujours moi. Et cette personne a des choses à régler. Toute seule.

— Tu dis ça, mais le choix n'appartient pas qu'à toi.

— Si, je crois.

— Non, insiste-t-il, la mine grave. Je t'aime. Et si tu ne ressens pas la même chose, alors dis-le-moi.

— Je…

Il n'y a rien de plus terrifiant que d'entendre « je t'aime » dans la bouche d'Alec. Il n'a aucune idée de ce qu'il dit.

— Je ne peux aimer personne en ce moment.

Voilà, c'est la fin.

Il baisse le menton. J'attends qu'il proteste ou qu'il parte. Mais il ne fait rien de cela. Il me donne un dernier baiser sur la main.

Enfin, le médecin arrive.

— Bonjour, Mademoiselle Shipley ! Il paraît que vous avez hâte de rentrer chez vous.

Il me faut une seconde pour me décoincer la gorge et répondre :

— Exactement. Si vous pouviez me faire sortir, je vous en serais reconnaissante.

Alec se lève. Il pose la main sur mes cheveux, l'espace de deux battements de cœur.

— On parlera plus tard, tous les deux, me dit-il avant de quitter la chambre.

CHAPITRE VINGT-CINQ

Alec

Je me sens brisé en sortant de la chambre d'hôpital de May. Mais je n'ai même pas un instant pour essayer de me remonter le moral, car Griffin m'attend de pied ferme, le regard fixe.

— Laisse tomber, dis-je avec un soupir. Je sais que tu as horreur de ça. C'est ta sœur.

Bla, bla, bla. Je suis tellement épuisé que j'ai du mal à parler.

— Vous n'avez rien en commun.

— Nous avons des tas de choses en commun.

C'est la pure vérité. Nous sommes tous les deux l'enfant oublié du milieu, avec des frères et sœurs plus âgés trop intrusifs et des plus jeunes qui accaparent toute l'attention.

Sans compter que nos deux familles nous sous-estiment.

Griffin se renfrogne.

— C'est pitoyable d'avoir fait des cachotteries.

C'est un bien meilleur argument, à l'exception d'un détail.

— Ça n'a jamais été mon idée de faire les choses en douce. Demande à May lequel de nous deux faisait des cachotteries.

— Mais ça te paraît juste ? demande-t-il en haussant les sourcils. Elle est jeune et elle a enduré beaucoup d'épreuves.

— Deux choses, dis-je, marchant lentement à reculons dans le couloir.

Ça suffit, la dissimulation.

— Elle en a assez que vous la traitiez tous comme si elle était en cristal. Si vous lui lâchiez la grappe, elle vous dirait peut-être ce qu'elle a sur le cœur. De toute façon, elle ne veut pas de moi. Alors, on dirait que ton souhait est finalement exaucé. Je ne suis plus dans le tableau.

Sur ce, je tourne le dos à Griffin Shipley.

Quand je franchis les portes de l'hôpital, Audrey se tient là, au soleil. Elle me sourit comme si nous nous croisions au supermarché ou dans un cadre plus joyeux.

— Tu peux me déposer au café ?

— Bien sûr.

Je ne suis pas d'humeur à avoir de la compagnie, mais quand une femme enceinte a besoin d'un chauffeur, il n'y a pas d'excuses qui tiennent. Je déverrouille mon pick-up, puis je lui ouvre la portière du côté passager. Elle ne me repousse pas quand je l'aide à monter.

— C'est pour bientôt ? demandé-je en m'installant au volant.

Depuis la grossesse de Zara, j'ai plus de compassion pour les femmes enceintes.

— Deux mois et demi. Je ne pourrai même plus monter dans un pick-up d'ici là.

— Il y a toujours la benne, souligné-je.

Elle me tape sur le bras et je lui réponds avec un sourire avant de démarrer le moteur.

Audrey met de la musique à la radio et je me détends. Avec un peu de chance, elle ne va pas me cuisiner au sujet de May.

Malheureusement, le répit est de courte durée. Au premier feu rouge, elle me dit :

— Si May croit être discrète, elle devrait éviter de se garer juste à côté des poubelles de la boulangerie. Je ne vais plus très souvent au travail en fin de journée, mais j'ai déjà vu sa voiture plusieurs fois là-bas.

— Oh.

Oups.

— Tu prendras soin d'elle, n'est-ce pas ?

— Si elle m'y autorise. Rien n'est moins sûr.

— Oh, elle est folle de toi.

— Je ne sais pas.

J'essaie de garder mon optimisme, mais May ne me facilite pas la tâche.

— Pfff, fait Audrey, balayant mes doutes d'un revers de la main. Chaque fois qu'elle sort pour voir « Selena », ajoute-t-elle en esquissant des guillemets dans les airs, elle chantonne. Cette fille a une vie sexuelle épanouie ou je ne m'y connais pas.

Je ricane.

— Merci pour ce commentaire cinq étoiles. Mais pour moi, il ne s'agit pas que de sexe. Il faut croire que nous ne sommes pas sur la même longueur d'onde.

On peut faire chantonner une fille sans pour autant avoir conquis son cœur.

— Je lui ai dit que je l'aiderais à tourner la page, qu'on s'amuserait bien ensemble. Mais ensuite, j'ai essayé de changer les règles du jeu.

— Ah, fait Audrey avant de garder le silence un moment. Alors, tu as vraiment tout fait foirer, c'est ça ?

— Tu crois ? Ça ne peut pas être une erreur de dire à quelqu'un qu'on l'aime, si ?

— À combien de femmes as-tu déjà dit « je t'aime » ?

Le calcul est vite fait.

— Une seule.

— Est-ce que May le sait ?

— Sans doute.

— Tu en es sûr ?

— Euh, non. Mais tout le monde sait que je suis allergique à l'engagement. Que je l'*étais*, du moins.

— Hmm.

Audrey se frotte le ventre.

— As-tu essayé de lui expliquer pourquoi elle est différente à tes yeux ? As-tu pris le temps de lui exposer tous les points sur lesquels tu as changé ? Ou lui as-tu lancé cette nouvelle à la figure comme une grenade ?

— Euh…

Je réfléchis aux douze dernières heures et je me rends compte que j'ai commis plus d'erreurs que je ne le pensais. *Merde.*

— En quelque sorte. Je lui ai envoyé un texto pour lui dire « je t'aime » pendant qu'elle conduisait dans la neige. Et puis, elle a percuté un arbre. On venait de se disputer, à ce moment-là.

— Peut mieux faire, répond Audrey avec un soupir. Écoute. C'était une erreur de débutant. Mais tu sais que ce n'est pas fini, n'est-ce pas ? La dernière personne qui a prétendu aimer May lui a demandé de venir vivre avec elle pour la tromper ensuite. Elle ne fait que se protéger. Depuis combien de temps est-ce que vous vous voyez, tous les deux ? Six semaines ?

Je laisse échapper un grognement alors que le pick-up roule vers Colebury.

— C'est ça, dit Audrey en soupirant. Je comprends que cette relation soit importante pour toi. Quand on aime quelqu'un, on veut qu'il le sache tout de suite. Mais parfois, les révélations n'ont pas lieu au même rythme. Ce n'est pas parce que tu as soudain réalisé que les licornes et les lutins existent que May en est au même point.

— Les lutins ?

Je ris pour oublier mon envie de pleurer.

— C'est une image, rétorque-t-elle en me donnant un petit coup de poing sur le bras. J'essaie de te faire comprendre quelque chose.

— Et tu y arrives très bien. *Six semaines.* Il y a des bières vieillies en fût qui demandent plus de temps. Je suis vraiment un imbécile.

— Mais non, tu es juste un débutant. Un puceau de l'amour.

Audrey trouve son image tellement hilarante qu'elle glousse sur le siège passager.

— Alors, que dois-je faire ? demandé-je une fois qu'elle a retrouvé son sérieux.

— Patience et calme. Sois présent pour elle, d'accord ? Elle est en convalescence pendant quelques semaines, le temps qu'ils décident si sa main a besoin d'une opération. Elle ne peut pas conduire, je parie. Ça va lui taper sur les nerfs. Je peux te donner quelques conseils ?

— Avec joie.

— Elle a un faible pour la réglisse. Et la culture pop. Et… ajoute-t-elle d'un air pensif. May a les deux pieds sur terre. Ce n'est pas le genre de fille à courir après le luxe, mais ça ne veut pas dire qu'elle n'apprécierait pas de petites attentions. Personne ne lui offre jamais de fleurs. Je suis sûre que Daniela ne l'a jamais fait, en tout cas.

— Tu es pleine de sagesse, Audrey Shipley.

Je m'arrête sur le parking du *Busy Bean* et du *Gin Mill*.

Elle sourit, et une fois de plus, je me demande comment elle s'entend si bien avec Griff. Cet homme est un nuage orageux, et elle, un vrai rayon de soleil.

— À plus tard, Roméo.

— Non, je viens prendre le petit déj.

Je sors de mon pick-up et contourne le capot pour aider Audrey à descendre.

Le pull bordeaux me nargue depuis la banquette arrière. Encore une chose à réparer dans ma vie compliquée.

Nous entrons ensemble au *Busy Bean*. Audrey salue Zara, puis disparaît dans l'arrière-boutique pour se laver les mains.

J'attends qu'un client soit servi avant moi. En comparaison avec la panique provoquée par l'accident de voiture de May, les autres problèmes de ma vie semblent moins importants maintenant. Mais comme je ne peux pas être avec elle en ce moment même, autant m'atteler à tout ce que je dois régler.

À la caisse, je salue ma sœur et je prends un autre café. Zara m'apporte ce bretzel que je n'ai pas eu l'occasion de manger. Je le déguste sur place pendant qu'elle m'interroge sur l'état de santé de May. Je lui explique qu'elle est amochée, mais qu'elle va bien.

— C'est un soulagement, dit-elle avant de me montrer les miettes que je laisse sur son comptoir.

Je les fais glisser dans ma paume.

— Tu ne vas pas me cuisiner sur cette relation ?

— Non, dit-elle en remplissant à nouveau mon gobelet. Je laisse ça à Griffin.

— Les Rossi ne finissent pas avec les Shipley, de toute façon, lui rappelé-je. C'est ce que je t'ai dit, un jour, je crois. Il va vite comprendre qu'il n'a rien à craindre.

— Je ne sais pas.

Ma sœur a l'air pensive.

— Griff et moi, nous n'étions pas bien assortis. J'aimais l'idée de sa personne plus que je n'étais amoureuse de lui. Mais là, ce n'est pas la même chose.

Non, en effet.

— En théorie, nous ne sommes pas bien assortis, nous non plus. C'est ce qu'elle me dit, en tout cas. Mais je n'y crois pas. Avec elle, j'ai envie de certaines choses que je ne pensais pas vouloir un jour.

— Tu vois ? fait ma sœur en riant. Tu pourrais inverser la tendance, frangin.

C'est du pur Zara. Elle ne s'en laisse pas compter, mais elle ne juge pas non plus.

— Ça fera six dollars cinquante.

C'est vrai. Je paie ma sœur, termine mon délicieux bretzel au fromage fouetté et au saumon, puis je retourne dans mon pick-up.

Je me rends à la ferme d'Otto, accablé par le manque de sommeil et par tous les tourments qui me taraudent. J'appréhende de lui demander son aide. J'ai besoin de lui, et je sais qu'il ne manquera pas de m'humilier.

Ce sera déjà bien assez difficile s'il refuse de m'aider. Mais il ne se contentera pas de refuser, il m'insultera aussi. Je devrais en avoir pris l'habitude, depuis le temps.

Je me prépare mentalement en me garant devant la maison. Je ne peux pas laisser notre conversation se dérouler comme si j'étais un éternel adolescent. Je vais entrer, rester calme et demander de l'aide. Même si j'ai envie de donner des coups de tête dans les murs.

Je gravis les marches du porche et frappe à la porte.

Otto répond avec ses lunettes de lecture perchées au bout du nez. Il a l'air inoffensif, mais je le connais trop bien.

— Besoin de quelque chose ? demande-t-il.

J'ai envie de rire jaune. Bien sûr, je me retiens.

— Oui. J'ai besoin de ton aide.

— Ça m'aurait étonné, dit-il. Avec cet esclandre que tu as fait hier soir.

Et c'est parti. Je me fais une promesse en le suivant à l'intérieur. En sortant, j'irai à la salle de sport et je me défoulerai sur le gros sac de frappe. C'est une nécessité.

J'inspire et expire lentement par le nez.

— J'ai appris hier que Giltmaker avait coupé mon approvisionnement il y a une semaine. Est-ce que tu saurais pourquoi, par hasard ?

Les sourcils touffus d'Otto remontent sur son front.

— Non. Nouvelle stratégie ? Ils veulent garder l'exclusivité ?

— C'est ce que j'aurais pensé, sauf qu'ils n'ont pas encore ouvert leur brasserie. J'ai aussi découvert que j'étais le seul à être privé de Goldenpour.

— Je n'en sais rien, mon garçon. Peut-être que la fille de ce fournisseur s'est lassée de toi.

— Ce n'était pas la décision du fournisseur, apparemment.

— Et tu voudrais que j'arrange ça ?

Je ravale ma fierté. Le goût est amer.

— J'aimerais que tu passes un coup de fil en mon nom pour demander d'où vient le problème. Et si cela a un rapport avec le *Gin Mill*, je le réglerai. Je voudrais m'excuser d'avoir perdu mon sang-froid chez Hamish hier soir.

Otto passe la langue sur ses dents, la mine impassible.

— Attends ici, dit-il enfin.

Je prends une autre bouffée d'oxygène tandis que ses pas se dirigent vers l'arrière de la maison. Et voilà, je l'ai fait. Quand on reste calme et serein, on finit par y arriver.

Trop fébrile pour rester assis, je fais les cent pas devant la télévision de mes oncles jusqu'à me convaincre que tout va s'arranger. Mais quand Otto revient cinq minutes plus tard, ce qu'il m'annonce est inexplicable.

— On t'a coupé les vivres parce que tu as vendu des chopes au détail.

— Parce que j'ai vendu… Quoi ? Je ne ferais jamais ça.

Otto hausse les épaules de façon exaspérante.

— Je t'ai vu donner de la bière à Zara le mois dernier.

— C'était un *cadeau* pour elle, pour m'avoir rendu service. Et c'était une bière différente.

Aucune importance.

— Je ne ferais *jamais* de vente illégale.

— Tu pourrais être tenté, dit Otto. Il y a des profits à se faire.

— Pas question ! Ça n'a absolument rien de tentant. C'est justement comme ça que les gens perdent leurs fournisseurs. Pourquoi mettrais-je en péril mon approvisionnement hebdomadaire pour gagner vingt dollars de plus ?

Mon esprit tourne en surrégime. J'essaie de comprendre pourquoi Giltmaker m'accuse.

— Apparemment, c'était dans les petites annonces sur internet.

— Quoi ?

— Lyle a dit qu'il avait les captures d'écran d'une transaction. Il a essayé d'acheter une chope en ligne et on lui a dit de venir se fournir à ton bar.

— En ligne… répété-je comme un idiot. Ce n'était pas moi.

— Je te conseille de tirer ça au clair.

J'ai un terrible pressentiment à ce sujet. *Merde*.

— D'accord, merci de les avoir appelés pour moi. Je crois que j'ai quelques problèmes de personnel à régler.

Otto ricane et je reprends mes va-et-vient dans la pièce pour me retenir de le frapper. J'ai l'impression d'avoir retrouvé mes seize ans. J'ai toujours foiré quelque chose et Otto ne m'a jamais loupé.

Malheureusement, ma fierté n'en a pas fini de souffrir. Je n'ai pas le choix, si je veux obtenir ce que je souhaite.

— Encore une chose, dis-je à mi-voix. Un jour, tu as proposé d'investir dans le *Gin Mill* si je t'en donnais 51 %. J'aimerais revenir là-dessus.

Pour une fois, je sens qu'Otto est surpris.

— Je ne m'y attendais pas. Tu as toujours été une vraie tête de mule.

Qu'il puisse me trouver obstiné me fait rire. Vraiment, ça me *tue* de vendre une part majoritaire à Otto. Le seul point positif, c'est que cela pourrait faire plaisir à May. Je ne suis plus qu'un demi-propriétaire de bar si je vends.

— Quoi qu'il en coûte, expliqué-je, je ne peux pas laisser Giltmaker acheter le local d'à côté alors que j'ai déjà une offre en cours.

— Quelle offre ?

— Avant sa mort, Hamish m'a donné sa parole d'honneur. Il voulait que je le lui rachète.

— La parole d'honneur n'a pas de poids en cas de décès. En plus, tu n'as pas d'argent.

Il a raison.

— Je ne m'attends pas à ce que Tad me cède le bâtiment, mais quand je lui montrerai les e-mails entre son père et moi, il sera bien forcé de m'écouter. Et je n'ai pas l'argent, c'est vrai. C'est pour ça que je te demande de m'aider.

Otto s'assied lourdement dans son affreux fauteuil inclinable.

— Je n'ai plus rien.

— Quoi ?

— J'ai financé le projet de Giltmaker. Je n'ai pas assez de liquidités pour investir dans les deux entreprises.

— Oh.

Je me laisse tomber sur le canapé, en proie au découragement.

— Si tu me l'avais demandé plus tôt…

Si seulement.

— Mais ce n'est pas parce qu'il y a une brasserie à côté que tu es fini. Au contraire, ton quartier pourrait bien devenir une destination plus intéressante.

— Peut-être. Mais s'ils construisent une cuisine et servent aussi des repas, je risque de passer au second plan. Je ne ferai plus salle comble très longtemps.

— Tu dois servir à manger, déclare Otto. De la pizza, je pense. Un four à pizza, ça coûte cher, mais au moins, tu n'as pas besoin d'une cuisine au complet. Et il n'y a pas de bonne pizzeria en ville.

— Le nouveau boulanger de Zara travaille là-dessus.

— Alors, débrouillez-vous tous ensemble. Fais participer ta sœur. Choisis-toi une spécialité et laisse Lyle vendre des hamburgers ou je ne sais quoi.

Sacré Otto. C'est un vieux grincheux, mais il est intelligent.

— Merci. Je vais y réfléchir.

Je me lève.

— En attendant, j'ai un employé à virer. Ce qui veut dire que je dois aussi embaucher quelqu'un.

— Les hauts et les bas de la gestion d'entreprise.

— C'est ça, grommelé-je avant de prendre congé.

Dehors, dans le pick-up, je reste assis une seconde, les bras croisés sur le volant, ma tête posée dessus. Aujourd'hui, la vie me donne une bonne leçon. Mais je suis le seul et unique responsable.

J'ai passé les seize dernières années à essayer de convaincre Otto de ne plus me considérer comme une tête brûlée. Or aujourd'hui, sa vision me semble plutôt juste. Je suis bel et bien ce type-là. Mon employé à plein temps se shootait à l'héroïne et vendait de la bière en sous-main. Il a fallu à ma sœur une seule soirée au *Gin Mill* pour trouver son comportement bizarre.

Mais je ne l'ai pas écoutée. Smitty était sympa à côtoyer, alors je n'ai pas fait attention.

Et maintenant, je vais le payer.

CHAPITRE VINGT-SIX

May

Il est seize heures et je regarde la télévision. Il n'y a rien de plus déprimant que les émissions de l'après-midi. Mais j'ai mal dormi la nuit dernière, à l'hôpital, et je somnole. En plus, je suis privée de l'usage de ma main droite.

Jude Nickel entre dans la pièce et s'assied sur le canapé à côté de moi.

— Salut, Winnie l'Ourson. Comment te sens-tu ?

— Comme Grincheux, Dormeur et Simplet à la fois.

— Tu en oublies, je crois, répond-il en riant. Prof et Joyeux…

— Atchoum ?

Nous nous regardons en essayant de nous souvenir d'un autre nom.

— Coquin ? suggère Jude.

Nous éclatons de rire, bêtement. Jude me manque. Depuis qu'il travaille sans compter ses heures au garage de Montpelier, je le vois moins souvent. C'est un de mes compagnons de sobriété. Je l'appelle Bourriquet, parce qu'il voyait toujours le verre à moitié vide, autrefois. Mais tant bien que mal, nous avons réussi à renverser la vapeur, tous les deux. Maintenant, c'est Monsieur Heureux, marié à l'amour de sa vie. Et moi, je suis une loque.

— Tiens, c'est pour toi, dit-il en me remettant un sac cadeau rouge vif.

Je jette un coup d'œil à l'intérieur, puis je pousse un petit cri de joie. C'est comme une fenêtre ouverte sur mes envies. Il y a un grand sachet de réglisse et plusieurs magazines.

— Merci !

— J'aimerais m'en attribuer le mérite. Mais ce n'est pas de moi.

— De qui, alors ?

— Alec Rossi, me dit Jude en souriant.

— Oh, waouh. Tu lui as balancé mes faiblesses secrètes ?

Parce que ce cadeau tombe vraiment à pic.

— Non. Mais quelqu'un a dû l'avertir. Je l'ai croisé pendant ma pause déjeuner et je lui ai dit que j'allais passer te voir. Alors, il m'a donné ce sac pour toi.

— Merci, répété-je.

Les yeux de Jude pétillent.

— Alors ?

— Alors…

— Alec Rossi, hein ? Ce n'est pas toi qui disais que tu ne te voyais qu'avec une femme ?

— Oh, la ferme.

Une fois de plus, il ricane.

— Je ne sais même pas comment c'est arrivé. Et je me vois encore avec une femme. Enfin, c'est ce que je pensais, en tout cas. Il m'embrouille le cerveau.

— Parce qu'il n'a pas de nichons ?

— Non. Parce que je n'en reviens pas qu'il cherche une histoire sérieuse avec moi.

Jude désigne le sac de réglisse.

— Bon, tu comptes les ouvrir ou les garder contre ton cœur ?

Il a raison. Mais sans ma main droite, j'ai du mal à ouvrir le sachet.

Jude me le prend et le déchire avec une facilité déconcertante. Quand il s'est cassé le bras, je crois bien lui avoir rendu le même service plus d'une fois.

En silence, nous grignotons chacun deux morceaux de réglisse tout en regardant les personnages d'un feuilleton se battre à la télé. Mais mon esprit est ailleurs.

— Je n'arrive pas à croire que j'ai démoli ma voiture. Et je l'ai fait en étant *sobre*.

— Pas de chance, hein ? J'ai déjà mis sur le coup les mécaniciens que je connais. On va te trouver quelque chose à un bon prix.

— C'est vrai ?

Je reste bouche bée.

— Merci.

— C'est la moindre des choses.

— Je peux te poser une question ? Ça t'arrive d'avoir encore des envies de drogue ?

— Oui, mais elles sont différentes maintenant, répond Jude en enfournant une réglisse dans sa bouche.

— Comment ça ?

Il réfléchit tout en mâchonnant.

— Quand j'en prenais, mon cerveau et mon corps étaient sur la même longueur d'onde en matière d'envies. Mais maintenant, cette connexion est rompue. Parfois, ça me démange, mais mon cerveau me dit : « Pas question, espèce d'abruti. » Et il m'arrive de voir quelque chose que j'associais autrefois à la défonce, mais ça ne me fait plus le même effet déclencheur maintenant, parce que mon corps n'est plus en manque.

— Tu as perdu ton accoutumance ?

— Oui. J'y pense encore tous les jours, mais ce n'est pas aussi difficile, car je n'alimente plus mes envies.

— Mais elles existent encore.

— Bien sûr. Mais maintenant, il y a des choses que je désire plus que la drogue. Ne pas mourir, par exemple.

— Bravo.

— C'est beaucoup plus facile de résister, ces derniers temps. Il y a une hausse de décès à cause du fentanyl qui inonde le marché.

— Le barman d'Alec a fait une overdose au travail. Ils l'ont réveillé avec du Narcan.

— Tu vois ? C'est pour ça que je n'abuse que des réglisses, maintenant.

À mon tour, je plonge la main dans le sac.

— J'ai l'impression qu'Alec ne comprend pas ce que l'alcoolisme signifie vraiment. S'il pouvait lire dans mon âme, il ne voudrait plus de moi. S'il me dit qu'il m'aime, je ne peux pas m'empêcher de penser que c'est de la poudre aux yeux.

Jude hausse les épaules.

— Mais c'est le cas de tout le monde, non ? Qui se sent parfaitement digne d'amour au quotidien ?

— Tous les autres membres de ma famille ?

— Impossible, dit Jude, balayant cette idée d'un geste de son bras tatoué. Tu es craintive, c'est tout, Winnie l'Ourson. Si tu aimes ce gars, qu'est-ce qui te retient ? Que te dicte ton instinct ?

Mon instinct me fait redouter d'être un peu trop en manque et je crains que ce besoin ne fasse fuir les gens. Si je pouvais vivre sans attaches, je ne connaîtrais pas autant de mélodrames.

Que ça me plaise ou non, je suis attachée à Alec.

— Il me fait rêver, avoué-je.

Jude passe son bras autour de moi.

— On dirait que tu as déjà ta réponse.

Plus tard, après le départ de Jude, je sors mon téléphone. J'ouvre le fil de discussion sur lequel j'ai passé le plus clair de mon temps, dernièrement, et change le nom de *Selena* en *Alec*. Ça me semble important, à présent.

Désolée, Selena. Nous n'étions pas faites l'une pour l'autre, tout compte fait.

Ensuite, je lui envoie un texto. *Merci pour ce petit cadeau. Je ne sais pas qui est ton indic, mais j'adore la réglisse et les magazines people. C'est trop dur d'écrire de la main gauche !*

Il est déjà dix-huit heures et Alec est certainement au travail. Je n'attends pas de réponse. Mais mon téléphone sonne environ deux minutes plus tard. Son nom s'affiche à l'écran.

— Salut, dit-il.

Aussitôt, sa voix me réchauffe l'oreille.

— C'est Audrey mon informatrice. Mais j'ai choisi ces magazines moi-même. Deux d'entre eux proposent des théories contradictoires sur la dernière rupture de Brad Pitt. Alors, tu vas devoir démêler le vrai du faux. Et j'aimerais savoir sur quoi porte cette statistique en couverture de *Cosmo*.

— Quoi donc ?

Je sors le magazine de la pile et passe les titres en revue. L'un d'eux affirme que *32 % des filles ont une pratique étonnante au lit.*

— 32 % des filles, vraiment ? Je vais lire ça en premier. Et si on apprenait qu'elles se tapent d'autres filles ?

J'entends presque son sourire.

— Tu me liras les meilleurs passages à haute voix.

— Je n'y manquerai pas.

Nous rions tous les deux, et pendant une seconde, j'ai l'impression que tout va bien entre nous.

— Oh, reprend sa voix grave qui me va droit au cœur. Ne rate pas cet article sur le gommage fessier. Je veux absolument en connaître les bienfaits pour savoir si ça vaut le coup de l'intégrer à ma routine beauté.

— Ça marche. Je regarderai ça.

Je souris comme une folle au téléphone, parce qu'Alec me donne toujours le sourire. J'aimerais pouvoir prédire l'avenir. Si Alec et moi pouvons vivre heureux ensemble, je dois arrêter d'avoir peur de tout gâcher.

— Tu ne souffres pas trop ? demande-t-il.

J'aurais bien besoin d'une bonne bouteille de vin pour arranger ça.

— Ça va. J'ai mon meilleur ami, l'ibuprofène, juste ici avec moi.

— Content de le savoir. Appelle-moi si tu as besoin de quoi que ce soit, d'accord ? Je ferais mieux de retourner au travail.

— Passe une bonne soirée.

— Toi aussi, poupée.

Nous raccrochons sans rien ajouter. Aucune promesse. Et pas de projets.

J'ai envie de plus. Si seulement je pouvais trouver un moyen de l'obtenir.

CHAPITRE VINGT-SEPT

Alec

Le lendemain, j'envoie un bouquet de roses à May. Sur la carte, il est écrit : « Je pense à toi. Tout le temps. » C'est la pure vérité.

Mais je suis aussi très occupé à essayer de régler mes propres problèmes. J'appelle Connor et je lui annonce que je peux augmenter ses heures. Il s'en réjouit, sauf qu'il ne peut m'accorder que deux soirs de plus par semaine, car il a un autre emploi dans un restaurant qu'il ne veut pas laisser tomber.

Je ne suis pas en mesure de licencier Smitty tant que je n'aurai pas trouvé au moins un autre barman pour assurer la rotation. De plus, Noël est dans une semaine. Je vais avoir du mal à trouver des candidats à recevoir en entretien. Comme je ne veux pas que Smitty travaille sans ma surveillance, je passe de nombreuses heures derrière le bar.

À présent que quelques jours se sont écoulés depuis les funérailles d'Hamish, je laisse un message à Tad. Je l'invite à me rappeler quand il sera prêt à discuter de l'avenir de la propriété voisine.

Le lendemain, mon téléphone sonne alors que je me trouve dans la pièce inachevée au fond du *Gin Mill* – celle que j'aimerais transformer en cuisine.

Pour l'instant, elle est vide, à l'exception d'un évier industriel, de mes bonbonnes et de quelques équipements de brasserie artisanale. Je vérifie la température de fermentation lorsque Tad me rappelle enfin.

— Bonjour, Alec, me dit-il. De quoi voulais-tu discuter ?

— Je sais que tu n'y penses pas encore, certainement, et c'est bien normal, mais ton père et moi avions convenu d'un prix pour le rachat de son atelier. Il comptait me le céder l'année prochaine, un jour ou l'autre.

— Je ne suis pas au courant, répond immédiatement Tad.

Oui, c'est ce que je craignais.

— D'accord, dis-je calmement. Je m'en doutais. Mais conserve mon numéro et appelle-moi quand tu seras prêt à vendre, d'accord ? Parce que je suis vraiment intéressé et j'ai gardé toute la correspondance entre ton père et moi, si tu veux y jeter un œil.

— J'ai déjà des gens qui m'en ont proposé un bon prix.

Mon cœur se serre. Voilà ce que je redoutais.

— Combien ?

— Ce n'est pas encore définitif.

Ah. Au moins, ils ne sont pas parvenus à un accord.

— Tiens-moi au courant, d'accord ? C'est important pour moi.

— Très bien. Au fait, merci pour ton aide à la veillée de mon père.

Mon aide. Tad me donne envie de jeter mon téléphone contre un mur.

— Pas de problème, me contenté-je de dire.

Nous raccrochons et mes yeux se posent sur mon matériel de brasserie. On dirait un jeu d'enfant. Je ne peux pas rivaliser avec Giltmaker et je ne peux pas me permettre de trop investir dans la fabrication artisanale.

Mais c'est un doux rêve. Je récupère le catalogue de maître-brasseur sur mon établi et je l'emporte avec moi à l'étage. Certains gars claquent de l'argent en matériel de golf ou en voitures neuves. Moi, ce qui me fait rêver, ce sont les sas de pressurisation et les refroidisseurs à immersion.

Seul dans mon appartement, j'enchaîne cinquante pompes pendant que mon imprimante crache tous les e-mails dans lesquels Hamish et moi avons discuté immobilier. Je ne veux pas être un connard envers Tad, mais j'aimerais bien savoir si mes négociations ont un quelconque poids dans l'avenir de l'atelier.

J'ai peut-être un moyen de le découvrir. Mais d'abord, les pompes.

Chaque fois que je me baisse sur le tapis, je vois les yeux diaboliques de Bukowski, sous la table basse. Il a l'air de mauvais poil, lui aussi. Quand je cale mes pieds sous le canapé pour travailler mes abdominaux, il file se cacher.

Après mes exercices, je me sens de meilleure humeur. Je prends la route à destination du cabinet juridique Kaplan et Shipley.

Quand j'arrive, la réceptionniste est déjà partie. Je passe dans une autre pièce avec deux bureaux. Comme je m'y attendais, celui de May est vide, mais l'autre est occupé par une femme plus âgée aux cheveux bouclés. Elle porte un micro-casque.

— Hmm, hmm, répond-elle à son interlocuteur.

En même temps, elle tricote à partir d'une pelote violette.

En me voyant, elle écarquille les yeux, intriguée. Puis elle lève un doigt, le geste universel pour me demander de patienter une minute. Je dépose mon dossier sur le bureau de May et retourne au pas de course à mon pick-up. Je prends le pull endommagé sur le siège arrière et l'emporte à l'intérieur.

— Eh bien, bonjour, me dit la femme alors que j'entre dans le bureau. Je suis Rita Kaplan.

— Bonjour.

Je m'approche pour lui serrer la main.

— Je m'appelle Alec Rossi.

— Oh, c'est vous, dit-elle avec un immense sourire. Comme c'est excitant.

Je me demande bien pourquoi elle réagit comme ça, mais peut-être est-elle particulièrement avenante.

— J'ai deux questions à vous poser et une seule est d'ordre juridique.

Ses yeux se posent sur le pull que je tiens à la main.

— L'autre est une question de tricot ? Que s'est-il passé ?

Elle s'en empare et je le lui cède. Ça me fait mal au cœur de voir le col tout effiloché.

Bukowski a de la chance d'être encore en vie.

— Nom d'un chien, souffle Rita. May a tricoté ça. Pour vous ?

Je hoche tristement la tête. Si j'étais digne d'un tel cadeau, il ne présenterait pas cet affreux accroc.

— Quelle nouille.

— Pardon, quoi ?

— Elle vous a fait un *pull*. Cette fille devrait savoir, depuis le temps, qu'il ne faut pas risquer la malédiction du pull.

Il me faut une minute pour me rappeler ce que cela signifie. Si l'on tricote un pull pour son homme, c'est synonyme de rupture, ou quelque chose comme ça.

— May s'en fiche, souligné-je. Elle n'avait pas l'intention de rester avec moi, de toute façon. Mais j'aimerais vraiment garder le pull, alors pourriez-vous me remonter le moral en me disant qu'il y a encore un espoir ?

Rita m'adresse un autre sourire amusé.

— Je devrais tout détricoter. Ça lui apprendra à tricoter un pull pour un spécimen comme vous.

— Surtout pas !

Je m'empresse de lui arracher le pull des mains.

— Tout doux, je ne comptais pas le faire. Bon, asseyez-vous.

Je prends place dans le fauteuil réservé aux clients.

— Le pull peut être réparé, mais seulement par May. Elle seule a les restes de fil provenant de la même pelote qu'elle a utilisée pour le tricoter.

— Oh. Et moi qui pensais que c'était un problème que je pouvais régler sans lui avouer ma culpabilité.

Rita éclate de rire.

— Pas de bol.

— Non.

— Enfin, cela ne vous empêche pas d'essayer. Je ne dirigerais pas de cabinet juridique si les humains savaient assumer leurs propres erreurs.

Dire que je trouvais ce métier assommant.

— Puis-je vous poser ma question juridique, maintenant ?

— C'est en rapport avec May ?

— Absolument pas. C'est une question immobilière.

— Oh, très bien, dit-elle en reprenant son tricot. Dans ce cas, adressez-vous à May. C'est elle qui s'occupe des questions immobilières.

— Elle est en pleine convalescence.

Chaque fois que je pense à ces hématomes sur son visage, j'en veux au monde entier.

— Elle va *bien*, insiste Rita. Elle s'ennuie à mourir. Quand je lui ai parlé tout à l'heure, elle lisait un article sur les gommages fessiers.

Je me disais bien que j'aurais dû choisir quelques magazines supplémentaires.

— Elle n'en peut plus d'être impuissante. Quel que soit votre problème immobilier, je suis sûre qu'elle aimerait en discuter.

— En fait, je crains que ce soit une perte de temps.

Rita fait grise mine.

— Alors, ne gâchez pas le mien, mon jeune ami. Allez voir votre copine. Je sais qu'elle passe un mauvais moment, mais ça va aller. Donnez-lui encore un peu d'affection comme vous en avez le secret. Ça la réconfortera toujours.

Elle me fait un clin d'œil suggestif et je sens mes joues s'empourprer. Cela dit, c'est toujours agréable de voir ses compétences reconnues. Je me lève.

— Rita, vous avez été…

— Parfaitement inutile ! dit-elle gaiement. Et dire que je suis son mentor. Je vous souhaite une bonne journée. Passez le bonjour à notre amie.

Elle se remet à tricoter avant même que je ne referme la porte derrière moi.

CHAPITRE VINGT-HUIT

May

Comme toujours, je regarde la télévision en pleine journée. Mais je viens de prendre rendez-vous avec le médecin qui décidera si je dois me faire opérer de la main. C'est un petit progrès dans ma vie.

La porte du salon s'ouvre. C'est encore quelqu'un qui vient veiller sur moi. Je ne tourne même pas la tête. L'amour de ma famille est encore plus étouffant aujourd'hui.

En plus, je suis à court de réglisse.

Le canapé s'enfonce un peu sous le poids de quelqu'un. Puis une grande main s'avance et me serre le genou.

Je dois y regarder à deux fois quand je prends conscience que c'est Alec.

— Salut, bafouillé-je, éblouie par son apparition.

Il porte un jean et un polo moulant qui mettent en valeur sa carrure tonique et élancée. Il dégage une délicieuse odeur boisée. J'aimerais me glisser sur ses genoux et m'accrocher à lui.

Mais je résiste. Parce que je suis têtue.

— Salut, répond-il en s'installant plus confortablement. Qu'est-ce que tu regardes ?

— Une série, si tu veux savoir.

Il me lance un coup d'œil intrigué.

— Fan de séries ?

— Pas vraiment. Mais je me sens un peu bête, parce que maintenant j'ai envie de savoir qui a kidnappé le bébé et si la mère simule son amnésie.

— Tu penses qu'elle sait qui a volé le bébé ?

Il se rapproche de moi sur le canapé.

Il fait un peu froid ici. C'est sans doute pour cela que je me blottis contre lui, le laissant passer un bras autour de moi.

— Je ne sais pas trop. Je n'ai jamais regardé cette série avant, alors je ne sais pas ce dont elle est capable.

— Je vois.

Ses lèvres frôlent mon oreille et il me serre contre son cœur, prenant soin de ne pas toucher mon visage contusionné.

— Que se passe-t-il ? chuchoté-je.

— Rien de bon. Mais *chut*. Le flic va parler.

Je reviens à l'écran, où un policier interroge le petit ami de la mère du bébé disparu.

— Ce n'est pas moi, dit l'homme mis en cause.

Évidemment, ils disent tous ça.

Nous regardons jusqu'à la fin et je jette des coups d'œil furtifs vers Alec. Il a l'air fatigué, mais il semble se détendre à côté de moi. Il me caresse négligemment les cheveux. Après une enquête criminelle, des aveux sanglants et deux scènes d'amour, c'est le générique de fin. Je brandis la télécommande et coupe le son de la télé.

— Voilà une heure de ma vie que je ne récupérerai jamais.

— Ça ne m'a pas dérangé, dit Alec. Qu'y a-t-il ensuite ?

— Une rediff de *Myth Busters*.

— Génial. Oh, je t'ai apporté ça.

Il me tend deux nouveaux magazines et une petite boîte de chocolats Lake Champlain.

— Waouh, la classe. Merci beaucoup, lui dis-je tandis qu'il me caresse la main. Alec ?

Il se tourne pour me regarder.

— Pourquoi es-tu venu ? demandé-je. Je n'ai pas été très gentille à l'hôpital.

Je ne sais pas ce qu'il fait encore ici après mon comportement désagréable.

— C'est avec toi que j'ai envie de parler, c'est tout. J'avais besoin de raconter ma journée de merde à quelqu'un et ça tombe sur toi. Désolé.

Il s'allonge sur le canapé, la tête sur mes cuisses.

Je le regarde, passant délicatement mes doigts dans ses cheveux, et il soupire. Quand je lui masse le cuir chevelu, il ferme les yeux.

Petit à petit, je me rends compte qu'Alec aussi peut avoir des besoins. Ce n'est pas parce qu'une personne donne l'impression d'avoir confiance en soi que sa vie n'est que soleil et arcs-en-ciel.

Je n'ai peut-être pas le monopole du malheur. Et si Alec a besoin de moi, je ne suis pas obligée d'être parfaite pour lui remonter le moral.

Sans doute ai-je mal jugé la situation.

— Commence par le pire de ta journée, dis-je à mi-voix. Non, raconte-moi *tout* ce qui s'est mal passé aujourd'hui. Je veux entendre les détails les plus horribles.

Après tout, c'est vrai. Même si je suis une vraie loque, j'ai encore deux oreilles pour écouter.

Il cligne des paupières et lève vers moi ses grands yeux bruns. Croisant mon regard, il me dit :

— J'ai viré Smitty juste avant de venir ici. Il le fallait.

— *Oh*. Je suis vraiment désolée. Que s'est-il passé ?

— Il s'avère qu'il a vendu des chopes de Goldenpour en toute illégalité pour se faire de l'argent facile. Quand je l'ai accusé, il a tout de suite avoué.

— Oh, *non*.

Mon cœur souffre pour Alec. Et un peu pour Smitty, aussi.

— Si, malheureusement. Giltmaker refuse de me fournir maintenant. Peut-être que ça ne semble pas très grave, mais c'est dramatique à mes yeux.

Zut alors.

— Au moins, il t'a dit la vérité quand tu le lui as demandé. Maintenant, tu n'as pas à craindre d'avoir viré le mauvais gars.

Alec garde le silence pendant une seconde.

— Il l'a avoué, mais il n'avait pas beaucoup de remords. J'ai dit : « Tu m'as volé. » Et tu sais ce qu'il m'a répondu ? « Je n'ai jamais piqué dans la caisse. » Comme s'il y avait une grande différence.

Aïe.

— C'était son critère de moralité, lui dis-je.

— Quoi ?

— La plupart des drogués ont une limite qu'ils ne franchissent pas. Tant qu'ils ne craquent pas, tant qu'ils ne font pas ce qu'ils se sont toujours interdit, alors ils peuvent se convaincre qu'ils n'ont pas réellement de problème.

Alec penche la tête en arrière pour me regarder attentivement.

— Tu avais une limite, toi ?

En général, je n'aime pas parler de mon alcoolisme. J'ai encore le choix. Je peux garder pour moi les détails les moins reluisants. Mais je me rends compte que je n'ai rien à perdre. Si je me ferme devant Alec, il me laissera tomber. Si je l'effraie, le résultat est le même.

— Ma limite, c'était de ne pas boire le matin avant de partir à la fac. Parce que c'était un truc d'ivrogne.

Ses yeux bruns me dévisagent avec curiosité.

— Et ça t'est déjà arrivé ?

— Oui.

Je m'étrangle presque en prononçant ce mot.

Il ne me quitte pas des yeux, dardant sur moi ces deux abysses de tendresse. Puis il prend la paume de ma main valide et l'embrasse avec amour.

— Tu ne me fais pas peur, May Shipley.

Naturellement, mes yeux s'enflamment. C'est tellement agréable de l'entendre. Mais je ne veux pas pleurer. Alors, je me penche très prudemment et je l'embrasse sur les lèvres.

Il lève le menton pour me rendre mon baiser, comme s'il avait attendu pendant tout ce temps que je le fasse.

L'angle n'est pas idéal, mais cela n'a aucune importance. Nous nous abîmons dans ce baiser comme si nous étions faits pour cela. Peut-être est-ce le cas. J'ai toujours peur d'aimer Alec, que mon amour m'explose au visage.

Seulement, j'ai encore plus peur de ne pas me laisser aller à l'aimer.

Pour ne rien arranger, mon frère Griffin fait irruption dans le salon au même moment.

— May, tu n'as pas une réunion qui commence à dix-sept heures trente ?

Il lâche un grognement quand il prend conscience que j'embrasse Alec sur le canapé.

Je me redresse.

— Si, à South Royalton.

Je ne suis pas censée conduire pendant encore une semaine, tant qu'on n'aura pas examiné ma main, et les membres de ma famille se relaient pour me conduire aux Alcooliques Anonymes.

Alec s'adosse dans le canapé.

— Une réunion ? Je t'emmène. On pourrait aller au *Worthy Burger* après.

Voilà qui est inattendu. Immédiatement, je suis assaillie par des images contradictoires : *Worthy Burger*, avec leur pain rond brillant, leurs cornichons et leurs frites maison, et Alec à la réunion des AA sous les néons sinistres du sous-sol de l'église.

L'une de ces perspectives m'enthousiasme plus que l'autre.

— S'il te plaît ? dit-il.

Griffin fronce les sourcils.

— Oui, ça me ferait plaisir.

Le burger, surtout. Mais je peux bien faire preuve de courage pour le reste.

Mes réunions commencent toujours avec la Prière de la Sérénité. *Dieu, accorde-moi la sérénité d'accepter ce que je ne peux pas changer, le courage de changer ce que je peux changer, et la sagesse de connaître la différence.*

Puis le responsable de la réunion nous demande si quelqu'un est ici pour la première fois.

Alec lève la main. Et quand les autres le saluent, il explique :

— Je m'appelle Alec et je suis ici pour soutenir May.

Je l'ai déjà dit et je le répète : c'est dur d'avoir la larme facile.

Le lendemain soir, je suis devant un film d'action lamentable avec mes frères quand mon téléphone sonne.

Alec ! espère mon cœur. Mais ce n'est pas lui, c'est Rita.

— Salut, ma belle, dit-elle. Alec qui t'a accompagnée à une réunion hier soir, on en parle ?

Je m'éclipse dans la cuisine et jette un regard circulaire, comme si Rita pouvait m'épier par la fenêtre.

— Tu n'étais pas là. Comment tu le sais ? Je croyais que le deuxième A des AA voulait dire *Anonyme.*

— Je t'en prie, ma belle. J'ai des espions.

— Tu me fais peur.

— Et toi, tu me caches quelque chose. Tu ne m'avais pas dit que ce type était un plaisir pour les yeux, avec le sourire du George Clooney de la belle époque, et très gentil en plus !

Je souris malgré moi.

— C'est à peu près ça.

— Les mecs intéressés par la gaudriole n'emmènent pas les jolies filles à leurs réunions des AA.

C'est tout à fait vrai.

— Quoi qu'il en soit, j'essaie de prendre mon temps. Ma famille est toujours terrifiée à l'idée que je puisse tout foutre en l'air. Et je n'ai pas confiance en moi.

Rita soupire, contrariée.

— C'est dommage.

— Dis-moi le fond de ta pensée.

— Écoute, May. Personne n'est meilleur que toi pour les étapes huit et neuf.

Je me demande où elle veut en venir. Les étapes huit et neuf consistent à déterminer à qui l'on a causé du tort en raison de sa dépendance et à faire amende honorable.

— Quel est le rapport avec Alec ?

— Ça saute aux yeux. C'est très important de demander pardon. Et comme tu es jeune, ta liste est sans doute un peu plus courte que les nôtres.

C'est vrai, dans une certaine mesure.

— Mais les étapes huit et neuf ne te demandent pas de vivre la prochaine décennie de ta vie dans un état d'expiation permanente.

— Je le sais bien.

— Permets-moi d'en douter. C'est une bonne chose que tu te préoccupes de ta famille et de ce que tu as pu leur faire subir. Mais tu t'en sors très bien, et maintenant, c'est à eux de s'en rendre compte.

— Ils le savent. Enfin, je pense ?

— Tu n'arrêtes pas de me parler d'eux, observe-t-elle. Ils n'aimaient pas Daniela. Ils s'inquiètent pour toi. D'accord, ce n'était pas l'idée la plus brillante de passer dix mois de ta vie avec cette garce, mais ça n'a fait de mal à personne d'autre qu'à toi. Alors, arrête de t'excuser pour des erreurs que tout le monde aurait pu commettre.

Je ne sais même pas quoi dire.

— Maintenant, tu dois attraper ce gentil garçon par les couilles.

— Ça me semble un peu violent, Rita.

Elle me rit dans l'oreille.

— Je suis nulle en métaphores. Mais est-ce que tu l'aimes ?

— Je...

Rita a avancé de bons arguments. La vérité, c'est que je n'ai pas l'impression d'avoir *mérité* Alec. Alors, il m'est difficile d'admettre mes sentiments.

— Je pourrais facilement l'aimer. Il a toutes les qualités.

— Allez, raccroche et va le voir, dit-elle en ricanant. Tu n'as besoin de la permission de personne pour aimer un type bien qui te traite avec égards. Est-ce qu'il encourage ta sobriété ?

— Tout à fait, dis-je sans hésiter. Mais il ne peut pas comprendre. Il ne sait pas dans quoi il met les pieds.

— Comment s'est-il comporté à la réunion ?

— Très bien. Mais après, il n'a pas dit grand-chose.

— Sur une échelle de, disons, un à l'apocalypse, comment était l'intervenant ?

J'y réfléchis.

— Un bon sept, je dirais. L'histoire de l'intervenante était triste, mais sans gravité. Si ce n'est qu'elle a accidentellement tué le chiot de son petit ami.

Rita fait claquer sa langue, consternée.

— Un chiot est mort et tu n'attribues qu'un *sept* à son histoire ?

— Bon, d'accord, un huit. J'ai pleuré.

— Tu pleures à tout bout de champ. Est-ce qu'Alec a pleuré ?

— Je n'en sais rien. À quoi riment toutes ces questions ?

— Tu t'inquiètes de ce qu'il pense de toi et de l'alcool. J'essaie de savoir s'il envoie de mauvais signaux ou si tu es seulement un peu butée là-dessus.

Je soupire.

— Tu as certainement raison. Alec est imperturbable.

C'est un mot que j'ai choisi pour le décrire dès le début. Et il ne m'a pas encore laissé tomber. Si je lui accordais un peu de crédit pour ce tour de force ?

Oh, c'est vrai, je ne peux pas. Parce que je manque cruellement d'assurance et que je n'ai jamais aimé quelqu'un sans que cela se termine par un désastre.

— S'il n'a pas encore fui, c'est bon signe.

— J'imagine.

— Elle *imagine*, marmonne Rita. Arrête d'essayer de minimiser ses chances.

— Qu'est-ce que tu veux dire ? C'est assez dur, étant donné que je sors tout juste d'une relation.

— Tu lui as tricoté un *pull*. Ça va te porter la poisse. Tu essaies de narguer le destin ou quoi ?

— Eh, j'ai commencé ce pull avant même qu'on sorte ensemble. Je pensais le faire pour un ami. Et d'abord, comment le sais-tu ?

— C'est mon petit doigt qui me l'a dit. J'ai rencontré Alec, l'autre jour. Il avait une question juridique.

— Vraiment ? Pourquoi est-ce qu'il n'est pas venu me voir ?

— C'est ce que je lui ai conseillé avant de le renvoyer chez lui. Mais accorde-toi le droit d'être heureuse, d'accord ? Je t'en supplie.

— Je vais y réfléchir.

— Je veux être invitée au mariage.

— Rita ! Tu vas nous attirer le mauvais œil.

Elle glousse.

— Ça m'étonnerait. Tu lui as tricoté un pull, alors si ça ne marche pas, ce ne sera pas ma faute.

— Bonsoir, Rita.

— Bonsoir, May.

Oubliant la fin du film, je monte lentement dans ma chambre. Je me sens toujours à l'étroit ici, à la ferme. Mais en me blessant, j'ai perdu tout espoir de partir. Je n'y arriverai pas pour l'instant et je dois d'abord acheter une nouvelle voiture.

De la main gauche, maladroitement, j'écris un message à Alec. *Tu me manques. Rita m'a posé des questions sur la réunion des AA. Elle m'a demandé ce que tu en pensais et j'ai réalisé que je ne te l'avais pas vraiment demandé. Parce que j'avais peur de ta réponse.*

Il lui faut une demi-heure pour répondre. Forcément, il est derrière son bar en train d'essayer de gagner de l'argent. Mais quand la réponse arrive, ce n'est pas ce que j'attendais.

J'ai hâte de te parler. Tu pourrais laisser la porte de la ferme ouverte pour moi ?

D'accord, mais il y a aussi une clé sous le paillasson. Tu passes en fin de soirée ?

Je peux ?

Bien sûr. Ne fais pas de bruit dans l'escalier. Ma chambre est la dernière sur la droite. Si tu te trompes, tu vas faire peur à Dylan, Daphné ou maman.

À tout à l'heure.

Maintenant, je suis tout excitée. J'ai hâte de pouvoir me blottir contre Alec et lui chuchoter des mots à l'oreille. Je ne pourrai même pas profiter de son corps, cela ferait trop de bruit. Mais je m'en fiche. Il va venir et je l'aime beaucoup trop pour prétendre le contraire.

Je passe le temps en prenant une douche à une main et en me séchant les cheveux. Puis je me mets au lit avec un livre, certaine de ne pas être capable de m'endormir avant son arrivée.

Quelque temps plus tard, je sens une grande main qui soulève le livre de ma poitrine. Puis quelqu'un éteint la lumière. Mes yeux s'ouvrent dans l'obscurité.

— Alec ?

— Oui, poupée.

Il retire ses chaussures et laisse tomber son manteau sur ma chaise.

— Je n'ai pas eu besoin d'entrer par effraction. Dylan regarde des films en bas. Quand j'ai dit que j'étais là pour te rendre visite, il n'a même pas sourcillé. Je le préfère à Griff.

— Ça ne m'étonne pas. Quelle heure est-il ?

— Deux heures.

Alec n'a pas fini de se déshabiller. J'aimerais le voir en pleine lumière. Une minute plus tard, il me donne un petit coup de coude pour que je lui fasse de la place et il se glisse dans mon lit. Quand je le prends dans mes bras, je suis déçue de constater qu'il porte toujours un tee-shirt et un boxer.

Qu'à cela ne tienne. Ses bras me font un effet infiniment agréable lorsqu'il me rapproche.

— Attends, dit-il. Ton poignet valide doit rester en haut. Tourne-toi.

Je m'exécute avant de me laisser dorloter par le plus beau barman du Vermont.

— Maintenant, dis-moi tout, chuchoté-je. D'après Rita, tu lui as rendu visite il y a quelques jours ?

— Oui. Pour une question immobilière. Mais ça peut attendre demain.

Sa main me caresse le ventre.

— De quoi voulais-tu parler ? me demande-t-il.

Je m'en souviens à peine.

— La réunion des AA. Qu'en as-tu pensé ?

Bien sûr, la question est plus vaste que cela. Ce que j'aimerais vraiment savoir, c'est ce qu'il pense de moi.

— C'était fascinant. J'ai trouvé très courageuse la fille qui racontait l'histoire. Tu as déjà pris la parole comme ça ?

— Oui, mais les réunions ne se limitent pas aux témoignages. Parfois, un sujet est choisi et les gens partagent de petites anecdotes et impressions sur ce thème.

— Quels sujets, par exemple ?

— La peur. Les relations amoureuses. L'acceptation. Le deuil. L'expiation.

— Je comprends.

Il embrasse l'arrière de ma tête.

— Quelle forme préfères-tu ?

— Tout dépend de mon humeur, je crois. Les intervenants nous racontent leurs histoires. Quand la personne qui parle est lucide et vive d'esprit, ça peut être passionnant.

— Ça t'arrive de ne pas avoir envie d'y aller ?

— Bien sûr, mais généralement, c'est quand je n'en ai pas envie que j'en ai le plus besoin.

— Ah, fait-il en posant une main sur mon ventre. Et sinon, tu veux que je t'accompagne une prochaine fois ?

— Peut-être, chuchoté-je. Je voulais juste savoir si tu ne trouvais pas ça ridicule, si tu n'avais pas réalisé que j'étais un vrai boulet.

Je le sens rire dans mon dos.

— Et moi, tu crois que je ne suis pas un boulet ?

— Pas du tout. Je trouve que tu es la bonne humeur incarnée. Je m'amuse toujours quand on est ensemble.

— Mais ce n'est pas moi, c'est *nous*. Toi et moi, on forme une combinaison naturellement géniale. Comme le beurre de cacahuètes et le chocolat.

— Comme le pop-corn et le beurre.

— Comme les biscuits apéro et le lait.

Je tourne la tête vers lui.

— Attends, tu te fous de moi.

— Non, j'aime bien.

Il fait le pitre en claquant des doigts, avant de presser ma poitrine dans ses paumes.

— Si tu continues à être aussi génial, je vais tomber un peu plus amoureuse de toi.

— C'est un risque à courir.

Soudain, il bâille et je me rends compte qu'il vient de travailler pendant huit heures d'affilée avant de rouler jusqu'ici.

— Je vais te laisser dormir maintenant. Tu as assez de place ?

Je me pousse contre le mur.

— C'est parfait, dit-il en se moulant contre mon corps. Bonne nuit, poupée. J'adore passer la nuit avec toi. Ma longue semaine est déjà oubliée.

Je me dévisse le cou pour l'embrasser, juste une fois. Il me sourit et mon cœur se serre.

Alec devient inerte, mais je n'arrive toujours pas à fermer l'œil. Chaque point de contact entre nous me déconcentre. Je sens ses cuisses musclées contre mes jambes et sa main sur ma cage thoracique. Je n'en reviens pas qu'il soit avec moi. Il a su s'imposer dans mon cœur et dans mon lit.

J'aime le savoir ici, près de moi.

Au bout d'un moment, je me rends compte qu'une belle érection bien dure se presse contre mes fesses. Alors, je me cambre un peu pour en avoir le cœur net.

— Hmm, ne recommence pas, sauf si tu es sérieuse.

Je passe la main derrière moi et j'effleure l'entrejambe tendu de son boxer.

— Oh, chuchote-t-il. Je ne sais pas si je peux te baiser alors que ta mère dort dans la pièce d'à côté.

— C'est ma sœur qui nous entendrait. Maman est dans une chambre de devant.

— Est-ce que ta sœur serait du genre à t'afficher ?

— J'en ai peur.

— Alors, on ferait mieux de rester sages.

— D'accord, dis-je avec un soupir.

Nous gardons le silence pendant un long moment. Mais ensuite, Alec pose la main sur l'élastique de mon short de nuit. Sa paume glisse sur mon ventre jusqu'à ce que le bout de ses doigts vienne chatouiller la jonction de mes cuisses.

— Tu es un allumeur, murmuré-je.

— Pas du tout. Ne bouge pas.

Il m'embrasse la nuque tandis que ses doigts s'aventurent lentement entre mes jambes. Je me détends pour lui, ce qui lui permet de me caresser plus facilement. Des baisers chauds pleuvent sur ma peau sensible et ses longs doigts vont et viennent langoureusement sur mon sexe.

Bientôt, je serre les cuisses autour de sa main pour l'encourager à continuer.

— Lève les hanches, me chuchote-t-il à l'oreille.

Quand je m'exécute, il baisse mon short d'un seul coup.

— Maintenant, ne bouge plus.

Il y a du mouvement derrière moi lorsqu'il enlève ses vêtements. Quand Alec s'installe à nouveau dans mon dos, il soulève mon genou et glisse son membre entre mes jambes jusqu'à ce que je puisse le toucher du bout des doigts.

— Hmm, souffle-t-il. C'est ce que je veux. J'ai envie de ces messes basses de fin de soirée. Et des vacances où on est obligés de se toucher sans un bruit dans un lit trop étroit pour s'épargner les blagues de ton grand-père à table.

Mon cœur bat la chamade et je souris au mur devant mon nez. Mais il n'a pas fini.

— Je veux te réveiller au milieu de la nuit pour discuter. Et j'ai envie de voir ta tête au réveil, de boire un café avec toi, encore trop fatigué pour parler. Ce ne sera pas toujours la fête, mais ce sera toujours nous.

Mes yeux s'embuent. Le contraire m'aurait étonnée.

— Tu me fais pleurer, tu sais.

— Ça arrivera aussi quelquefois, chuchote-t-il. Je sais déjà que tu n'es pas toujours joyeuse, May. Personne ne l'est. Mais je veux toujours être avec toi. Je ne peux pas te promettre que tout ne sera qu'un rayon de soleil, mais tu dois me faire confiance quand je te promets que j'essaierai.

— Je te fais confiance, dis-je lentement. Le plus dur, c'est de me faire confiance, à moi.

— Si tu veux aussi te faire confiance, répond-il en m'embrassant les cheveux, vas-y doucement avec ma petite femme, d'accord ? Elle a connu quelques soucis récemment, mais nous allons gérer ça.

Une larme coule le long de mon nez et se détache sur l'oreiller.

— D'accord, dis-je d'une voix chevrotante. Si c'est le cas, alors je suis partante, moi aussi.

Le pouce d'Alec essuie délicatement une larme sur mon visage. Il passe un bras autour de moi et me serre. Après plusieurs inspirations, je finis par me détendre.

C'est efficace. Dans une certaine mesure. Mais comme je suis moi et qu'il est lui, impossible de ne pas remarquer que nous sommes presque entièrement nus et que nos corps se touchent aux endroits stratégiques. Au bout d'un moment, il commence à bouger les hanches, décrivant de légers coups de reins. Son sexe est dur entre mes jambes. Je ne peux pas résister à l'envie de serrer les cuisses et de me frotter contre lui.

Enfin, nous abandonnons les faux semblants et Alec me soulève le genou pour me pénétrer. Il est tendre et il essaie de rester silencieux. Mais nous avons trop envie l'un de l'autre, et ma famille est sans doute endormie.

Espérons-le.

L'amour n'est pas toujours discret, c'est imprévisible et parfois bruyant. Et je ne voudrais pas qu'il en soit autrement.

CHAPITRE VINGT-NEUF

Alec

Je me réveille seul dans le lit de May. La lumière du jour entre à flots par les fenêtres. Quand je m'assieds et trouve mon téléphone, je constate qu'il est déjà neuf heures et demie.

Les arômes de café flottent dans l'escalier. Je ne vais pas pouvoir m'éclipser discrètement. Bon, tant pis. Je ferais mieux de me préparer à faire mon entrée.

Je m'habille et je repère la salle de bain, où j'essaie de me rendre au moins présentable. Je rentre ma chemise dans mon pantalon, comme si cela pouvait convaincre le clan Shipley que je ne suis pas le barman coureur de jupons qu'ils s'imaginent.

Quand je descends, des éclats de voix me parviennent depuis la salle à manger. J'y passe la tête et je découvre May devant la cafetière. Elle remplit une tasse à une main.

— C'était pour toi ! me dit-elle avec un sourire éclatant.

La conversation s'arrête net quand le visage de Griffin passe rapidement de la stupéfaction au dégoût. Audrey se contente de sourire. Quant à Daphné, elle ricane.

— Bonjour, Alec, dit Ruth Shipley d'un ton posé.

Comme si c'était tout à fait naturel pour moi de débarquer dans leur salle à manger à l'heure du petit-déjeuner.

— Je t'en prie, tu peux aller te servir une assiette à la cuisine. May le ferait volontiers pour toi, mais c'est plus facile à deux mains.

— Viens, suis-moi, me dit May en posant le café.

Elle m'oriente vers la cuisine avec sa main valide. Une fois dans l'autre pièce, elle s'arrête et appuie sa joue contre mon torse.

Quand je l'entoure de mes bras, elle part d'un petit rire bienheureux.

— Tu as vu la tête de Griffin ? chuchoté-je à son oreille.

Elle glousse dans mon cou.

— J'allais t'apporter du café à l'étage et te prévenir qu'Audrey et lui étaient là pour faire de la compta avec maman.

Je rassemble ses cheveux dans une main et les ramène dans son dos.

— Je ne me laisse pas facilement intimider, lui dis-je.

— Je sais.

Elle lève son visage et me sourit.

— Viens, on va chercher des gaufres.

Je prépare deux assiettes, chacune avec des œufs, de la saucisse et des gaufres. Chez les Shipley, le petit-déjeuner est sacré. Au moins, si Griffin brandit le fusil dont il se sert pour effrayer les coyotes, je mourrai le ventre plein.

— Bonjour, mon garçon, dit le grand-père Shipley alors que je pose nos assiettes sur la table. Je ne me souviens pas de t'avoir vu au dîner hier soir.

— Non, monsieur, dis-je en prenant une gorgée de café. Je travaillais tard, alors je suis venu après.

— Comme un voleur dans la nuit ! dit-il avec amusement.

— Grand-père, fait May en soupirant.

La première bouchée est divine.

— Cette saucisse est délicieuse. Vous la faites vous-mêmes ?

— Bien sûr, dit Daphné avant de pouffer. Apparemment, May aime aussi la saucisse.

Aussi difficile que ce soit, je parviens à ne pas sourire.

— Tu es le bienvenu quand tu veux, me dit Ruth tandis que Griffin fronce les sourcils.

— Bon, c'est quoi cette question immobilière que tu voulais me poser ? demande May.

Elle essaie de couper sa saucisse à une main avec le côté de sa fourchette.

— Oh, c'est une histoire complexe, dis-je en lui prenant sa fourchette.

Je rapproche un peu son assiette de la mienne et, à l'aide d'un couteau, je découpe la saucisse en petits morceaux.

— Avant sa mort, Hamish et moi, nous avions un accord de vive voix pour que je rachète son atelier. Mais Tad ne voudra sûrement pas en entendre parler.

La tasse de café de Griffin s'arrête à mi-chemin de sa bouche.

— Sérieusement ? Vous aviez un accord ?

Je prends le temps d'avaler avant de répondre :

— Oui. Leur avocat m'a appelé hier soir pendant que j'étais de service au bar. Dans son message, il ne me donne pas la raison de son appel. J'ai besoin d'une stratégie, mais je n'ai pas de contrat signé au sens traditionnel du terme. Alors, je me demande si j'ai le moindre argument valable.

— Combien étais-tu prêt à payer ? demande Griffin.

— Alec, ne réponds pas à ça ! s'exclame May. Ton avocate ne veut pas que tu révèles les conditions de la vente aux parties concurrentes.

Les yeux de Griffin sortent de leurs orbites.

— Tu n'es pas son avocate. Tu es *mon* avocate. Et nous sommes une famille. Tu as oublié ?

— C'est rare que le petit-déjeuner soit aussi intéressant, dit le grand-père. Daphné, chérie, je veux bien cette deuxième tasse de café, tout compte fait. Je ne peux pas partir maintenant que ça promet de devenir intéressant.

May regarde Griffin en secouant la tête.

— Je ne te représente pas dans l'acquisition de la brasserie Giltmaker. Lyle fait appel à quelqu'un d'autre. Et si tu crois que je ne vais pas aider Alec à découvrir si le décès d'Hamish l'empêche d'acheter, tu te trompes.

Griffin pose sa tasse.

— Reprenons. Si Alec a un droit sur la propriété, je veux le savoir, c'est tout. Je n'aiderai pas Lyle à contrecarrer la volonté d'un mort.

Il se tourne vers moi.

— Si l'atelier te revient, c'est comme ça. Lyle devra chercher ailleurs.

Je dois dire que je suis étonné. Griffin me semble plutôt sincère. Il a la réputation d'être très impliqué dans la communauté. Il est président de l'association des agriculteurs. Il fait travailler des jeunes de la région pour un salaire raisonnable. Il accepte les bons alimentaires comme paiement pour les produits de saison.

Malgré tout, son père a renvoyé le mien, et je ne l'ai plus jamais revu. Il est arrogant, suffisant, et je ne l'aime pas. Pour le moment, du moins.

En réalité, je ne veux pas être l'ennemi de Griffin Shipley. Pas si j'ai l'intention de passer ma vie avec sa sœur. C'est vraiment tout ce qui compte, alors ma décision est facile à prendre.

— J'ai accepté de payer deux cent vingt-cinq mille dollars pour sa propriété.

— D'accord, dit-il en réfléchissant. Tad l'a proposée à Lyle pour trois cent mille. Mais Lyle n'a pas encore répondu. Tu ferais mieux de prévenir Tad si tu as l'intention de faire une offre.

Je découpe un morceau de gaufre tout en réfléchissant à ce qu'il convient de faire. Je n'ai pas deux cent vingt-cinq mille dollars ni un plan d'affaires solvable. Mais je ne veux absolument pas de Lyle comme voisin.

— Que comptais-tu faire du *Gin Mill* ? demande Griffin.

— Une brasserie ou un restaurant. Mais je pensais avoir le temps de trouver le bon plan. Surtout, je tiens à garder le contrôle de ce qui s'installe juste à côté.

— Tu m'as dit que tu voulais faire de la bière, s'exclame Griffin.

— Exactement. Mais je ne suis pas prêt. Contrairement à Lyle. S'il remporte la propriété, il deviendra un concurrent direct et je n'ai pas mon mot à dire sur la forme que ça prendra.

— Ton oncle est le principal investisseur de Lyle, souligne Griffin. Il ne va pas faire en sorte que la vente réussisse ?

C'est embarrassant.

— Pas forcément, non. Otto m'en veut toujours d'avoir ouvert le *Gin Mill* sans lui proposer de part majoritaire.

— Oh, oh, s'écrie le grand-père. Otto tient tes couilles dans un étau, gamin.

— Merci pour cette image, papi, répond May. Alec, peut-on lire cet accord entre Hamish et toi ?

— Il n'y a que des e-mails que j'ai imprimés. Ils sont dans un dossier dans mon pick-up.

May bondit avant que je puisse l'arrêter et disparaît à l'extérieur.

Quand elle revient, elle ouvre mon dossier sur la table et commence à feuilleter les pages.

— Je t'avais dit que c'était compliqué, lui dis-je.

— Un peu...

Elle tourne une autre page.

— Mais tu as un prix d'achat fixé, ainsi qu'un délai. Ce n'est pas aussi précis que je l'aurais voulu, mais quand même ! Un juge pourrait statuer en ta faveur. Je te donne une chance sur deux.

— Une chance sur deux... répété-je lentement. Mais seulement si j'insiste. Donc si l'avocat de Tad m'envoie balader aujourd'hui, il faudrait que je porte plainte pour l'empêcher de vendre la propriété à quelqu'un d'autre ? Ce n'est pas idéal.

— Non, admet-elle. Je t'aiderai. Et s'il y a conflit d'intérêts, Rita le fera. Mais ça prendra du temps.

Je pousse un grand soupir.

— Tu sais quoi ? Non. Si l'avocat de Tad n'est pas commode au téléphone aujourd'hui, je vais devoir laisser tomber. C'est un gaspillage de ressources de me battre contre Tad et de me mettre Lyle à dos. Parce que, même si je gagne, je serai quand même perdant.

— Pas forcément, tu pourrais ensuite revendre le bâtiment à Lyle, suggère May. Tu gagnerais cinquante mille dollars et tu t'en servirais pour améliorer ta propre entreprise.

Le rire de Griffin est tonitruant.

— Le requin de la famille a raison.

Et merde. Tout ce que je pourrais faire avec cinquante mille dollars ! Mais je ne veux pas que cela me coûte ma réputation en ville et des frais de justice élevés.

— Je les rappellerai après le petit-déjeuner pour voir s'ils veulent bien m'écouter. Tad a fait appeler son avocat au lieu de me contacter lui-même, alors j'ai un mauvais pressentiment quant à sa volonté de négocier.

— Je participerai aussi à cet entretien, annonce May en rassemblant les papiers dans sa main valide. Ils savent peut-être que tu as raison et ils cherchent seulement à t'intimider.

Quand elle me regarde, la détermination irradie dans ses yeux. Elle va défendre mes droits et elle est impatiente de le faire.

Comment puis-je avoir une telle chance ?

Sans réfléchir aux conséquences, je me penche en avant et l'embrasse sur les lèvres.

— Rappelle-moi de ne jamais te contrarier, ma belle. Il vaut bien mieux jouer dans ton équipe.

May sourit avant de virer au rouge pivoine. C'est tellement adorable que je ne peux pas me retenir de l'embrasser encore une fois. Un baiser rapide, mais ferme.

— Prenez une chambre, ma parole, s'écrie le grand-père. Oh, c'est vrai, vous l'avez déjà fait. Juste au-dessus de ma tête, la nuit dernière…

— Papi ! s'offusquent plusieurs voix en même temps.

— Quoi ? Personne ne m'a resservi en café. Je ne suis pas responsable des paroles qui sortent de ma bouche.

Après le petit-déjeuner, je fais la vaisselle jusqu'à ce que Ruth me chasse de la cuisine. May m'attend à la table de la salle à manger avec un téléphone fixe et un bloc-notes.

— C'est parti, dit-elle. Quel est le numéro ?

Nous le composons, puis elle enclenche le haut-parleur.

— Pourrais-je parler à Maître Harrison ? demandé-je quand le cabinet répond.

— Bonjour, Monsieur Rossi, me salue l'avocat un peu plus tard.

— Bonjour, Maître. Vous m'avez laissé un message hier, disant que vous aviez des nouvelles concernant la propriété du moulin ?

— En effet. Vous êtes mentionné dans le testament le plus récent.

— Le testament ?

Je n'y comprends rien.

— J'essaie d'acheter la propriété.

— Je sais, dit-il. Il y a deux semaines, juste avant sa grande opération, Monsieur Hamish a mis à jour son testament, y incluant une disposition quant à votre droit de rachat. C'est un long paragraphe et je vais vous le lire en entier, si cela vous convient.

— Bien sûr, je vous écoute.

L'avocat se racle la gorge.

— » En ce qui concerne mes biens commerciaux situés sur la Route 11, si lesdits biens n'ont pas été cédés au moment de mon décès, il convient de noter que j'ai conclu un accord pour vendre l'immeuble et la parcelle de terrain à Alec Rossi, résidant également Route 11. Au moment où nous écrivons ces lignes, Alec n'est pas encore prêt à conclure l'achat au prix que nous avions convenu précédemment. Je lui accorderai un an à compter de la date de mon décès pour conclure l'achat au prix de cent soixante-quinze mille dollars. »

— Cent... soixante-quinze ? balbutié-je alors que les yeux de May s'arrondissent.

Du coin de l'œil, je remarque que Griffin et Audrey écoutent aux portes.

— C'est ce qui est écrit, confirme l'avocat. Mais ce n'est pas tout. « Si Alec se trouve dans l'incapacité de conclure la vente dans un délai d'un an, la propriété reviendra à mon fils Tad, ainsi que mes autres biens. Mais une année devrait suffire pour obtenir un financement à ce prix. Veuillez noter qu'il s'agit d'une vente à un prix inférieur à celui du marché, et qu'elle ne doit pas être contestée en tant que telle. Il convient également de noter qu'Alec a acheté sa propriété similaire au même prix, ce qui a entraîné une hausse des valeurs du marché. L'augmentation récente de la valeur de la propriété de Colebury River est donc le fruit de ses efforts. J'ai l'intention de remettre ma propriété entre les mains compétentes d'Alec, à un prix avantageux, tout en assurant un héritage substantiel à mon fils. »

L'avocat prend une inspiration et je constate que May me serre la main.

— » Alec Rossi peut jouir comme il l'entend de la propriété du moulin, y compris la vendre avec profit. Il n'y a pas d'autres restrictions à son utilisation. Mais je fais confiance à Alec pour trouver au bâtiment un usage approprié. Alec ne se considère pas comme un brillant homme d'affaires, mais je ne suis pas de cet avis. Il a créé un établissement chaleureux où les gens se rassemblent entre voisins au lieu de rester chez eux, penchés sur leurs téléphones. Il a créé une entreprise où les locaux et les touristes se mêlent, et où les produits de la région sont appréciés à leur juste valeur. J'ai passé des moments de bonheur sur les tabourets de son bar et rien ne me ferait plus plaisir que de l'aider de cette façon. Il est évident que quelqu'un qui apporte des muffins à un vieil homme à l'hôpital prend sa communauté très à cœur. »

May griffonne sur son bloc-notes, mais je ne peux pas déchiffrer ses mots. Peut-être parce qu'elle n'est pas gauchère ou parce que mes yeux sont brouillés par les larmes.

— Avez-vous bien compris, Monsieur Rossi ? demande l'avocat.

Je dois me racler la gorge avant de répondre :

— Oui, tout à fait.

— La dernière disposition vous propose des conditions de prêt hypothécaire à un taux de 8 %. Mais vous trouverez certainement mieux dans une banque. Je vous enverrai tout cela par la poste et vous pourrez le faire examiner par votre propre avocat.

La main de May serre à nouveau la mienne.

— Merci, Maître, dis-je d'une voix étranglée. Je vais réfléchir à la date et aux conditions de cet achat.

— Vous avez un peu moins d'un an. Faites-moi savoir quand vous serez prêt.

Je le remercie encore une fois et May interrompt la communication.

— Waouh, fait-elle.

— Waouh, dis-je en écho.

Griffin part d'un petit rire derrière moi.

— Je revois tes chances à la hausse maintenant.

Moi aussi.

— Mais Tad doit être tellement déçu ! C'est un sacré coup de pouce qu'Hamish vient de me donner.

— Bien vrai. Tu sais, si c'était moi… commence Griffin, laissant sa phrase en suspens.

Je me retourne, attendant qu'il termine sa pensée.

— Tu devrais peut-être envisager de faire moitié-moitié avec Giltmaker, dit-il en haussant les épaules. En faire une entreprise commune. Comme ça, tu n'auras pas à lancer ta brasserie à partir de rien, mais tu n'auras pas non plus à mettre de l'argent de côté.

— Mais oui ! s'écrie May en se redressant sur sa chaise. Ton capital immobilier représente ton investissement.

— Je ne suis pas sûr de comprendre.

Ça m'agace tellement de l'avouer. Je suis toujours l'idiot de service.

Même si, apparemment, Hamish n'était pas de cet avis.

— Le bâtiment vaut deux fois et demie le prix qu'il t'en demande, ou quelque chose comme ça, n'est-ce pas ? dit May. Sauf que toi seul as le droit de l'obtenir à cent soixante-quinze. C'est comme si tu mettais soixante-quinze mille dollars de tes propres deniers.

— C'est là que ton oncle et Lyle injectent leur propre argent, dit Griffin. Et ma petite part dérisoire. Au bout du compte, tu posséderais un tiers de l'affaire ou plus sans débourser un seul dollar.

Maintenant, je comprends mieux. À l'exception d'un détail.

— Dans ce cas, je devrais travailler avec Lyle et Otto.

— C'est vrai, admet May. Mais tu serais copropriétaire d'une brasserie avec la marque la plus prospère du Vermont. Et tu aurais ton mot à dire sur tout ce qui se passe à côté de ton bar.

— Excusez-moi, je crois que ma tête va exploser.

Tout le monde éclate de rire. Même Griffin.

— May ?

Je lui retire le stylo de la main.

— Oui ?

— Je vais prendre des notes pour toi. Je vais taper des e-mails pour toi. Mais est-ce que tu m'aideras à tout mettre au clair ? Comment proposer une entreprise commune ? Je ne pense pas être capable d'y arriver tout seul.

Tout compte fait, c'est d'une facilité déconcertante d'avouer ses limites devant une personne de confiance.

— Bien sûr, chuchote-t-elle. J'ai hâte de m'y mettre.

Je la prends dans mes bras et elle pose son menton sur mon épaule.

Pour une fois, Griffin Shipley ne grogne même pas.

CHAPITRE TRENTE

May

Dix jours plus tard, je me retrouve dans une boutique de mariage à Boston. Je me prélasse sur une méridienne incroyablement confortable. Heureusement, cela dit, parce que je suis là depuis une heure déjà et que Lark ne m'a montré qu'un tiers des robes prévues pour les essayages.

Je n'arrête pas de consulter mon téléphone. Alec ne peut pas déjà être sorti de sa réunion, mais je ne cesse de jeter des coups d'œil furtifs à l'écran. C'est aujourd'hui qu'il va présenter ses idées à Giltmaker. Nous nous sommes préparés pendant de nombreuses heures et je meurs d'envie de savoir ce qu'ils vont dire.

Mais je suis coincée ici sur un canapé rose. Si la dame qui dirige cet établissement m'offre une coupe de champagne pour la énième fois, je pourrais bien la prendre au mot.

Bien sûr que non, en réalité. Je suis sereine et je me sens bien, ces derniers temps. Mais j'aimerais que cette vieille chouette comprenne l'allusion.

Je jette un autre coup d'œil à mon téléphone. J'ouvre ma boîte de messagerie au cas où Alec aurait choisi de m'écrire un e-mail au lieu de m'envoyer un texto…

Quelqu'un se racle la gorge et je lève les yeux pour voir Lark devant moi, dans une autre robe blanche grandiose.

— Oups, dis-je en posant mon téléphone. Elle est magnifique, celle-là.

— Je croyais que tu n'aimais pas ce type de taille.

Elle me jette un coup d'œil en coin.

— J'ai dit ça ?

Je me lève et plisse les yeux pour mieux la contempler. Je commence à les confondre les unes avec les autres.

— Et toi, qu'est-ce que tu en penses ? demandé-je en espérant qu'elle me tirera d'affaire.

Lark rejette la tête en arrière et éclate de rire.

— Bien essayé, chérie. Il faut que l'une de nous reste organisée. Pour être honnête, je ne suis pas sûre de ne pas avoir déjà essayé cette robe-ci.

— Oh.

Ouf. Je me rassieds.

— On a peut-être besoin de manger un morceau, qu'en dis-tu ?

Redoutant de perdre une cliente potentielle, la gérante de la boutique intervient.

— Ma chère, c'est magnifique ! Je vous propose d'essayer la version sans bretelles. Vous avez les épaules pour cela.

Pour une raison quelconque, ce commentaire me fait rire.

— Tu as *tout à fait* les épaules pour ça, acquiescé-je, pince-sans-rire. C'est justement ce que je me disais.

C'est donc ainsi que l'on parle dans une boutique de mariage ? Malheur à celles qui n'auraient pas d'épaules !

Lark me renvoie un regard amusé et je me rends compte qu'il y a un mois de cela, je n'aurais pas fait cette remarque. Je n'aurais pas complimenté les épaules de Lark, même en plaisantant, parce que pendant des mois, j'ai marché sur des œufs avec elle. J'avais trop peur d'être mal comprise.

C'est difficile de déterminer ce qui a inversé la tendance. Peut-être est-ce l'amour d'Alec. Je suis sûre que ça m'a beaucoup aidée. Le temps, aussi. Je me suis enfin pardonnée d'avoir éprouvé des sentiments pour cette femme que je ne pourrai jamais avoir.

Je n'en souffre plus. J'aimerai toujours Lark, mais ce ne sera plus aussi douloureux.

— Je vais enfiler le bustier dans une seconde et on verra si mes épaules sont à la hauteur.

— Ce sera tout à fait charmant, ma chère.

La vieille dame s'éclipse et nous rions discrètement.

— J'aimerais que tu m'en montres une et que tu me dises qu'elle est parfaite, chuchote-t-elle. Je ne sais pas combien de temps encore je peux supporter cette comédie.

— Elles sont toutes vraiment très belles. Ton teint sera parfait avec du blanc, même en plein hiver. Tu devrais commencer à les sélectionner. Réduis-les à trois et laisse ta mère prendre la décision finale.

— Celle-ci est trop bouffante, dit-elle en baissant les yeux.

— Et voilà, une de moins.

— Bien.

Elle se redresse.

— Merci de m'avoir accompagnée aujourd'hui. Je n'avais pas réalisé que ça prendrait autant de temps.

Je m'adosse dans mon fauteuil rose et croise les jambes.

— Je suis à ta disposition. Et maintenant, montre-moi tes épaules. Hop, hop, hop !

Lark disparaît dans sa cabine au moment où mon téléphone sonne. Je décroche immédiatement, même si je me trouve certainement dans une zone qui interdit ce genre d'intrusion.

— Bonjour.

— Ton mec va bien, dit mon frère à mon oreille.

— Mon mec a un nom.

Ma réponse me paraît un peu sèche, mais je ne m'attendais pas à avoir des nouvelles de Griffin et je suis tendue.

— Du calme, dit-il en riant. Alec se débrouille très bien. Je suis sorti pour aller aux toilettes, mais je dois dire que tes graphiques sont vraiment impressionnants.

— Il y a travaillé, lui aussi.

— Je sais, dit Griff à voix basse. C'est pour ça que je te préviens. Tout se passe bien.

— Merci. Je stresse à mort !

— Je sais.

Il s'éclaircit la voix.

— Écoute, excuse-moi de m'être mal comporté avec Alec. J'ai été pris au dépourvu. Tu as l'air heureuse.

Hmm. Je ne m'attendais pas à des excuses de mon frère.

— C'est vrai, nous sommes très heureux. C'est un homme bien. Mais tu sais... je peux régler ces questions-là moi-même. Quand tu fais ta mauvaise tête avec Alec ou quand maman et toi échangez des commentaires sur Daniela, ça me revient en pleine figure. J'en ai assez d'être traitée comme une enfant ou comme une incapable. Personne ne te parle jamais comme ça, à toi.

— Je sais, dit-il avec un soupir. Je suis désolé. Mais ça me met hors de moi quand on s'en prend à ma famille. Les gens devraient le savoir.

À présent, je souris à mon téléphone.

— La plupart du temps, ils le savent, crois-moi. Tu ne vas pas péter un câble dans la classe de maternelle de ta fille si quelqu'un lui pique son jouet, j'espère !

— Ça se pourrait.

— Tu vas terroriser ses petits copains, dis-je en riant.

— Est-ce que tu sais quelque chose que j'ignore ? demande-t-il.

Griffin et Audrey n'ont pas demandé à connaître le sexe de leur bébé.

— Non. Juste une intuition.

— Peut-être qu'elle n'aura pas de petit ami, dit Griff. Je crois que je préférerais qu'elle ait des copines.

Je ne peux m'empêcher de pouffer.

— Même après avoir rencontré la mienne ?

— Oui. J'aime mieux que ma fille sorte avec quelqu'un de plus petit que moi. Pour que je puisse l'intimider.

Je m'esclaffe sans retenue. Cela dit, je ne pense pas que Griffin ait déjà rencontré l'ex de Daniela, Tracy. Qui gagnerait ce combat ?

Cette image m'arrache un grand éclat de rire dans la boutique de mariage.

— Je ferais mieux d'y retourner, me dit Griff.

— D'accord, acquiescé-je en m'essuyant les yeux. Demande à mon mec de m'appeler dès que ce sera fini.

— Il a un *nom*, répond Griff.

Je ris à nouveau.

— Au revoir, le crétin.

— À bientôt, la nulle.

Quand je raccroche, j'ai le sourire aux lèvres.

~

Après avoir survécu aux essayages, Lark et moi dévorons des tacos au poisson en terrasse. Nous nous sommes arrêtées dans le premier restaurant. Le shopping, c'est un travail qui creuse l'appétit.

— Donne-moi ça, dit-elle en se penchant par-dessus la table pour m'arracher mon téléphone des mains.

— Désolée.

— Ça ne me dérange pas d'être mise à l'écart, mais je te trouve tellement nerveuse.

— Ça me rend dingue de ne pas assister à cette réunion. C'est crucial pour Alec.

Lark me regarde, les yeux scintillants.

— Alors, avec Alec, vous êtes passés de plan cul à plan beaucoup plus sérieux, à ce que je vois ?

— Tu le sais bien, grommelé-je.

Je lui ai déjà tout expliqué sur la route, mais elle me taquine à ce sujet.

— Je t'aurais tout raconté plus tôt, mais ma vie est un vrai tourbillon en ce moment.

— C'est pour ça que tu devrais avoir ton propre chez-toi, dit Lark. Tu as aimé l'appartement que nous avons visité hier ?

— Bien sûr que oui. Mais c'est trop loin…

— Trop loin d'Alec, conclut-elle.

— J'allais dire *du travail*. Mais oui, aussi.

— Bon, fait-elle en chipant un bout d'avocat dans mon assiette. J'aurai essayé. Si je ne peux pas t'avoir comme voisine, tu seras aussi bien près de ton homme. Tu ferais mieux de chercher à Colebury, alors.

J'aimerais bien, avoué-je intérieurement. Ce serait formidable d'habiter près d'Alec. *Claquement de doigts et déhanché*, s'empresse de proposer mon subconscient.

Bon sang, je suis tellement amoureuse.

CHAPITRE TRENTE-ET-UN

Alec

J'attaque le hamburger que Griffin est allé nous acheter, fatigué, mais satisfait du déroulement de la journée. Griffin, Otto, Lyle de chez Giltmaker et moi, nous nous sommes enfermés dans une salle pour discuter de notre future entreprise.

J'investis soixante-quinze mille dollars en capitaux immobiliers et cinq mille en espèces. Lyle apporte une somme équivalente en espèces. Otto en mettra cinquante et Griffin vingt-cinq. Lyle et moi détiendrons chacun 34 % de la société, Otto 21 % et Griff 11 %.

C'était beaucoup plus compliqué que cela, naturellement, parce que nous devions aussi tenir compte des marques et du capital-marque que Lyle conserve. Ce sont des termes que je ne comprenais pas avant que May me donne des cours, ces deux dernières semaines.

Si notre réunion porte ses fruits, je lui dois une fière chandelle. Mais je serai en mesure de la payer pour ses efforts, car j'ai également stipulé que je voulais qu'elle rédige tous nos accords commerciaux et nos contrats de travail.

— Et maintenant ? s'enquiert Otto.

— On doit engager un architecte, dit Lyle. Trouver un entrepreneur. Sélectionner la gamme de produits. Embaucher un chef pour le menu.

Je m'essuie la bouche sur une serviette.

— Les gars, j'aimerais vous faire goûter quelque chose. Attendez. Je reviens tout de suite.

Mon pick-up est juste dehors et les bouteilles que j'y ai entreposées sont restées fraîches grâce aux températures hivernales. J'ai même apporté de petits verres de dégustation avec moi.

De retour à l'intérieur, je pose ma cuvée maison sur la table.

— C'est un petit quelque chose que j'ai préparé.

— Alec, dit Otto avant de secouer la tête.

Manque de confiance, comme toujours. Mais il ne possède pas 51 % des parts, alors il peut gentiment la boucler.

— Je vais y goûter, dit Griff.

Il sait déjà ce dont il s'agit. Nous en avons discuté à l'avance, car j'avais besoin d'un allié.

Curieusement, il était disposé à m'aider.

Je remplis quatre verres de bière et je les distribue. Lyle y goûte en premier et je le dévisage. C'est son opinion qui compte le plus.

Alors, en effet, je sue à grosses gouttes. C'est grisant de proposer sa propre bière au brasseur le plus en vue du Vermont.

— C'est… pas mal, dit-il sur un ton évasif. Un peu trop léger, peut-être. Ça me paraît difficile à commercialiser. Tu devrais continuer à y travailler.

Otto fait la grimace.

— Et si je vous disais qu'il n'y a que deux degrés d'alcool par volume ? Cette bière, comme tu le soulignes justement, n'est pas un produit fini. Ce n'est que la première étape. Je l'ai brassée avec une souche spéciale de levure qui produit un faible taux d'alcool. Mon objectif est de faire de la bière sans alcool.

— Et pourquoi ça ? demande Griff.

C'est une question facile, destinée à apporter de l'eau à mon moulin.

— Eh bien voilà.

Je me lève et retourne vers la pile de graphiques que May et moi avons élaborés. Je tourne les pages à la recherche d'un nouveau document qui montre la croissance de la bière artisanale en Amérique. Il ressemble à un saut à ski qui s'étend vers le ciel.

— L'intérêt pour la bière de qualité n'a jamais été aussi élevé. Vous le savez déjà, mais…

Quand je tourne la page suivante, un camembert expose la part de marché des producteurs de bière sans alcool. Presque tout est résumé en deux couleurs.

— Contrairement au marché de la bière artisanale, celui de la bière sans alcool est encore dominé par quelques géants. Et ce ne sont pas de très bons produits. La bière sans alcool est un marché encore trop peu exploité. Pas une seule n'est fabriquée dans le Vermont, par exemple.

— Ça alors ! s'exclame Lyle en observant attentivement le graphique.

Même Otto a l'air impressionné.

— Personne ne s'intéresse à cette clientèle, mais nous pourrions le faire. J'aimerais travailler sur cette question et je sais que l'évolution sera progressive. Nous pouvons commencer à petite échelle avec une cuve de fermentation supplémentaire dans un coin. Griffin m'aidera à trouver le meilleur mécanisme pour extraire l'alcool afin de descendre en dessous d'un demi pour cent. Il mettra son diplôme de chimiste à profit.

— Oui, ce projet me plaît, dit Griff. Ça me plaît beaucoup. Ça fait un moment que je n'ai pas fait ce genre de bricolage. Ça peut être amusant.

— Je suis intrigué, admet Lyle. Et tu voudrais que ce soit un produit de la marque Giltmaker ?

— Peut-être. Pas obligatoirement, dis-je avec prudence. Tout dépend si ce produit sans alcool fait partie de notre entreprise commune. Cela impliquerait le partage des droits ainsi que la distribution. Mais je suis ouvert à cette possibilité. Je tiens à fabriquer ce produit plus que je n'ai envie de voir mon nom sur l'étiquette.

Bien sûr, je ne peux pas le faire tout seul. Ce type de bière exige plus de matériel que n'importe quelle autre cuvée. Si Lyle ne veut pas s'associer, j'irai chercher ailleurs.

— Fascinant, dit-il, manifestement songeur.

Il reprend le verre et y trempe à nouveau les lèvres.

— De la levure à faible teneur en alcool, c'est ça ?

— Nous avons toutes sortes de techniques pour obtenir le bon résultat. Fermentation interrompue, osmose inverse. Il y aura des essais et des erreurs, bien sûr.

Il se redresse sur son siège.

— Ça m'intéresse, Alec. Tu viens peut-être de mettre le doigt sur une excellente idée. Je suis prêt à essayer. Demande à ton avocate de préparer un addendum pour un produit commun.

— Je n'y manquerai pas, dis-je gaîment.

Je suis tellement excité que je me retiens de claquer des doigts en exécutant un petit déhanché. Cela dit, mieux vaut ne pas se faire remarquer d'entrée de jeu. Le monde n'est peut-être pas prêt pour Alec.

— Parlons des rénovations, enchaîne Otto.

Je me rassieds à table, conscient de l'avoir amplement mérité.

— Comment allons-nous appeler cet endroit ? demande soudain Griff. Il nous faut un nom.

— Dans ma tête, je l'appelle la Salle de Dégustation, dit Lyle. Mais c'est un peu abrupt.

— Et un poil prétentieux, ajoute Otto.

Je me rends compte que je ne suis pas la seule cible de ses critiques.

— Ça ferait trop bar à vin, précise-t-il.

— Quels sont les synonymes de bar ? demande Lyle. Taverne. Pub…

Il se tait un moment.

— *Speakeasy*, propose Griffin en même temps que moi.

— Ah, fait Lyle. C'est différent.

— C'est archaïque, dit Otto. Mais ça me plaît bien.

— *Speakeasy*, répète Lyle lentement. Comme ces bars clandestins pendant la Prohibition, c'est ça ? Ils enfreignaient toutes les règles.

— Nous aussi, nous enfreignons les règles, souligne Griffin. Les petits brasseurs ont entièrement redessiné l'industrie de la bière ces dix dernières années.

— J'aime bien, ajouté-je, au cas où quelqu'un s'intéresserait à mon avis.

— Papi va adorer ce nom, dit Griffin, griffonnant *Speakeasy* sur son bloc-notes.

J'en ai presque la tête qui tourne. Je ne pensais pas que j'aurais envie, un jour, de devenir copropriétaire d'un projet. Mais l'aventure s'annonce fascinante.

J'ai hâte de tout raconter à May.

~

— Alec.

Otto m'arrête avant que je puisse m'engager dans le bosquet boueux pour rejoindre mon bâtiment.

— Oui ?

J'espère qu'il ne va pas jouer les rabat-joie, car je suis fatigué, mais content de ma journée.

— Tu as fait du beau travail là-dedans.

Putain de merde. Un vrai compliment d'Otto ?

— Merci.

Derrière lui, Griff me salue par la vitre de son pick-up avant de prendre la route.

J'agite la main en retour.

— Je n'aurais jamais pensé travailler avec Griff Shipley.

— Pourquoi pas ? demande Otto. Vous vous ressemblez beaucoup. Jeunes et têtus, tous les deux.

Cette remarque me fait rire à gorge déployée. Au départ, je n'aurais jamais pensé avoir le moindre point commun avec lui.

— Merci, on va dire. Je n'imaginais pas faire des affaires un jour avec la famille qui a viré mon père.

Cela dit, je ne pensais pas non plus tomber amoureux d'une des leurs.

— Viré ?

Otto me regarde.

— Oui, tu sais, de la laiterie. Juste avant qu'il ne s'en aille pour de bon.

Lentement, Otto secoue la tête.

— C'est peut-être ce qu'il a dit à ta mère. Mais cet homme a démissionné parce qu'on refusait d'augmenter son salaire.

— Tu peux répéter ?

Un picotement me parcourt le crâne. Est-ce qu'il vient de dire ce que je crois qu'il a dit ?

— La laiterie était plus grande, à l'époque. Ton père ne se prenait pas pour la queue d'une poire. En plus, il l'a demandé au moment où le prix du lait baissait, ce qui n'était pas très malin.

— Oh.

Ça alors.

— Mais pourquoi avoir démissionné ?

C'est insensé.

— Par obstination. Cet homme était en colère contre le monde entier parce qu'on ne lui donnait pas tout sur un plateau.

La honte m'envahit. Ce n'est pas logique, après tout, ses erreurs ne sont pas les miennes.

— Je ne suis pas comme ça, dis-je en réfléchissant. Tu dis toujours que je lui ressemble trop. Mais ce n'est pas ma façon de fonctionner.

Otto hausse les épaules.

— Pas aujourd'hui. Bonne présentation.

Un rire amer m'échappe. La prochaine fois que je voudrai qu'Otto me passe le sel au dîner, je vais devoir utiliser un PowerPoint pour attirer son attention.

— À plus tard, Otto. Je dois retourner au bar maintenant.

— On se reparle bientôt, répond-il avant de s'éloigner.

Sacré Otto. Il n'est pas très accommodant, mais cette fois, il a vraiment réussi à me convaincre. La Goldenpour va retrouver le chemin du *Gin Mill*. Otto m'a aidé à convaincre Lyle que j'avais réglé mon différend avec Smitty. Et il nous a aidés, Lyle et moi, à nous asseoir à la table des négociations pour discuter de la propriété d'Hamish et de notre entreprise commune.

Je vais me contenter de ce que j'ai pu obtenir de lui et m'efforcer de ne pas prendre le reste trop à cœur.

Pour l'instant, j'ai une entreprise à faire tourner et une jolie fille à voir.

—Ensuite, je leur ai montré le camembert, dis-je en souriant à May.

Je l'ai piégée sur mon canapé, sous mon corps, mais elle ne semble pas s'en émouvoir.

— C'était la page *dix-sept* de ma présentation, au fait. Une page de plus que la présentation que Giltmaker a faite à Otto.

— Tu es un vrai prodige, dit-elle avec un grand sourire.

— Ce sera génial. Je leur ai aussi imposé que tu sois notre avocate. J'ai inclus les frais juridiques dans le budget, bien sûr.

— Tu savais que je vous ferais un bon prix.

— Ça ne change rien, je voulais vraiment travailler avec toi. Je te fais confiance pour veiller à mes intérêts.

Son visage s'adoucit.

— Je te fais confiance, moi aussi. J'ai mis beaucoup trop de temps à le dire.

— Peut-être.

Je lui donne un petit baiser.

— Mieux vaut tard que jamais.

— Lark m'a emmenée visiter un appartement hier, dit-elle en tendant la main pour la passer dans mes cheveux.

— Ah oui ? Où ça ?

— À Norwich. C'est un de ses amis de Dartmouth qui en est le propriétaire.

— Hmm. Norwich, dis-je en essayant de manifester un certain enthousiasme à cette idée. C'est à, quoi ? Quarante-cinq minutes.

— Je ne vais pas le prendre, précise-t-elle. Je ne vais pas m'imposer ce trajet. Sans compter que Norwich est cher parce que c'est près de la fac. Mais c'était sympa de chercher un peu et de penser à l'avenir. Je suis contente qu'elle m'ait donné un coup de pouce.

— Moi aussi, dis-je lentement. Mais tu sais…

— Quoi ?

— Je serais heureux que tu viennes habiter ici.

Elle cligne des yeux.

— Euh… tu me dis ça comme ça ?

— Oui, comme ça, insisté-je. Je sais que c'est rapide. Mais je ne veux pas que tu ailles signer un bail d'un an quelque part sans même savoir que c'est une option envisageable. Je ne vais pas te pousser à le faire, mais ça me ferait tellement plaisir.

— Hmm…

Elle fait glisser le bout de son doigt sur mon nez. Je suis content qu'elle en soit capable, car tout compte fait, elle n'a pas eu besoin de se faire opérer de la main.

— Je t'ai déjà dit que j'avais un petit fantasme sur les colocataires. Alors, cette idée n'est pas inintéressante.

Je ris et elle ajoute :

— Ça ressemble à l'une de nos mauvaises blagues. Tu connais celle de l'alcoolique qui veut habiter au-dessus d'un bar ?

— Non. La fille habiterait au-dessus de chez Benito. Techniquement, c'est Benito qui habite au-dessus du bar.

La plaisanterie me fait rire, mais elle est très sérieuse.

— Je te jure devant Dieu que je déménagerai s'il le faut, lui dis-je. Ce n'est pas nécessaire de décider aujourd'hui. Je ne serai pas insistant. Mais disons que l'emplacement de mon appartement ne doit pas nous freiner.

— D'accord, fait-elle doucement. Je ne pense pas que le bar au rez-de-chaussée soit vraiment un problème. Je plaisantais. Par contre, tu as un chat diabolique.

— Plus maintenant.

May semble épouvantée.

— Qu'est-ce que tu as fait à Bukowski ?

— Rien de mal. Je me suis renseigné. Même si ce petit diable et moi, nous nous entendons mieux maintenant, il a l'habitude de sortir. Et j'habite au deuxième étage, tu sais ?

— Il a de quoi être ronchon.

— Alors hier, j'ai exposé cette théorie à ma sœur, au café. Je lui ai proposé de le prendre, mais elle a refusé parce que Dave est allergique aux poils de chat.

Je lève les yeux au ciel.

— Ce mec, alors ! D'abord il met ma sœur enceinte, et maintenant ça…

May glousse.

— Mais Kieran travaillait à ce moment-là. Il m'a entendu et il m'a dit qu'il n'aurait aucun mal à prendre Bukowski. La maison qu'il loue à Zara a même une chatière.

— Bien joué, Kieran !

— Exactement. Maintenant, quand je me lève au milieu de la nuit, mes chevilles ne craignent plus les attaques.

— Contrairement à celles de Kieran.

Nous rions comme deux imbéciles heureux.

— Il est tard. On devrait aller au lit, dis-je enfin.

Et par *aller au lit*, je parle d'activités crapuleuses.

— Pas question ! s'écrie May. Je dois commencer à rédiger des documents juridiques pour te donner les droits permanents dans le domaine de la bière sans alcool, même si l'étiquette indique Giltmaker.

À ces mots, je gémis de plaisir :

— Hmm. Dis-le encore. J'adore quand tu me parles de droit.

— Marque déposée, chuchote-t-elle.

— Oh, bébé.

— Royalties.

— Je vais t'en montrer, moi, des royalties.

Je lui donne un petit coup de hanches et elle éclate de rire.

Puis je l'embrasse et, pendant un long moment, les rires ne sont plus de mise.

CHAPITRE TRENTE-DEUX

Alec

Nous sommes au mois de mars et la neige fond à vue d'œil. Les nuits sont encore fraîches, mais en journée, il fait bon.

En d'autres termes, c'est la « saison de la boue », cette sorte d'adolescence ingrate dans la vie que représente une année au Vermont. Les chemins de terre sont embourbés à cause de la fonte des neiges et les stations de ski n'ont plus que quelques pistes ouvertes.

Le seul avantage, c'est que c'est aussi la période du sucre d'érable. En regardant par la fenêtre de la ferme Shipley, j'aperçois Griffin à l'extérieur en train de vérifier ses robinets. Demain, il versera la sève dans de grandes cuves sur un feu extérieur et la fera bouillir.

Le sirop d'érable de bonne qualité se vend à plus de quarante dollars le gallon. Mais les Shipley ne veulent pas vendre le leur. Ils s'en serviront pour napper les gaufres fabuleuses de Ruth.

— Voilà, je pense que ce sac est le dernier, dit May.

Je reporte mon attention sur elle et l'énorme sac de sport posé sur son lit.

— Tu veux faire un dernier contrôle pièce par pièce ? Tu as tous tes articles de toilette ?

— Oui, tout est bon.

— N'oublie pas...

Je me rapproche d'elle et lui chuchote à l'oreille :

— … ton vibro. Ça pourrait m'intéresser de jouer avec, un peu plus tard.

May tourne la tête et m'embrasse dans le cou.

— Petit malin, va !

Ça me fait rire. May est la seule à me dire que je suis malin, mais il n'y a que son avis qui compte. Je dois lui donner un peu d'amour pour lui faire savoir que j'apprécie beaucoup son commentaire.

— Hmm, dit-elle alors que je dépose un baiser sur un coin de ses lèvres, puis l'autre. Je t'aime.

Il n'en faut pas plus. Je me laisse aller à un baiser digne de ce nom.

Alors que ma bouche se referme sur la sienne, les bras de May s'enroulent autour de mon corps et je lui rends la pareille. À présent, nous nous embrassons comme deux adolescents dans la chambre de son enfance.

— Ça suffit, fait une voix dans l'embrasure de la porte.

C'est Dylan.

— Le dîner est prêt et la table est mise, et ce n'est pas grâce à vous.

— Écoute, dit May en reculant. Tu n'es plus obligé de partager une salle de bain avec moi. Ne te plains pas.

— Oui, approuve Dylan. Et je peux aussi aller boire au *Gin Mill* ou au *Speakeasy*, puis monter dormir sur ton canapé.

— Aucun problème, mon vieux, lui dis-je. Dès que tu auras vingt et un ans. Je ne vais pas risquer ma licence d'alcool pour ton bon plaisir.

— De la part d'un homme qui organisait des fêtes illégales dans les bois, c'est un peu fort, lance le petit frère de May avant de nous faire signe. Allez, maman s'énerve quand personne ne vient dîner.

Je hisse sur mon épaule l'énorme sac de May et je l'emporte hors de la pièce à la suite de Dylan.

— Je vois, mais dis-toi que toi aussi, tu seras vieux un jour et tragiquement responsable.

Au rez-de-chaussée, je dépose le sac dans le salon à côté des cartons de livres de May et je la suis dans la salle à manger. Ces derniers temps, je suis devenu un habitué des dîners du jeudi. Ma sœur et ma nièce me saluent lorsque j'entre dans la pièce.

— Awec ! fait Nicole quand je m'assieds à côté de May.

Elle arrive presque à prononcer le *l* maintenant. Presque.

— Salut, toi.

Au moins, elle appelle toujours mon frère *Bimbo*. J'espère qu'elle continuera. Il faut que quelqu'un d'autre dans notre famille assume le rôle de bimbo, parce que désormais, ce ne sera plus moi.

Après le dîner, May et moi emménagerons enfin dans mon appartement pour de bon. Elle avait trouvé un studio qui lui plaisait près de Colebury, mais après un petit examen de conscience, elle a décidé qu'elle ne voulait pas signer de bail.

— C'est pour une année entière, a-t-elle dit. Je préfère passer cette année avec toi.

Bien sûr, j'adore ce revirement de situation. J'enchaîne les soirées au travail, dernièrement. Au moins, cela me permettra de passer un maximum de temps avec elle.

Audrey entre dans la salle à manger, d'une démarche oscillante, un grand plateau de saumon rôti sur les bras. En voyant ce plat, j'entends gronder mon estomac.

En accompagnement, nous avons un plat de légumes : carottes aux épices coréennes, pousses de pois, asperges et radis aux champignons avec une vinaigrette aux truffes.

— *Je suis mort !* s'exclame le grand-père Shipley. C'est le menu du paradis ?

Comme je suis le plus proche de la porte, je bondis pour lui prendre le plateau. La pauvre, son ventre ressemble à une pastèque géante qu'elle aurait avalée.

Ruth et Dylan la suivent avec d'autres plateaux chargés.

— Audrey, tu as fait la cuisine ? s'extasie May. Mais enfin, tu accouches demain !

— J'en avais envie. Je ne peux plus rester assise à attendre ce bébé.

— C'est peut-être un comportement de nidification, avance May. J'en ai entendu parler, il paraît qu'au tout début du travail, on a des envies de cuisine et de ménage.

Audrey se caresse le ventre comme le font les femmes enceintes.

— Je ne me sens pas très bien, honnêtement, mais ça ne ressemble pas à des contractions. J'ai juste mal au dos.

— Intéressant, dit Ruth dans un souffle alors que Griffin entre à petites foulées dans la pièce.

— Qu'est-ce que j'ai manqué ? demande-t-il. Désolé, je suis en retard. Ce sera une très bonne année pour l'érable.

— Ta femme a préparé un festin et elle est probablement en travail précoce, lui explique le grand-père.

— Quoi ? Vraiment ?

Griff devient livide.

— Il plaisante, dit Audrey en s'asseyant.

— Je vais dire les grâces, propose le grand-père. Ces pousses de pois me font de l'œil.

Il prend une inspiration avant d'expédier la prière à la vitesse de l'éclair :

— Dieu est grand Dieu est bon remercions-le pour notre nourriture c'est par ses mains que nous sommes nourris donne-nous Seigneur notre pain quotidien amen.

Je ne savais même pas qu'il était possible de prier aussi vite. Mais le vieil homme s'est emparé de la louche une fraction de seconde après son *amen* final.

Et c'est à moi de servir les boissons. Au même rythme que le saumon et les légumes, je distribue de petits gobelets de dégustation, trois chacun.

Je donne même à ma nièce un verre vide – ils sont jolis et elle me supplie du regard.

— Bon, les amis. Ce soir, je vous ai apporté trois bières sans alcool différentes sur lesquelles Griff et moi avons travaillé. On ne leur a pas encore donné de noms, car la meilleure reste à déterminer. Mais les suggestions sont toujours les bienvenues.

— J'ai trop hâte ! dit May. Ça fait presque deux ans que je n'ai pas pu participer aux dégustations chez les Shipley.

— Et moi, pendant neuf mois, j'ai dû recracher les cidres que nous avons dégustés, explique Audrey. Alors, en avant. Aboule la bière sans alcool. Franchement, c'est dommage que vous n'ayez pas inventé ce truc plus tôt dans ma grossesse.

— Ne t'inquiète pas, chérie, dit Griffin. Tu pourras toujours en boire pendant les quatre prochaines grossesses.

Tout le monde éclate de rire, sauf Audrey. On dirait qu'elle a envie de frapper Griffin.

Je prends une bouchée de poisson à l'assaisonnement délicieux et je retire le bouchon de la bière numéro un.

— C'est une *stout* à l'avoine. Voyons ce que vous en pensez tous.

C'est May qui en a la primeur. J'en verse un peu dans l'un des verres et je dis :

— Sois honnête. On peut encaisser, Griff et moi.

— Hmm ! dit-elle. J'adore.

Elle est trop gentille.

Le mieux, c'est encore de faire le tour de la table. J'entreprends de verser à chacun un peu de bière pour la dégustation. Il nous a fallu trente essais, à Griffin et moi, pour obtenir quelque chose qui vaille la peine d'être bu. Et trente autres pour nous concentrer sur trois bières différentes qui nous semblaient dignes d'intérêt.

Mon Dieu, j'espère que ça ne sera pas un flop. De toute façon, quoi qu'il arrive, j'aurai toujours une femme qui m'aime et un bar prospère.

C'est tout ce dont un homme peut rêver.

La salle est silencieuse, car tout le monde goûte la bière que je viens de distribuer.

— C'est... chocolaté, commente Audrey.

— Et c'est positif ? demandé-je.

Elle sourit.

— Moi je perçois... des notes de prune. Ou de la figue peut-être, dit Ruth.

— Bonne texture, ajoute Dylan.

— Je ne sens qu'un goût de *bière*, déclare le grand-père. Mais c'est délicieux.

Comme le patriarche ne flatte jamais personne, sa critique me convient parfaitement.

— C'est génial, Alec, dit Jude Nickel de l'autre côté de la table. Mais je n'ai pas bu de vraie bière depuis cinq ans. Alors, je ne sais pas si mon opinion compte vraiment.

— Bien sûr que si ! s'exclame Griffin avec un sourire. Elle compte même plus, au contraire.

Je me rassieds pour goûter le plat exquis que May a servi dans mon assiette. Des pousses de pois. Qui l'aurait cru ? Sous la table, elle pose une main sur mon genou. Quand je la regarde, son sourire est radieux.

— Tu veux que je serve la prochaine ?

— Ce serait génial.

Je me penche sous mon siège et je sors notre cuvée d'India Pale Ale.

— Celle-ci devrait avoir un goût totalement différent.

May se lève et entame la dégustation. Je suis suspendu à leurs visages à mesure que les autres s'y essaient à leur tour.

— Je préfère celle-ci, dit Audrey. Elle est plus agressive.

— Et tu aimes les hommes à poigne, se moque Griffin.

— Non, s'esclaffe-t-elle. Mais une bière à poigne, c'est délicieux.

— Ce n'est pas facile, dit Jude. Je pense que la *stout* à l'avoine est plus remarquable.

— Est-ce que tu en commanderais dans un bar ?

— Sans hésiter. Je pourrais devenir un buveur de bière sans alcool rien que pour ça. Pour l'instant, je commande uniquement des sodas.

Jude est mon client idéal, un homme qui ne boit pas, tout simplement parce qu'il n'a pas encore découvert qu'il est possible de boire de la bonne bière sans alcool.

Je termine le contenu de mon assiette, puis je sers une troisième bière, une brune. Tout se déroule à merveille et j'en suis ravi.

— Ça vous dérange si je partage une grande nouvelle ? demandé-je, bouillonnant d'optimisme.

— En plus, ma petite-fille va vivre avec toi dans le péché ! fait le grand-père.

— Papi, plus personne ne dit ça, lui reproche Griff.

En ce moment, ce gars me défend tout le temps. Je ne sais même pas qu'en penser.

— Tu as déjà dit ça à propos du *Speakeasy*, et maintenant ce jeune homme et toi, vous avez appelé votre nouveau troquet comme ça.

Parfois, les conversations avec leur grand-père sont surréalistes.

— Mais vas-y, mon petit, dit-il. Fais ton discours.

Je m'éclaircis la voix.

— Nous avons choisi une date pour l'inauguration du *Speakeasy*. Notez-la dans vos calendriers, car nous commençons par une fête privée le 3 mai. Nous ouvrons au public dès le soir suivant.

— C'est pour bientôt, observe Ruth. Vous êtes nerveux ?

— Oui, avoué-je. Une centaine de choses pourraient mal tourner, et cela retarderait l'ouverture, mais il faut bien se fixer des objectifs précis. Et les entrepreneurs n'ont pas encore rencontré de problème majeur. Alors…

Je hausse les épaules.

— L'avantage, quand on n'est pas le meilleur des hommes d'affaires, c'est qu'on ne se prend pas la tête sur tout et n'importe quoi.

Griffin esquisse un sourire.

— Ne change jamais, Alec.

— Je ne pourrais pas, même si je le voulais, dis-je en souriant. De toute façon, j'ai beaucoup de choses à fêter. J'ai adoré tester ces nouvelles bières et préparer le *Speakeasy* avec Griff et Lyle.

Je ne mentionne pas Otto, parce qu'il est moins amusant. Cela dit, ça s'est bien passé avec lui aussi. On ne s'est pas encore entretués.

— Et May m'a beaucoup aidé en me convainquant que mes rêves n'étaient pas inaccessibles.

Je lui adresse un sourire attendri.

— C'est la fille la plus formidable que j'aie jamais rencontrée. Je claque des doigts en son honneur.

J'exécute ma petite danse et May lève les yeux au ciel.

— Alors, en cette occasion mémorable, j'aimerais vous raconter ma blague préférée sur le thème « un type entre dans un bar ».

— Pourquoi pas ? fait Dylan.

— Je ne suis pas sûre que ce soit une bonne idée, me taquine May.

— Alors… Un champignon entre dans un bar.

— Un champignon ? proteste le grand-père. Comment est-ce possible ?

— Écoute, papi, ronchonne May.

— Il commande un martini. Le barman lui dit : « C'est rare que les champignons viennent commander des martinis dans ce bar. »

— Je crois que je l'ai déjà entendue, celle-là, commente ma sœur. Je peux reprendre de l'India Pale Ale ?

Je vois que le public est difficile, ce soir. Je passe à Zara la chope de bière et j'essaie de continuer.

— Le champignon lui répond : « Au prix du martini, ça ne m'étonne pas. »

Tout le monde rit.

Mais je n'ai pas fini.

— Alors le barman demande…

— Oh, mon Dieu ! s'écrie soudain Audrey en posant sa fourchette. Je crois que je viens de perdre les eaux !

La première chose qui me vient à l'esprit est : *Non, ce n'est pas la chute de la blague.*

Puis je me rends compte que Griffin a sauté de sa chaise.

— Vite, à l'hôpital, dit-il. Ta valise est déjà dans la voiture ?

— Respire, chérie, conseille Ruth. Ça va aller.

— Quand vous verrez le coussin de votre chaise, vous ne direz pas la même chose, répond Audrey, qui tremble de tous ses membres.

Audrey Shipley vient d'avoir ses premières contractions pendant ma blague du champignon. Je n'en reviens pas. Décidément, je suis destiné à ne jamais la terminer.

Griff l'aide à quitter sa chaise.

— Tu vas bien ?

— Oui, oui, dit-elle avant de prendre une inspiration. Alors, ce sont bien des contractions ?

— Respire, insiste Zara. Je crois que tu as eu des contractions toute la journée. Mais après avoir perdu les eaux, tu le sens beaucoup plus.

— Oh, d'accord, souffle la jeune femme au ventre énorme en s'extirpant de sa chaise. Bon, les amis, la prochaine fois que je vous verrai, ce sera avec un bébé.

— Je ne suis pas prêt à être arrière-grand-père, bredouille papi. Ça fait tellement vieux jeu. Je crois que j'ai besoin d'une bonne part de tarte pour me consoler.

Tout le monde souhaite bonne chance à Audrey. Cramponnée à la main de Griffin, elle se dirige vers la porte.

— Tu n'as pas des remarques à me faire sur la dégustation ? dis-je avec humour. Avant d'aller donner la vie ?

Griffin me décoche un regard de travers, mais j'en ai pris l'habitude.

— Je vous rejoins à l'hôpital dans une heure, lance Ruth. Tu as besoin que je t'apporte quelque chose de chez toi ?

— Je ne pense pas, répond Audrey, les yeux exorbités.

Elle se déplace avec précaution.

— Il vaut mieux mettre des serviettes sur la banquette, suggère Zara. Croyez-moi.

— Je m'en occupe ! s'exclame Dylan, sortant en trombe de la pièce.

Griff et Audrey quittent la maison et, peu de temps après, ils ont disparu sur le chemin. Nous terminons rapidement le repas et nous débarrassons la table afin que Ruth se sente libre de partir à Montpelier quand elle le souhaite.

— Je pourrais venir avec toi, maman, propose May.

— C'est gentil de ta part, ma chérie, mais va plutôt t'installer chez Alec. Le bébé n'arrivera pas avant demain, probablement.

May et moi suivons ce conseil. Nous emportons ses cartons hors du salon jusqu'à mon pick-up et les entreposons à l'intérieur.

— Pas de sacs-poubelle, cette fois-ci.

— C'est la grande classe, ce déménagement, lui dis-je en fermant le hayon par-dessus ses boîtes de livres.

Nous montons dans l'habitacle et je démarre.

— Tu me racontes la fin de cette blague ? demande May pendant que le moteur chauffe.

— Oh, bien sûr. Le barman lui propose de prendre une bière, moins chère que le martini. Et le champignon répond : « Surtout pas, j'en ai par-dessus la tête de la mousse. »

May lève vers moi ses beaux yeux bruns, dans la pénombre du véhicule, puis elle éclate de rire.

— Pas mal, hein ?

Elle penche la tête, les épaules secouées par le rire.

— Non, c'est une blague nulle. Mais toi, tu es tellement drôle.

— Le plus drôle du monde, acquiescé-je. Maintenant, rentrons chez nous et je te montrerai l'étendue de mes qualités.

Et c'est exactement ce que nous faisons. Mais d'abord, nous passons quelques minutes à nous embrasser dans l'allée. Parce que nous sommes bien, tous les deux, et que nous ne sommes pas pressés de changer.

NOTES

Chapitre 3

1. Speakeasy est le nom que l'on donnait dans les années 1920 aux bars clandestins qui servaient de l'alcool dans l'illégalité durant la période de la Prohibition aux États-Unis.

AUTRES TITRES DE SARINA BOWEN

Série Étoiles du Nord

Renouveau

Incartade

Série Ivy Years

Notre Année Trouble, Série Ivy Years, t. 1

Notre Année Cachée, Série Ivy Years, t. 2

L'Homme de l'année, Série Ivy Years, t. 3

L'Heure de vérité, Série Ivy Years, t. 4

L'Heure de gloire, Série Ivy Years, t. 5

Série Grand Nord

Amertume

Ancrage

Secrets

Accidentelle

Avec Elle Kennedy

Attirance

Confidence